相逢的人会再相逢

——村上春树

搜狐博客年度文选2012　搜狐博客 blog.sohu.com

五十六米长的中国

搜狐博客／主编

新星出版社 NEW STAR PRESS

图书在版编目（CIP）数据

五十六米长的中国 ／ 搜狐博客主编. —北京：新星出版社，2013.2

ISBN 978-7-5133-0800-7

Ⅰ.①五… Ⅱ.①搜… Ⅲ.①随笔–作品集–中国–当代 Ⅳ.①I267.1

中国版本图书馆CIP数据核字（2012）第171238号

五十六米长的中国

搜狐博客 主编

责任编辑：武继宇

责任印制：韦　舰

装帧设计：李　冰

出版发行：新星出版社

出 版 人：谢　刚

社　　址：北京市西城区车公庄大街丙3号楼　100044

网　　址：www.newstarpress.com

电　　话：010-88310888

传　　真：010-65270449

法律顾问：北京市大成律师事务所

读者服务：010-88310800　service@newstarpress.com

邮购地址：北京市西城区车公庄大街丙3号楼　100044

印　　刷：北京京都六环印刷厂

开　　本：910mm×1230mm　1/32

印　　张：10.875

字　　数：250千字

版　　次：2012年8月第一版　2013年2月第二次印刷

书　　号：ISBN 978-7-5133-0800-7

定　　价：35.00元

百年杂思

赵　牧

2005 年，搜狐博客上线不久，就遭遇一个用户投诉，她说："我不明白你们的用户注册信息框出生日期一栏，为何起始年限最早起于 1933 年？我是三十年代以前出生的老人，这可怎么办？"

博客产品研发人员大为感动，为此迅速对程序进行了修改。没多久，运营人员又发现，有个近百岁老人的家人也询问能否帮老人注册一个博客……

仅从年龄跨度看，就可知道博客平台是何等"人多嘴杂"。在人类历史上，像这样涵盖全社会不同阶层、各种职业的人主动通过博客进行"文字大生产"，这可是从未有过的壮观景象！

我毫不怀疑，无论现在还是将来，博客都为观察这个时代的中国提供了最好、最多样的文本，它还是未经刀斧手砍杀幸而保持了原生态的文本。

就像中国历史上第一个文选《昭明文选》是文艺创作有了海量积累的自然结果一样，根据一定的规则或想法，从海量的博文筛选出一批文章结集成书，也是早就应该做的一件事。

在《五十六米长的中国》这部博文选中，作者包括了从耄耋老人到十多岁便享有文名的少女，所属行业更是五花八门，这些作者笔下触及的事物和趣向各有不同，但就大体而论，却不难看出大多"纠结"之思，都拜近百年来未有之巨变所赐，这也正是我以"百年杂思"为题的缘由。

这部文集的大部分博文在其发表时便看过，编选时重读，不由得有种穿越的荒诞感：上世纪初那些勤于思考的贤达若能看到这部"文选"，会不会惊叹一声：你们还在为我们曾经"纠结"的事缠斗着么？

（作者为搜狐博客总监）

目　录

陈志武

华人著名经济学家、耶鲁大学终身教授。

博客：chenzhiwu.blog.sohu.com

国富如何变民富

过去三十年，国有制体系确实让政府调动资源很容易，能"集中力量办大事"。但发展到现在，也有很多弊端。比如，民间消费占 GDP 比重，从二十世纪五十年代初的 69% 直线下降到最近的 35%。相对应的是政府开支增长，1952 年时，政府消费相当于 GDP 的 16%，到最近则上升到 30% 左右，翻了一番。过去六十年，民间消费占 GDP 的比重直线下降，而政府开支的比重直线上升。这两种趋势无论在计划经济时期，还是改革开放期间，都没改变。

1978 年，国家财政税收相当于 3.3 亿城镇居民当年可支配收入。那时是全能政府时期，城市人的工作、教育、医疗、退休、养老、住房等，都由国家包办。随着改革开放深入，到 1994、1995 年，财政税收相当于 1.5 亿城镇居民的可支配收入。从这个意义上说，政府相对规模在改革开放第一期减少了一半。

而 1995 年的税收体制改革，直接效果是使政府从国民收入中拿到的比重大规模回升。到 2007 年，国家财政税收上升到相当于3.7亿城镇居民的收入，比1978年还大。2008年以来，由于金融危机冲击，政府在开支和投资方面支出增加，再次使政府规模上升。1978年的国家财政税收等于当年8.5亿农民的纯收入；1996年时，相当于3.8亿农民的纯收入；到2007年这个数字是12.3亿。

许多人会说，政府得到财政税收及财产性收入，不是在给民生做很多投入吗？不是为了共同富裕吗？一些经济学家说，征税是现代国家转移支付的手段，即所谓"第二次分配"。但实际情况可能跟理想相差很远，当财政预算是暗箱操作时，靠什么保证第二次分配真正实现，分配到你希望的对象和项目上？

2007年，巴西政府在医疗卫生这一项上就花了GDP的10.4%，而中国在医疗卫生、就业福利和社会保障三个项目上的开支仅花了GDP的2.4%。巴西政府的教育开支相当于GDP的5.4%，而我们不到3%。所以，那些"第二次分配"和"共同富裕"的理念，并没有被中国的数据支持。

另外，尽管上个世纪七八十年代苏联的高科技发展跟美国军事发展基本相当，但我们今天生活中用到的各种科技，特别是跟生产力、生活有关的技术，没有哪一项是苏联当年留下来的。因为那些离民生太远，离重污染、重资源的消耗性工业太近。而之所以国有经济、国家主导型经济都偏爱重工业，轻视民生类行业，是因为制度激励安排会逼着官员们按某种方式去做决策。相比之下，如果整个社会的主要资产和国民收入由老百姓决定怎么花、怎么使用，由此产生的需求结构会更侧重消费品和民生服务品，看淡工业品。

归根结底，只要国有经济唱主角的局面不改变，中国经济增长模式就不可能改变，从国富转变为民富也只能是一种愿望。

如何改变？我主张两点：第一，是民主宪政方面的改革，这是最直接约束征税权、政府管制权并对财政预算过程进行更透明监督的必要条件。第二，是把剩下的国有资产注入国民权益基金中，把原来"全民所有制"理想中还没到位的、虚的"全民所有"具体落实到每个公民身上，最好是允许国民权益基金股份自由交易。

怎样解放财富

说到财富，我们会认为一个国家富不富，关键取决于其自然资源的多少。小时候在湖南上学，我们学到中国"地大物博"的事实，并认识到正因为是这些丰富的自然资源，所以我们中国是多么富有。到了美国，我们发现美国也是地大物博，而且美国更富有。当然，相比之下，日本的自然资源有限，尤其是新加坡，它是靠填平一片海水、一块空地从无到有人造出来的。一个道理很显然：一国的财富并不完全取决于其自然资源。那么，一国的财富由什么决定呢？为什么世界各国贫富悬殊？既然中国、美国、俄罗斯与印度都地大物博，是什么使这些国家的财富状况千差万别？

内在的制度财富更重要

在近几年世界经济普遍不景气的情况下，大家都在讨论如何在国内扩大内需，为下一波增长寻找原动力。我们自然要想：

在众多发展中国家因本国内需不够而都在靠出口、靠"外需"来为其经济提供原动力的时候，世界上必须有些国家"内需过剩"，迫使它们靠进口来满足。那么，这些国家为什么会有这么强的内在动力使其内需过剩？是什么让它们产生这么多内需？这是不是中国可以借鉴的？

为看清为什么一国的财富不只是由其自然资源决定，不妨把国民经济看成只有两组群体组成：厂商（公司）和居民（消费者）。如果要经济快速增长、使国家富强，厂商必须有激励，也愿意去扩大投资、扩大生产；当厂商利润增长时，居民的收入也会增加；当居民得到更高收入后，他们必须增加消费；这些增加的居民消费又反过来进一步刺激厂商去扩大投资、增加生产——这条经济增长链的任何环节都必须"运作正常"、缺一不可。比如，假如在居民收入增加后不是去增大消费，而是把更多收入储蓄起来，那么除非国外需求很强（靠出口来增长），否则经济增长链到这一步就被卡住了。

日本、美国与新加坡的经验说明，一个国家更重要的财富是其能促进财富创造的制度机制及其相配的自由金融创新体系，这种制度财富是无形的，但它比有形的"地大物博"更重要，更"值钱"。

良好的机制激励财富创造

关于制度机制对财富创造的影响，王永庆的一席话非常值得我们省思。他说："一根火柴棒价值不到一毛钱，一栋房子价值数百万元；但是一根火柴棒却可以摧毁一栋房子。可见微不足道的潜在破坏力，一旦发作起来，其攻坚灭顶的力量，无物能御。"当然，制度机制对财富的作用不只是负面的，良性的制度机制可以最大限度地激励财富创造。

我们可简单看看私有产权的保护机制。如果产权得不到保护，住在帝国大厦里的公司就无激励去多雇人、去开发更多产品来扩大业务；如果这些公司不能扩展业务多赢利，那么一方面它们无法给现有的员工加薪，使员工们的消费需求下跌，另一方面这些公司愿付给帝国大厦的办公室租金也会下降，使帝国大厦未来的现金流减少，结果是帝国大厦的价值下跌。于是，帝国大厦管理公司给员工的工资也只能减少，甚至裁员。当然，如果因产权得不到保护使整个经济进入这种恶性循环，其结局只能是整个国家的财富都逐步下跌。

产权保护不只是指"属于张三的有形物，别人不可以剥夺"，也指"属于张三的未来现金流权利，别人不可剥夺"，这种现金流权利可以是有形的（比如，只要张三拥有帝国大厦的产权，那么该大厦产生的现金流就属于张三的），也可是无形的。二十世纪八十年代，一位来自河南农村的妇女（我们不妨称她为张大姐）看到，住在三里屯的外国人很多，但却没有一个专为他们服务、适应他们生活与饮食习惯的杂货店。于是，张大姐租下一间屋子，开张一家专为外国居民服务的杂货店。她的服务质量赢得了众多常客，生意越做越大，张大姐也慢慢开始雇用多个员工、装修店铺。可是，正当张大姐的生意越来越火，她店铺的未来现金流也日益上涨（因此，其杂货店的无形资产价值也日益上涨）的时候，行政部门却以她没有这样那样的许可证为由令张大姐关店。农村出身的张大姐无可奈何，她觉得有了这几年办店的机会就让她很满足了，不知道她还有对相应部门作行政诉讼的权利。当然，即使她知道能作行政诉讼，她也不一定会相信法院能保护其无形的财产权与创业权。就这样，张大姐未来的现金流权利被毁灭，她多年建立的品牌、服务名声等无形资产被毁。被关掉一段时期后，张大姐又在三里屯的另处重新开店，想法找回过去的常客。可是，再过两三年后当她的店铺重新开始赢利时，她又被命令关门。张大姐领悟到一个简单的道理：反正不久又要被关，她只好选择不怎么装修、不花钱扩张、不雇用太多员工。当产权得不到保证时，张大姐的致富道路只能受限，不敢扩张业务，赚了钱自己也不敢消费。

这说明，面对产权的未来处境的不确定性，即使张大姐这样的创业者们已经看到了自己事业的成功，他们也不敢感到很富、不敢去增加消费，因为他们知道自己成功创办的资产的价值是非常脆弱的，这些资产的未来太不确定。这种不确定性不仅妨碍创业者的积极性，而且迫使每个人把已挣来的收入尽量积蓄在银行、不去消费。经济增长链因产权的未来不确定性而被卡住了。

金融创新解放消费潜力

仅有合理的产权与法治框架还不够，还必须有足够的金融证券品种帮助社会大众规避风险、调配不同时候的收入。金融创新之所以对个人消费者很关键，是因为他们可以帮助解放居民的消费潜力，调动经济增长的原动力。

为看清金融创新在其中起的作用，我们不妨把一个居民的财富分成两部分：流动财富（比如现金、银行存款、股票、金银、房产）和人力资本。其中流动财富是随时可变现的，而人力资本则不然，不可随时变现。人力资本的价值通常等于一个居民未来数年的劳动收入的总折现值。一般讲，年轻人的流动财富少、人力资本很高，而老年人的情况却正好相反。总之，一个人未来的收入越高，其人力资本则越高。

问题也恰恰在于人力资本不可随时变现这一点，因为当金融证券不够发达时，人们只能花费流动财富，而不能花费人力资本。年轻的李四刚刚博士毕业，他的人力资本可能非常高，但流动财富有限，他即使想要大大增加消费也无能为力。他可以在总体上感到很富，但却没钱花。

住房按揭贷款是一个很自然的金融创新，它可以最直接地帮李四把部分人力资本"变现"、变活，让他可提前消费。对多数居民而言，房地产可能是一辈子最大、最重要的消费和投资。比如，在一个二线城市一套90平方米商品房的价格可能是48万元，对于一个平均收入的家庭，这可能意味着要节省存钱十年，每月约存4000元。如果这样，一家人除了最基本的生活费用外，在十几年里可能无法有太多其他消费。如果各大中城市的居民都如此，全国的内需水平可想而知。

但是，如果李四能得到三十年的住房按揭贷款，假如按揭利率是5.64%，那么他每月只需付2800元就能立即买到90平方米的住房，而不是等十年。另一方面，正因为李四每月只要支付2800元（而不是每月存下4000元），那么他现在每月可多消费1200元收入，这显然有利于内需的增长。因此，住房贷款不仅能改善众多老百姓的生活，让每个人尽早住上自己的房屋，而且能启动更多的内在经济动力。

住房贷款、教育贷款、退休投资存款等类型的证券（这里，我们把所有保证在未来某个时间或某种条件下支付现金的契约称为"证券"，包括贷款、保险合同等），其作用都是帮助居民把一生中不同年龄时的收入进行配置（要么把未来的收入提前消费，要么把今天的收入推迟到未来消费），以期让居民一生中不同年龄时的消费尽量平均。这些靠未来收入支付的贷款在一定意义上可看成是人力资本的证券化。当不能有住房贷款、教育贷款时，居民们就无法合理地配置其一生中的消费安排，可能在四十岁之前无法消费、必须存钱，而到快要退休时可消费的钱又相对过多。因此，如果没有这些针对居民的金融证券，不仅不利于释放整个经济的内在增长动力，也无益于居民一生中的总体福利。

另一类对消费者有直接意义的证券是"保险"性质的，比如，失业保险、医疗保险、灾难保险等。当这些保险性证券不存在时，即当居民无法事前"购买"这类证券时，就只能通过"最大限度地储蓄"来自保，这必然使他们在为了生存所必需的消费之外不敢有任何其他消费愿望，这就会阻挠经济增长。以失业保险为例，如果张三夫妇在四十岁时失业而且从此再找不到工作，但他们一家未来的生活费、教育费等可能是 50 万元，那么他们未来的花费从何而来？尽管这是小概率事件，但一旦发生，其后果对张三夫妇来说不堪设想。于是，为了规避这种小概率事件，张三夫妇可能从结婚后就开始，不得不处处节省、储蓄。但是，如果通过每月交付收入的一小部分（比如 3%），张三即可买到全额失业保险，那么他一家就不用再去以储蓄来规避那些小概率但后果恶劣的风险事件了。

经济增长使社会收入增加，也必然意味着社会整体财富的增长。我们似乎可以认为：这些年的增长以及上面谈到的金融创新只是造就了少数首富，而并没给普通老百姓带来更多的财富——其实不然，因为即使老百姓手头的流动财富并没明显增长太多，他们的人力资本财富肯定已上升许多，结果是每人的未来收入流的折现值都增加了。怎样让每个居民从增加的人力资本感到"富有"呢？那就得通过金融创新来帮助老百姓把人力资本"兑现"，把他们未来的收入流进一步"证券化"。

狄 马

作家，累计发表散文、小说、文学批评、思想文化随笔等各类文字近百万字。出版有思想文化随笔集《另类童话》等。

博客：dimavip.blog.sohu.com

勤劳是一种美德吗？

大概在我五六岁的时候，有一次去外婆家，见天亮以后外婆为我们煮饭，觉得很奇怪，就问道：你们怎么在白天吃饭啊？外婆也觉得很奇怪，反问：你们吃饭不在白天，难道在黑夜啊？我说：我们一天两顿都在黑夜。外婆一听这话，就扑簌簌掉下泪来，哀叹说：你看这世道！把娃娃都搞得分不清了晨昏。她说的"分不清晨昏"，指的是我们那时的生活状态。父母天不亮就到生产队的梯田或坝梁上挖土，一直要干到半夜才能回来。我们这些孩子们就只能跟着大人的作息，凌晨四五点吃一顿饭，半夜里再吃一顿。时间长了就以为凡饭都要在黑夜吃，白天吃反而很奇怪。

当然正如人们常说的，有付出就有回报。母亲在这一年被评为劳动模范，队长捧着奖状来到我家，说了好多表扬的话。大意说，你妈妈是全村最勤劳的妇女，你们长大了应该向她学习；但奇怪的是，母亲一点也不高兴，队长一走，就抱着我痛哭起来。哭完后说了一句：别听他胡说！什么勤劳！他怎么不勤劳？

从此我就知道，这世上有两种人：一种勤劳，一种不勤劳；而有的人的勤劳对自己毫无好处。成年后，我对一切叫人"吃苦耐劳"、"忘我工作"的说教充满警觉，正是得益于生活所赐。在我看来，一种劳动如果不能体现劳动者的价值和尊严，那么它就只对领导者有意义。一个人在不伤害他人的前提下，愿意牺牲自己的享乐，做一件在他看来十分必要、十分有价值的事业，与一个人在棍棒的驱赶下，完成一桩力所能及的工作以维持生命，是有本质区别的。前者的"价值等级"是由他自己制定的，他愿意牺牲在他看来较小的价值以换取更大的价值；而后者的价值标准是由别人强加的，别人说高就是高，别人说低就是低，自己没有办法选择。而一切没有选择的行为，在道德上都是没有意义的。区别之大正好比饿肚子，一个是为了健美，一个是由于没米；同是跑步，一个是为赛场夺冠，一个是被人追杀；同是喝茶，一个是坐家享受，一个是被警察拉走。你说能一样吗？落实到"勤劳"上就是，如果这种"勤劳"是主动选择的结果，他在他"勤劳"的事上感到满足，那么这"勤劳"就值得赞美，至少无可非议；但如果这"勤劳"是被迫的，"勤劳"的人没有丝毫选择的余地，那么这"勤劳"就和猪吃饱了等人家过年一样，不值得嘉许。

但好多人不懂，包括一些所谓的知识分子、文人墨客，一到乡下，就盛赞起农民的"勤劳"来，写文章更会上升到"中华民族传统美德"的高度。我自己就听说了这样一个故事：一伙诗人到陕北采风，看见一个妇女在地里拔草，就派作协主席上前问候，以示"深入生活"。"老大娘，这么大岁数了，还在劳动？你的勤劳值得我们学习啊！"大娘说："学啥呀？没事干么！"可等这个主席一离开，他大娘就在地上唾了一口，骂道：

10

"呸！你才勤劳呢！你家祖宗八代都勤劳！"在她看来，勤劳是一种诅咒。她没说出来的愤怒，我们或许可以这样解读：我也想象你们城里人一样，看看电影，逛逛公园，或者遛遛狗，听听音乐会，可能么？你们不管倒也罢了，吃饱了撑得跑到我们乡下转转也罢了，但还想把老娘当猴耍，就太不要脸了！说明这世界人种五颜六色，族群丰富多样，文明千姿百态，但人性只有一个，那就是求乐避苦，好生恶死。没有一个民族热爱吃苦更甚于热爱享乐；热爱流汗更甚于热爱休闲。勤劳都是逼出来的。如果说有一个民族在世界上是以勤劳和耐苦出名的，那么，透过这华而不实的"名"一定有某种比"勤劳和耐苦"更可怕的东西高悬在它的头顶，比如严酷的制度，粗暴的管理以及落后的技术等；否则它就不会乖乖选择"勤劳"，而且一选择就是两千年。

据一些欧洲考察回来的学者介绍，欧洲特别是北欧的一些国家，劳动力十分短缺，短缺的原因不是这些国家人口稀少——事实上有的国家人口密度比中国还大，但这些国家的人很懒，他们宁愿在海滩上晒太阳，也不愿出来干活，导致劳动力价格十分昂贵；反而是勤劳的国家，比如中国，劳动力一直过剩，过剩的一个直接后果就是劳动力价格奇低，劳动者的权益得不到保障，一个间接后果就是这些国家缺乏创新产业，因为对他们的统治者来说，单靠便宜的人力资源这一条就足以在国际市场上获得比较优势，根本用不着考虑制度创新和产权保护这些麻烦的事。因而从长远来看，勤劳对一个国家的进步也未必是好事。

那么，勤劳对个人来说算不算美德呢？那要看站在谁的立场上说了。对秦始皇来说，当然是，对孟姜女就未必；对富士康的老板来说是，对员工就未必；否则你就无法解释，马向前、祝晨明这些人宁愿跳楼也不肯回机房的原因。

在中国南方，你经常可以看见狭长的小船上，伫立着几只或几十只人工训练的鱼鹰（也叫鸬鹚）。因鱼鹰嘴长且前端有钩，又善于潜水，能在水中看清各种鱼虾，所以自古以来就被渔民驯养帮助捕鱼。渔民怎样才能保证鱼鹰不将捕到的鱼自己吃掉呢？原来鱼鹰喉下有一个皮囊，能暂存捕到的鱼。渔家会在放鹰前，先用皮条草扎住鱼鹰的皮囊，不让鱼进入鹰胃里。等鱼鹰叼着鱼头钻出水面时，牧鹰人会眼疾手快，将鱼从鹰嘴里夺走，然后顺手拿出一条小鱼塞进鹰嘴里，并用手将皮条草的活扣解开，就算是对鱼鹰的犒赏了。

在这种关系下，牧鹰人赞美鱼鹰，比如说它勤劳，当然可以理解；但如果鱼鹰自己也认为勤劳是一种美德，我们就只能归结为是牧鹰人长期驯养的结果，或者是为讨牧鹰人的欢喜，得到那一条小鱼，而绝不会是它的本性使然。

谁逼卢俊义上梁山？

中国话里有好多词没有主语，这就给一些人任意解释留下了余地。比如"逼上梁山"这个词就使好多人想当然地以为一定是官府逼的。其实在《水浒》里真正被官府逼上梁山的很少，像林冲、杨志等人的悲惨例子不多，大部分是自愿或半自愿上了梁山的。还有一部分虽然是逼上梁山的，但不是官府逼的，而是梁山自己逼的。卢俊义就是个典型例子。

卢生在北京，长在一个大富豪家庭，"祖宗无犯法之男，亲族无再婚之女；更兼俊义做事谨慎，非理不为，非财不取"，加上凛凛的仪表，超群的武功，江湖人称"河北玉麒麟"。这样一个纳税大户，偶像级的"青年企业家"，即使搁现在，也少不了是工商联代表，河北省十大杰出青年，怎么可能跟宋江上山打游击？但当时的情况是，梁山自晁盖死后，群龙无首，宋江想找一个名望很高的人来提高梁山领导层的人气指数，于是就锁定了这只"河北玉麒麟"。

俗话说，不怕贼偷，就怕贼惦记着。为使卢俊义入伙，宋江、吴用可谓煞费苦心。宋头领先是派吴用假扮成算卦先生，在卢家墙上留下反诗一首，嫁祸于人，哄骗卢俊义远走千里，进入梁山的埋伏圈，绑架上山后，对他的家人李固说，你的主人卢俊义已经入伙梁山，并当了"二把手"，你们赶紧回家自谋生路去——实际上就是暗示李固告官，留下卢俊义在山上"喝茶"四个月。

等卢俊义"喝茶"归来，李固与他的妻子贾氏已经勾搭成奸，二人将卢某告发，卢旋即被打入死牢之中。在狱中卢被打得皮开肉绽，昏死过去几次；在发配途中，又被董超、薛霸烫伤了脚，折磨得死去活来；这还不算，董薛二人因受李固贿赂，在郊外准备结果卢某的性命时，被燕青的冷箭搭救；二人在一家"农家乐"藏身，又被当地村委会主任告发，绑缚刑场，正要斩首示众，幸得拼命三郎石秀跳楼相救，才免于一死。这其中每一步都充满凶险，每一步都命悬一线。梁山几番来攻城，久围不下，最后不惜屠城，才将卢俊义救出监狱。走出监狱的卢俊义这时已家破人亡，心如死灰，只得把自己的万贯家产带着，上了梁山。

你看卢俊义这样的好青年上梁山，与"封建社会的黑暗统治"有关系吗？我看没有。就像狼生出狼，秃鹫生出更多的秃鹫一样，这样的革命者是革命者自己制造出来的，是先革起来的一部分人带动后革起来者的结果。虽然与高俅等人迫害林冲相比，迫害的目的不一，但迫害的手段则惊人的一致。我们看林冲也是被人设局陷害，也是在发配途中被董超、薛霸烫伤了脚，也是在荒郊野外被人搭救，也是被害得家破人亡后，不得不上了梁山。那么，高俅逼林冲与宋江逼卢俊义究竟有什么区别？我们在肯定宋江等人的反抗行动时，是否要将他在反抗时采取的一切手段全部肯定？

以往的教科书在概括《水浒》的主题时总用一个词，叫"官逼民反"，实际上梁山一百单八将大部分是"公务员"或"半公务员"，像李逵这样的"合同工"在《水浒》里是很多的，反而像卢俊义这样纯粹的"民"不多见。在《水浒》中出场时，他虽然富甲天下，但连一个大名府的政协委员也不挂，而梁山集团——这伙武装起来的"民"在逼他造反时，和高俅等人利用国家机器逼林冲其实一样残酷，一样不择手段。所不同的是，"官逼民反"使用的是国家暴力，"民逼民反"使用的是民间暴力；但不管是"国家暴力"，还是"民间暴力"，都是"暴力"。"暴"法不一，但"暴"的实质则一。

我的问题是，一样的仗势欺人，一样的漠视生命，为什么高俅蔡京遭人唾弃，百年不逾，宋江吴用却广受好评，绵延至今呢？原因只有一个：宋江有高尚的目的，而高俅没有。

在尊重生命，尊重个体价值的自由主义者看来，手段就代表了未来的目的，不存在一个手段黑暗的光明目的，也不存在一个目的崇高的卑下手段。如马丁·路德·金所言："人们无法通过邪恶的手段来达到美好的目的，因为手段是种子，目的是树"；而在迷信权力，信奉集团道德的极权主义者看来，手段和目的是可以分开的。为达目的可以不择手段，达到目的后目的又可以证明手段正确。这样，不管是什么人，出于什么动机，只要高悬起一面"替天行道"的大旗，就可以心安理得地杀人放火，明目张胆地攻城略地。为拉一个人入伙，可以把这个人害得家破人亡；为救一个人，也可以让全城百姓涂炭，尸积如山。

《水浒》写宋江为救卢俊义出狱，带领人马攻打大名府。城内"四下里十数处火光亘天，四方不辨"，最后连职业刽子手蔡福都看不下去了，对柴进说："大官人可救一城百姓，休教残害。"可等柴进寻到军师吴用，传下号令时，"城中将及伤损一半"。施耐庵还以赞赏的笔调写道："如花仕女，人丛中金坠玉崩；玩景佳人，片时间星飞云散。瓦砾藏埋金万斛，楼台变作祝融墟。可惜千年歌舞地，翻成一片战争场。"梁山军马撤离后，北京市党政军一把手，"官二代"梁中书写表申奏朝廷，"抄写民间被杀死者五千余人，中伤者不计其数。各部军马，总折却三万有余。"也就是说，此次浩劫共造成军民总死亡三万五千多人，伤残者根本无法统计。

现在，我们姑且认为宋江救卢俊义是正义的，但为这棵正义之树的成长，要用这么多无辜者的血来浇灌，也未免过分了些。就算你宋江真的认为自己在"替天行道"，可"天道"非要把人逼入绝境才能"行"吗？卢俊义在自己家里不能"替天行道"吗？非要到梁山上，凑在一起，而且非得凑够一百零八人才能"行"吗？看到大名府的熏天烈焰，尤其是看到数万条生命横死街衢，我想天不能言，天若能言，天一定会说：我的道是这样的吗？谁打发你行这样的道呢？就像《旧约》中的耶和华谴责那些伪先知时说的："他们自以为在传达我的信息，其实，我并没有差派他们。"

方绍伟

旅美学者，芝加哥"制度经济研究中心"创办人；长期从事中国问题研究，以对制度文化的"冷酷实证"而著称；曾就职于中国社科院美国所，曾任天则经济研究所副所长。

博客：fangshaoweivip.blog.sohu.com

高考作文折射出的教育问题

今年高考的作文题目一公布，立即引来了像往年一样的热议。出题确实是难，值得理解，可往年的题目再不靠谱，也不像今年的题目这么不靠谱。网上已经传开，安徽卷的题目（"不用时请将梯子横放"）被评为"智商最低的作文题"，辽宁卷的题目（《大隐隐于"乐"》）被评为"对考生最不负责任的作文题"。全国课标卷的题目（《船主和漆工》）则被评为"最培养推理能力的作文题"，但在我看来，《船主和漆工》其实是"最吓人的作文题"。《船主和漆工》的题目是这样：

> 阅读下面的材料，根据要求写一篇不少于 800 字的文章。要求选好角度，确定立意，明确文体，自拟标题；不要脱离材料内容及含意的范围作文，不要套作，不得抄袭。

> 船主请一位油漆工给自己的小船刷油漆。油漆工刷漆的时候，发现船底有个小洞，就顺手给补了。过了些日子，

船主来到他家里道谢,送上一个大红包。油漆工感到奇怪,说:"您已经给过工钱了。"船主说:"对,那是刷油漆的钱,这是补洞的报酬。"油漆工说:"哦,那只是顺手做的一件小事……"船主感激地说:"当得知孩子们划船去海上之后,我才想起船底有洞这事儿,绝望极了,觉得他们肯定回不来了。等到他们平安归来,我才明白是您救了他们。"

看完题目和材料,考生似乎可以从三个方面确定立意:第一是有善心,做善事,勿以善小而不为;第二是善有善报,好人能拯救生命,最终还会获得额外报酬;第三是知恩图报,喝水不忘挖井人。

但是,如果这三个立意能够穷尽这道题的"材料内容及含意",那这个作文题就非常完美。可是,考生现在生活在一个日益复杂化的商品社会,他们还知道高考题目可能会考他们所意想不到的东西,另外考试的紧张还必然会出现各种意外思路。考虑到存在这三个方面的问题,高考作文题目就不能有任何漏洞。

即便没有漏洞,考生都有可能"瞎想";如果真有漏洞,那问题就是事关数百万考生了。不幸的是,《船主和漆工》偏偏存在不止一个严重违背常理的大漏洞。

从"我才想起船底有洞"这句话看,船主显然知道船底有洞。问题来了,船主明明知道船底有洞,为什么不马上请人修?油漆工都能想起,为什么不同时叫来了修船工?或者为什么不让油漆工顺便修一下?难道油漆比补漏还重要?为什么又没提醒孩子们不要驾船出海?忘记一个环节(没请人修)有可能,三个环节(没请人修、没让油漆工顺便修、没提醒孩子们不要驾船出海)都忘记就有违常理了。即便油漆工就是能身兼数职的修船工，船主却只说刷漆而不先修那个自己知道致命的洞，那问题可能就更大了。

更加严重的是，"做善事"的漆工也有大问题。为什么漆工没有提醒船主看见船底有洞？漆工的修补是否就一定可靠？"举手之劳"的修补会不会因为顺便为之暂时堵住而使得一旦远离海岸就更加危险？

现在已经有人传出说法：有个考生考试时是这样认为的，当船主知道那几个孩子是二房与别人所生，顿生杀心。孩子的亲生父亲化装成漆工将孩子救下。

难怪《船主和漆工》被评为"最培养推理能力的作文题"，因为题目的漏洞比题目里的"船底漏洞"还要大，而且大得惊人。船主可以是忘事、失责，甚至是"坑子"式的蓄意谋杀（即可能用油漆掩盖船的漏洞，出事后骗取保险金，补洞的报酬也可能是封口费）；而漆工不仅不是"有善心"，反而可能是敷衍了事、毫无职业道德，而且根本不作通报。如此，原来以为百无一失的三个"立意"就已经不再顺理成章，"善心善事、善有善报、知恩图报"就变成了"忘事失责、蓄意谋杀、毫不敬业"。

不管这道作文题是选自有破绽的虚构故事，还是来自确有其事的真实生活，在事关数百万考生分数的问题上，现在最大的问号是：如果有考生从"忘事失责、蓄意谋杀、毫不敬业"方面去写，他们最后会不会受到不公正的扣分？判卷标准和改卷人会"敬业"吗？最后会不会船主的船没进水而考生的脑子却被进水了？

争议的焦点在于，一方面可以认为：不能什么事情都往坏处想，油漆工就是修船工，补漏洞就是举手之劳。另一方面又可以认为：船有漏洞不补反漆，也没提醒孩子们不要驾船出海，实在是有悖常理。在这个争议焦点背后的更大问题是：如果我们肯定正面的作文立意而惩罚负面的作文立意，如果我们的教育"都往好处想"而现实却"常往坏处去"，我们的教育会有什么比"高考作文得分"更严重的后果？

上文提到，我们的学生所生活的社会环境已经变得日益复杂，腐败之风和败德之象几乎已经渗透到了我们这个"礼仪之邦"的每个角落，以至于我们的教育也已经陷入了"理想很丰满，现实很骨感"的尴尬境地。这就是说，我们的书面教化已经与现实教化日益脱离，就像学生们的"成语新编"所说的，"知书达礼"的意思是：仅知道书本知识是不够的，还要学会送礼。

学校里老师教了"书面意思"，学生们一回到现实里，还得被迫琢磨"书面意思是什么意思"。书面教化大多是"真、善、美"，现实教化却经常是"假、恶、丑"，你说我们的学校教育会出什么问题？很简单，书面教化会受到学生们的怀疑，书面教化会很少有人信，书面教化于是不能在学生们的心灵深处形成稳定的预期。结果又会怎么样？也很简单，学生们会被迫形成一种"双轨思维"："见人说人话，见鬼说鬼话"。

这就是我们都看到的，学生们也懂得了"说一套、做一套"，"表面一套、背后一套"，"说的不是做的、做的不是说的"，"让说的不是让做的、让做的不是让说的"。我们的教育希望的是表里如一、知行合一，可实际的效果却往往是一阴一阳、两面三刀。长此以往，大家就都知道，书面教化是用来"应付"和"掩饰"的，大家都只是"让面子上过得去"和"说说而已"；如果你真的按书面教化来，现实里你自己反倒会显得"很傻"、"很不懂事"。

也许有人说：不就是一道高考作文题吗？它要什么你就给什么不就完了吗？较什么真呢？问题就出在这里，我们的学生正处于世界观和价值观的形成期，并不是所有的人都能很快就确立所谓的"双轨思维"。学生们变得"世故犬儒"的确可怕，但更可怕的，却是一些学生对"阴一套、阳一套"的困惑、惶恐和不知所措。

你想想看，书面价值在学校里和课本上被拔得那么高，我们甚至还有很多神圣的仪式去美化那些书面价值，可一到现实里，现实教化却在无情地否定和毁灭书面教化，这样的落差怎么会不给学生们的"幼小心灵"造成冲击和震颤呢？结果会怎么样呢？结果当然是，在大多数学生缓慢地学会"见人说人话，见鬼说鬼话"的过程中，自然会有一些学生还是"见人说人话，见鬼也说人话"，或者是"见人说鬼话，见鬼也说鬼话"，甚至是"见人说鬼话，见鬼说人话"。

拿今年这道高考作文题来说，多数学生会往"善心善事、善有善报、知恩图报"（"见人说人话"）等方面想，但一部分学生必定会往"忘事失责、蓄意谋杀、毫不敬业"（"见人说鬼话"）方面想，还可能有少数的把两者混起来写进答卷。这就是所谓的"扭曲"和"错乱"，这当然表明我们的教育不仅很虚伪，而且很失败。

可这还不是最不幸的。最不幸的是，面对这种局面，我们的学校教育不是老老实实地承认现实教化的存在和作用，而是像鸵鸟那样把头埋进沙里，甚至认为现实教化不好只是因为书面教化还很不够，结果，改造现实教化的问题就被取消了，书面教化就继续着自己的苦口婆心和歌舞升平。就像那句套话说的：我们的"主流是好的"。

结论很清楚，制度文化的问题既然在学校教育那里触及和解决不了，学校教育就只能回避它，并继续不顾逻辑地把书面假大空的道德文章进行到底。这时，谁还把高考作文的不公平扣分当回事呢？中国的教育在起码的道德问题上就是这样失败的，除非我们把培养"阴阳人"当成了成功。

套用一下高考作文题的话说：中国的教育有"漏洞"，你说是该"补"呢还是该"漆"呢？

人们为什么讨厌"公知"？

"公知"即"公共知识分子"。有人认为，"满足这两个条件就是公知：1. 足够出名；2. 经常对社会公共事务发表看法"。又有人认为，"公知是抱着大树喊砍树的人"。"公知"到底有没有真伪？又如何辨别？

近日，北大校友周濂先生写的"当公共知识分子变成'公知'"（财新《新世纪》2012年7月9日）一文，对"公知"问题作了精彩的分析。但是，由于周濂先生囿于既定的自由派立场，并且不能深入到文化的背景去解剖问题，所以，他的分析常常欲言又止，许多结论也往往似是而非。

本文主张，不要急着先给自己设定立场，应该先彻底弄清"公知"的本质，然后再根据自己的认识和偏好去选择立场。

我们先来看看周濂文章的精彩之处："真正的公共知识分子，并不是像先知一样告诉他人必须做什么的人，也不是'强化观众之预设、重申并满足观众复杂愿望'的人，而是'一次次地针对被视为不证自明的当然提出质疑，打碎人们的精神习惯、行为模式以及思维方式，驱散人们熟悉而接受的观念，重新审视规则和制度'的人。他们当然也同样身处利益纷争的时代，并且不可避免地会被裹挟到利益的漩涡之中，但是与此同时，他们有着足够的意志和理性往后退一步，尝试着去质疑政府的权威、大众的神话以及自我的公正。"

周濂针对的是"谋篇博文"，那篇博文提出："'公知'的形象被简化成几个漫画式的特征，比方说'初级公知'需要熟练掌握的概念有七个：自由、民主、人权、体制、宪政、选票和普世价值；'中级公知'需要天天扫射专制、极权和暴政；而'高级公知'私下里要占尽体制内的所有便宜，但是表面上要为普天下的老百姓做义务代言人。……'不管是什么层次的公知，其目标都是一样，那就是以最小的代价占据最多的公共资源。'"

周濂认为："这种剥落金身、裸露泥胎的暴力解释法，目的就是制造某种刻板的印象，迎合并坐实大众所预期的'事实真相'。……从公共性的角度来看，某些'非公知'绝不比'公知'更少公共性；从自我赋予的使命和任务来看，'非公知'更是认为只有自己才代表了客观、公正、理性与良知；由此看来，把自由派公共知识分子污名化为'公知'的隐微目的，恰恰是为了争夺公共知识分子的正统地位。"

结果，"非自由派骂自由派是'公知'，自由派反骂非自由派是'公知'，自由派内部互骂'公知'，非自由派内部也互骂'公知'，草根则说你们全家都是'公知'……对"公知"的最大指控就是，明明是身处利益冲突时代的"刘安"，却要故作清高地扮演社会的守夜人！"

可是，如果大家不过都是在维护和推进自己的利益，那么出路在哪里呢？周濂提出："如果单从利益分化的角度看，我不晓得谁是真正活在真空里？利益分化也许是一个分析的角度，但是如果本着利益还原论的思路去解释一切，则未免太过粗疏而且错漏百出。……理想的状况固然是在每一个公共问题上，各方都能基于公共理由进行充分协商并达成共识，但更加现实的做法也许是，鼓励利益代言人为一己之私利充分地提供私人理由，而不必苦心谋划'所有人都能接受'的公共理由。事实上，中国的问题恰恰不是利益分化的太过度，而是利益分化的还不够明白、不够彻底、不够公开，如果各种利益集团真的能够开诚布公地发表观点、选举代表，就政治权力和财富分配进行理性的博弈，那么中国的公共空间和政治未来将会变得更好而不是更差。"

显然，周濂设想了一个"协商民主"的美好结果，然后告诉我们说："在这个过程中，一定会有人假借公共理性的名义来混淆视听，一定会有人根据政治正确性站队并打压异己。……但……只要目标都是那前行路上的门槛，不管是'公知'还是非'公知'，也不管是公民还是草民，你喊号子我抢锤子，你拆地基我运垃圾，都是在拆除门槛，相煎何太急？"

在我看来，周濂通过展望一个美好未来，而把当下的"公知争斗"问题给取消了。可真正的问题是，即便利益分化足够明白、足够彻底、足够公开，即便各种利益集团，真的能够开诚布公地发表观点、选举代表、就政治权力和财富分配进行理性的博弈，"公知争斗"的问题依然还会持续下去。

所以我认为，周濂在"公知争斗"上的"世界观"是有问题的。因为，"公知争斗"的本质，是通过"品牌竞争"去争夺"意见市场"的"市场份额"，利益分化的程度、透明度及利益的表达与分配机制，根本没有改变"公知争斗"的本质，不同的仅仅是"公知争斗"的方式；通过展望一个美好未来及"相煎何太急"的劝说，根本就是文不对题的"鸵鸟主张"。

按照这个简单的道理，公知"以最小的代价占据最多的公共资源"，就不是一种什么"裸露泥胎的暴力解释法"。哪个公知大褂底下及背后的东西都是利益，大家的目的都是"制造某种刻板的印象，迎合并坐实大众所预期的'事实真相'"。更加重要的是，大家都在利用现体制的僵硬和空隙之处，去寻求自己的获利优势。

按照这个"世界观"，真正的公知固然不是先知，但乌合之众就是喜欢盲从，公知一个正确往往可以遮挡很多错误，所以谁是"真正的公知"其实根本无法判断。"质疑"、"打碎"、"驱散"本身也是一种"意见产品"，所以问题不是"质疑"、"打碎"、"驱散"，问题是谁会相信特定的"质疑"、"打碎"、"驱散"本身就是"真正的"。就是说，即便能够知道谁在"装成先知、哗众取宠"，谁又在"质疑政府的权威、大众的神话以及自我的公正"，我们也很难让所有人都感到黑白分明。

因此，周濂文章的精彩完全是表面化的；问题不是哪种利益更正确，问题是利益冲突根本就不是一个真理冲突问题，根本就不存在一种可以用于判定"真正公知"的"一看便知的中立客观标准"。自由派公知确实并不比非自由派公知更高尚，我们只有这样假定，才不至于鼓励有更多的人去冒充自由派公知或非自由派公知。所以，背离"利益还原论"才会导致"太过粗疏而且错漏百出"。

现在清楚了，当公共知识分子变成"公知"时，真正的问题不是制度背景，真正的问题是人们为什么讨厌"公知"。人们讨厌"公知"，仅仅是因为他们不喜欢特定的"意见产品"，更不喜欢别人的"意见产品"削弱自己或自己认同的"意见产品"及"产品份额"。"意见市场"上没有真理，只有偏好，而偏好就意味着情绪与理性的混杂，意味着情绪能够压倒认识。事实往往被意见所污染，"意见市场"充满了"损招"及"恶招"，永远不可能有公平的竞争和理性的协商。

不幸的是，讨论中的"公知争斗"，还因为中国特色的"小圈子文化"而使是非更加混浊。"小圈子文化"是人情面子的天堂，却是理性原则的地狱；"粉丝"就是"情丝"，"利益共同体"不相信眼泪，更不相信真理。所以，中国的"公知争斗"没有出路可找，通过"现体制的僵硬和空隙之处"去确立自己的分配优势，就是所有"公知争斗"的硬道理。

"意见市场"本质上是分割及碎片化的市场，不管是用道德义愤还是意识形态的手段，"意见产品"的生产者及消费者不仅要扩大自己的利益，还要增加别的"意见产品"的成本。所以，"以最小的代价占据最多的公共资源"，就意味着以尽可能少的代价去"媚人数尽可能多的俗"或"仰仗势力尽可能大的权"。不少人把"意见市场"幻想成"思想市场"，可即便存在"思想市场"，也不可能存在所谓"开放的思想市场"。"思想市场"要么受政治逻辑的压抑，要么受费用逻辑的压抑，要么两者兼有之；"思想市场"或"意见市场"是相对封闭的。

总之，很难做到"有着足够的意志和理性往后退一步"，这意味着不从既定立场出发，至少在分析问题时这样做。有一点是明摆着的，动机问题清楚而不必讨论，别人的动机有多肮脏，你的动机就有多无耻，"人格资历"而不是"实质内容"的关注，往往是"伪公知出笼"的明确信号。

仅仅是在利益的尽头，如果能够超脱于"情丝"和"小利益共同体"之上，能够尽可能降低"利益相关度"，能够以尽可能纯粹的逻辑去分析问题，"公知争斗"的真相才有清晰的可能。即便是这样，我所说的也仅仅是一种微弱的可能，它对人的"有限理性"要求太高了。人本来就是愿望而不是理性的动物，人有理性仅仅是因为理性碰巧与愿望重叠。

废话一筐

凯迪知名写手。

博客：feihuayikuang.blog.sohu.com

燃油税与路桥费及其他

凡在中国说税的话题，都要追本溯源，要从盘古开天地讲起，才能说得明白。好在，我早年写过一篇《税、个税、纳税人、自由主义》，其中解释了税的一些本源，现就全盘抄袭到本文中：

税是什么东西？

先说"税"这个东西，这个名词往往被学者专家说得很深奥、神圣。其实，这个玩意儿一点不深奥，它大致有两个意思：

一个是进贡，中国历史上的捐、税、赋，都是这个意思，就是缴纳皇粮。因为古代伦理是忠孝传家，孝就是向自己的老爹进贡，而忠就是指向皇帝老子进贡了。向自己的老爹进贡，这在国人看来是天经地义的；而向皇帝老子进贡，也被中华文化视为是天经地义的，因为皇帝大过老子。按中国古代的座次，天地君亲师。皇帝还在双亲之

26

前，所以，你向你老子进贡是应该的话，向皇帝进贡就更是应该的了。至于我们为什么在养自己的亲爹之余，还要多养一个皇帝老子？嘿嘿！这样的问题就不是我这样的愚钝奴才应该考虑的了。

"税"的另外一个意义，就是大家凑份子玩，现在不是时兴 AA 制吗？现代的税就有点这个意思。就是大家一起出钱去做一些大家都感兴趣的事情。这个意义上的"税"，是现代意义的税。就是大家凑钱花在大家的身上，至于谁出多少？谁用多少？反而是次要的问题。有钱的可以多出，无钱的可以少出。不需要的少用，有需要的多用。大家在玩 AA 制的时候，也不怎么在乎谁多吃了，谁少吃了啊。但是，不给钱，不出自己的一份。大家就会有意见了，所以现代意义上的税是必须缴纳的，不然会被人瞧不起。但是，如果确实有人因为各种原因出不起份子钱，而我们的良心又不忍其受冻挨饿的话，我们当然也不反对代他出一份，或者让他少出点。

话说回来，自由经济的一个原则是自己的大多数事情要自己搞定，你相信自己有这个能力吗？你当然要相信自己啦，但也确实有少量的事情是需要大家出钱来共同搞定的。所以，税不是收得越多越好，而是合适够用就行，毕竟钱在自己的口袋里还是要放心得多。而把钱交出去给别人代管，是需要自己花时间、花精力监管才可以放心的。如果代办人不为你办事，也不向你报账的话，你当然最好不要参加这样的凑份子活动啦，除非你的钱多到烫手了，又或者你脑袋进水短路了。

那么，今天中国的"税"是属于哪个意义上的税呢？这当然是我们应该要搞清楚的首要问题。

我想，明白了税的概念后，我们就好说燃油税了。燃油税如果是大家凑份子钱玩，我们玩什么呢？显然，燃油税是为了出行而凑的份子，它就应该是为大家出行服务的。因此，养路、修路，就是它最主要的目的。现在官员专家却都说：燃油税是为了节能减排。这就非常搞笑了，节能减排不必靠征收燃油税解决，把公路全挖断，把汽车全砸了就好了。像朝鲜那样，都用人力实现交通，节能减排就彻底了。何必兴师动众地搞什么燃油税呢？

由此可见，节能减排只是燃油税的副产物。而保障交通效率、减少交通成本，才是燃油税的主要任务。等下，我还会证明，现行燃油税基本无法实现节能减排，而取消所有公路收费站才真能实现节能减排。因此，专家说燃油税能实现节能减排是忽悠国民。

既然，燃油税是为交通而设的税种，那么，实行燃油税后，就应该取消过去的一些交通税费。这是符合成本效率原则的，也符合中央"简税制"的文件精神。那么，那些相关税费是应该被取消的呢？

1.养路费；2.车船使用税；3.各大城市年票；4.各地各种公路的路桥费。

现在，政府只取消了个养路费。年票还没有明令是否取消，而路桥费就只说逐步取消二级公路路桥费。这完全是避重就轻，继续重复收费，加紧搜刮国民财富。路桥费的话题我后面再说。车船使用税为什么不取消？

车船使用税不只是每年几百元钱的事情，还给国民带来一个麻烦，就是你每年必须记着到税局去交，到税局交税是要增加纳税人成本的。花时间，花精力，往往还要耗汽油。而据中新社报道，"陈德铭介绍，至去年底，中国各类汽车总量三千六百万辆。"也就是说，这三千六百万辆车的车主，每年至少得跑税局一次。这会消耗国民多少时间，是不是降低了全社会的运作效率，浪费了社会资源？当然应该把车船使用税并入燃油税！

现在，我们再来说这个万恶的路桥费收费站。为什么说它是万恶的呢？很简单，就是路桥收费站有百害而无一利！你能为我找到路桥收费站的好处吗？不能，我却能为你找到路桥收费站的无数坏处。首先，降低交通效率；其次，增加汽车排放；第三，加剧社会矛盾；第四，增加社会管理成本。下面逐一简单解释结论。

1. 降低交通效率

中国原来规定，四十公里内不得重复设收费站，收费站车辆排队超过五辆就应免费放行。现在，这些规定都不被执行，各地官员，为了自身利益，争设收费站，合法地拦路打劫。极大地降低了全社会交通效率。就以私人小汽车为例，一年开四万公里，大约要通过一百个收费站，每个收费站花两分钟，则每年因为收费站要耗去两千分钟。折合为 33.3 小时，约合 1.4 天。鲁迅说："浪费别人的时间，无异于谋财害命。"收费站谋了国民多少财？害了国人多少命？

另外，交通和通讯是现代经济的基础。什么使世界连接为地球村？是交通和通讯，是低成本、高效率的交通通讯将世界连接成为地球村。交通通讯成本减少、效率提高，对社会经济的影响十分重大。它可以保证让四川的蔬菜运到北京销售，这不但让京城居民以合理的价格吃上新鲜蔬菜，还让四川农民不致失业。而高成本、低效率的运输，就会破坏这样的和谐局面。你说问题严重不严重？请大家注意：中国恰恰是在交通通讯上成本最高。真是反其道而行之！

2. 增加汽车排放

大家都知道：汽车加速、减速、怠速都会增加汽油消耗，增大尾气排放。而收费站却必然让汽车加速、减速、怠速。前面说了，中国有 3600 万辆汽车，每年就算平均过 1000 个收费站，每个耗时 2 分钟，都折算成怠速状态。你知道会耗多少汽油吗？这是可以计算的。我就简单计算给你看看：

都按小汽车怠速计，一小时耗油 1 升。则：

总耗油量 $= 36000000 \times 1000 \times 2 \ / \ 60 \times 1$

$\qquad = 1200000000$ 升

真是不算不知道，一算吓一跳。收费站居然每年会使全国汽车多耗 12 亿升油；按现在市价计，让国民额外多支付约 65 亿元人民币。

而每燃烧一升汽油，可产生 10 立方米的废气，废气的成分约有 150 多种，对人危害最大的有一氧化碳、二氧化氮。也就是说，收费站每年让中国多产生了 120 亿立方的有害废气。

嘿嘿！中国人真是聪明啊，我们在路上安排了不少闲散人员，就为了让我们给他们交买路钱，从而让每人每年浪费 1.4 天的生命，一共增加消耗 12 亿升油，再多花 65 亿来买这些汽油，还多排放 120 亿立方的有害气体。这是什么逻辑呢？难道我们吃多了？或者，我们脑袋短路了？专家官员对这样明显的事实，却视而不见，难道是瞎子？可他们还在叫喊节能减排哦，为什么不节这个能减这个排呢？

老实讲，就算我们把现在所交路桥费的钱，通过燃油税，全部交给他们，把收费站撤销，然后再把收费员按现待遇养在家里不工作，国民都比现在得益不少。我们得到了那 1.4 天的时间，我们节省了那 65 亿的空耗，我们减少了 120 亿立方的排放。中国人，难道连这样的智慧都没有？中国人难道就笨得只能花钱买罪受？

官员说：增加燃油税后，能限制大排量车的销售和使用，达到节能减排的效果。我要说，这基本上是在放屁！请恕我粗鲁，因不如此无法表达我的愤怒。顺便在此批判一下这些奇谈怪论。

大家想想，什么车是大排量的？工程车、货柜车、公交车、高档小汽车。前三种是经济发展和人民生活必须的，能限制其使用吗？而高档小汽车都是谁在用？富豪和官员。官员的车，那是公车私用，最后，都是国民买单。怎么可能被限制使用？怎么可能节能减排？要让官员的车节能减排，只有一个方法，精兵简政并实行民主监督，这喊了三十年，我们做到过吗？

富豪的车又怎么是区区燃油税能阻止他行驶的呢？你就是把燃油税加到一升 10 元，他也照开不误。

由此可见，我说官员专家是放屁并不过分！

3. 加剧社会矛盾

不想多说，以下新闻我们屡见不鲜：村民冲击收费站、市民罢驶抗议收费站、书记官员砸收费站，那说不明、数不清的真假军牌、警牌、O牌……

4. 增加社会成本

前面所列都是。经济学有个基本原理，凡是增加社会总成本、降低社会总效率的措施，都是倒行逆施。收费站完全符合这条。

最后，我们所需要的燃油税应该是包括了全部车船税费、道路税费后的燃油税，换言之，就是现有车船使用税、养路费、路桥费、年票，都应该并入燃油税。且现阶段，我国的燃油税税率应该向美国看齐，而非向欧洲看齐。道理很简单：

1. 中国幅员辽阔且处于经济发展期，越低的交通成本，越有利于均衡地域间的差距，越有利于经济发展。这与欧洲不同，而与美国同；

2. 中国还没有实现有效监管税收使用的社会机制。这样，税收应该尽量少，有利于缩小监管漏洞。这与欧美都不同，是中国特色。

其实，在中国说税的话题特没劲，因为中国的税还基本是进贡的意思。与虎谋皮，不但效果不好，也危险。只是，我觉得国民应该知道这点，不要没事喊加税，或者为加税欢呼，以免好心办了坏事，最后成了为虎作伥的恶鬼。

傅国涌

自由撰稿人，当代中国知名知识分子。著有《金庸传》《1949：中国知识分子的私人记录》等著作。

博客：fuguoyong.blog.sohu.com

蔡元培为何不能归骨北大？

众所周知，今天未名湖畔的北大是当年燕京大学的旧址，燕京大学的创始人司徒雷登的遗愿就是能将他的骨灰埋在燕园，历时数十年，几经周折，这个简单的遗愿最终还是没有实现，直到三年前，他的骨灰在杭州郊外的一个普通公墓入土。如果说燕京大学已在近一个甲子前消失在历史的深处，未名湖是北大所在地，"北大之父"、举世敬仰的蔡元培校长归骨北大，在未名湖畔选一块地，应该是没有问题了。遗憾的是多少年来，多少北大校友、知识界、新闻界人士不断呼吁，同样迄今未能实现。

1940年春天蔡元培先生在香港病故，当时国共两党一致给了他最高的评价，毛泽东从延安发出的唁电称他为"学界泰斗，人世楷模"。正值烽火连天的抗日战争，华北早已沦陷，北大迁到昆明，与清华、南开合组西南联大，兵荒马乱之中，蔡先生只能在香港下葬，墓地在香港岛西南角山坡的"华人永远坟场"。

自上世纪八十年代以来，曾任《大公报》副总编辑兼《新晚报》总编辑的罗孚一直呼吁让蔡先生归骨北大。1985年，他在《蔡元培的坟》一文中说，"整个山坡上，从下到上，又从上到下，堆满了一座座坟墓，又不是一排一排有规律地陈列着；那格局是杂乱的。……万坟如海，蔡元培的坟墓就淹没在这样的一坡坟海之中。"此文曾在《人民日报》副刊发表，结果无人理睬。

　　相隔十来年，西南联大外语系出身的翻译家巫宁坤教授在香港中文大学访问，得知蔡先生的墓仍在香港的坟场，情景十分萧条，给北大写了一封信："恳请母校早日迎蔡孑民先生之灵归葬于北大校园，供世世代代莘莘学子瞻仰。所需经费如有困难，可发动校友捐献，本人自当带头……"这一次北大校长办公室倒是回复了，见过这封信复印件的罗孚在《关于蔡元培的坟》文中引用如下："北大现在的校园为原燕京大学旧址，1952年全国高等院校调整后，北京大学由沙滩迁到这里。校园的主要部分已于1994年3月，由北京市政府列属文物保护区，该文物保护区必须保存现有格局，一切翻修和重建事宜，皆需遵照文物保护法的有关规定批准后，才得执行，学校方面无权动土。没有列入文物保护区的校园，如学生宿舍、食堂、文体中心等，楼间的距离甚窄，闹声喧杂，又不是安排蔡先生墓葬的适当场所。"罗孚老人对此提出质疑，蔡先生的墓本身就是文物，对北大而言，这是尤为珍贵的文物。如果真的重视此事，为什么不向有关方面提出请求，从文物保护着眼将蔡墓迁葬北大，这本身就是对文物的保护。（罗孚《文苑缤纷》，中央编译出版社2011年版，131页）

　　北大校友的同样呼吁也一直没有断过。2003年1月，罗孚在《金庸小说，革命文学？文学革命？》一文中再提此事，"蔡元培先生是北大的老校长。但他的骸骨却是葬在香港的，埋在香港仔华人永远坟场山坡上的千万坟墓当中。拥挤不堪的，使人有活人住在山边木屋区之感。我当年为此感到十分不妥，在香港和后来在北京，都在报上发表过文章，主张搬迁这坟墓回内地，回北京，回北大，这才能消除人们对这拥挤的不安。'北京十年'后，我回到香港，又为此在报上呼吁了一次，但一次都得不到回应。"（同上，374页）他不无沉痛地说："我自然人微言轻。在某些不学无术的大人先生眼中，蔡先生似乎也还不够重。"（同上，133页）

如今罗孚先生已在香港谢世，他的八卷本《罗孚文集》在北京问世，其中至少有四篇文章呼吁蔡先生归骨北大的。想到蔡先生与北大的深厚渊源，而今他奠定的北大传统早已随风而逝，即使想归骨北大也不能，怎么不令世上所有爱蔡先生、敬慕蔡先生的国人黯然无语。今日之北大实在愧对蔡先生，这样的北大，其实蔡先生的遗骸不归来也罢。1998年北大百年校庆之际，诗人、杂文家邵燕祥先生在广东《同舟共进》杂志发表的《让孑民先生安息》一文中说，蔡先生归骨北大之议不成，也不必遗憾，"即使归葬未名湖畔，对蔡先生来说，那也只是'燕园'；而蔡先生曾主校政的北大，他抗战流亡中至死魂牵梦萦的，应是在沙滩的红楼。昔之红楼，久已拨作他用，楼后校园，早就填满了简易楼房，而'孑民堂'则属文化部机关所有；老北大旧址，倒更是'楼间的距离甚窄，声闹喧杂，又不是安排蔡先生墓葬的适当场所'了。"他说，倒不如让蔡先生在香港的"华人永远坟场"安息下去。

蔡先生不能归骨北大，无损于蔡先生一丝一毫，倒是大大有损于今日之北大，一个容不下蔡先生骸骨的北大，会是一个蔡先生开创的兼容并包的北大吗？会是一个有容乃大的大学吗？这些问号，在这个浅薄浮躁的唯物质化时代里注定了无人理会，还是让蔡先生在遥远的香港仔山坡上，日日夜夜面朝大海，或听海涛闲话，或闻惊涛拍岸吧。

陈独秀：回归"德先生"

陈独秀的一生波澜起伏，在二十世纪中国许多影响历史进程的重大事件中我们都能看到他矫健的身影。

他是"五四"新文化运动的开创者，大力倡导白话文，反对文言文，推倒以儒学为核心的中国几千年来的旧文化，建立起和人类主流文明接轨的新文化，有人称他是"三千年来第一人"，这一评价一点也不过分。他是中国共产党的创始人，领导了包括"五卅运动"在内的一系列工人运动，实现了和孙中山领导的国民党合作。他的一生反对清王朝、反对袁世凯、反对北洋军阀、反对国民党、反对帝国主义，被自己手创的革命党所开除，甚至被奉他为精神领袖的中国托派所不容，他自称是"终身反对派"，中国历史上能够当得起这个称号的恐怕只有他一人。

"以其一生遍历卢骚（卢梭）到马克思的全部思想的变迁，只有陈独秀，他是这个过程一个最完整的代表人物"，他的一生经历了康梁的改良主义、法国式的民主主义、俄国式的马克思主义和托洛斯基主义，最后从国民党的监狱里出来宣称抛弃一切主义，在贫病交加之中回到了"五四"的立场上。

他说："我半生所做的事业，似乎大半失败了，然而我并不承认失败，只有自己承认失败而屈服，这才是真正的最后失败。"如果在中国人惯有的以成败论英雄的观念之外看，陈独秀才是最大的成功者，他开辟的启蒙事业不仅直接影响了一代人，培养了一代人，而且继续影响着中国的未来，他奠基的"五四"传统始终是中国的希望所在。

"爱国心"与"自觉心"

青年陈独秀参加过拒俄运动，加入过暗杀团，创立了安徽爱国会、岳王会等革命组织，办过《国民日日报》、《安徽俗话报》等，自述办刊十年风气为之一变。辛亥革命后还担任过安徽都督府的秘书长。

1914 年 11 月反袁失败后，他再次东渡日本，和章士钊一起办《甲寅》杂志，第一次用"独秀"的笔名发表了《爱国心与自觉》一文，开宗明义提出："人民何故必建设国家？其目的在保障权利，共谋幸福，斯为成立国家之精神。"为什么要爱国？"爱其为保障吾人权利谋吾人幸福之团体也。"他提出要有爱国心，也要有自觉心。"恶国家甚于无国家"，如果是一个人民没有权利、幸福可言的国家，"瓜分之局，何法可逃，亡国之奴，何事可怖"，引起舆论一片大哗，不少人指责他不爱国。

对于这一点，他后来在《每周评论》第 25 号发表《我们究竟应当不应当爱国？》一文，说得更清楚：

> 我们爱的是人民拿出爱国心抵抗被人压迫的国家，不是政府利用人民爱国心压迫别人的国家。
>
> 我们爱的是国家为人谋幸福的国家，不是人民为国家

做牺牲的国家。

在经历了长期血与火的革命生涯以后，陈独秀开始摸到了民主的门槛。民主至上，民权高于一切，民权的价值重于国家成为他的主导思想，他的脉搏为他的这些思考而剧烈地跳动，他痛感人民缺乏对民主的真正觉悟，辛亥革命胜利了，开国元勋却在自己参与缔造的中华民国成了通缉犯，只能再度亡命。他对民主的重新认识，使我们感觉到高举"德先生"、"赛先生"大旗的《新青年》已经在母腹中蠕动。不到一年《青年》杂志就诞生了。

"德先生"和"赛先生"

1915年9月15日，陈独秀创办《青年》杂志（第二卷起改名《新青年》），在第一期的《敬告青年》一文中他就明确提出科学与人权"若舟车之有两轮焉"，"国人而欲脱蒙昧时代，……则急起直追，当以科学与人权并重"。他认为人权说是近代文明的三个基本特征之一，不久他又进一步把人权扩大为民主。

正是通过《新青年》这个平台，他打出了"德先生"和"赛先生"（即民主和科学）这两面大旗，发表了一系列振聋发聩的言论，横扫千军如卷席。除他本人之外，《新青年》还"以披荆斩棘之姿，雷霆万钧之势"连续发表了胡适、吴虞、鲁迅、李大钊、刘半农、钱玄同、高一涵、易白沙、周作人等人的文章，连鲁迅都承认他那时候的创作是奉了陈独秀的思想"将令"。胡适说过"当日若没有陈独秀'必不容反对者有讨论之余地'的精神，文学革命的运动绝不能引起那样大的注意"。正是陈独秀率领千军万马第一次向儒家学说、传统道德，向文言文、旧文学发起了全面的、猛烈的冲击，第一次大力提倡西方的"自由、平等、独立之说"，张扬自由自尊的人格、独立自主的人格，不是仅仅局限在政治层面，而是全方位地要引进新的文化、价值。也是第一次激烈地、大张旗鼓地、毫无妥协地反对文言文，提倡白话文。言论之激烈至今可能都还让人心惊肉跳，如钱玄同的废汉字、鲁迅的不读中国书、胡适的百事都不如人等。

其中的主角无疑是陈独秀，1940年3月24日他在《中央日报》发表《蔡孑民先生逝世后感言》，也不无自豪地说："五四运动，是中国现代社会发展之必然的产物，无论是功是罪，都不应该专归到那几个人；可是蔡先生、适之和我，乃是当时在思想言论上负主要责任的人。"其实不仅在思想言论上，他也是把自己的思想付诸了行动的人，所以他这个堂堂北大教授才会在"五四"运动中亲自去散发传单。毛泽东称他是"五四运动的总司令"，他当之无愧。

在万马齐喑的1915年9月，也就是"筹安会"出笼、袁世凯即将称帝的时候，陈独秀却喊出了民主和科学。也正是他在《〈新青年〉罪案之答辩书》中斩钉截铁地说出了：

> 西洋人因为拥护德、赛两先生，闹了多少事，流了多少血，德、赛两先生才渐渐从黑暗中把他们救出，引到光明世界。我们现在认定只有这两位先生，可以救治中国政治上道德上学术上思想上一切的黑暗。若因为拥护这两位先生，一切政府的压迫，社会的攻击笑骂，就是断头流血，都不推辞。

他就是以这样的姿态高举德谟克拉西（democracy）和赛

因斯（science）两面大旗，坚决反对孔教、礼法、贞节、旧伦理、旧政治，反对旧艺术、旧宗教，反对国粹和旧文学，提出"伦理之觉悟为最后觉悟之觉悟"，开创了以现代文明为核心的新文化运动。这是中国历史上第一次也是惟一一次思想启蒙运动，它的巨大意义也早已超越了政治层面。可惜，这场以现代文明为导向，以民主、科学为旗帜的启蒙运动前后仅仅持续了四年，就被它的倡导者自己亲手扼杀了，这是"一幕奇特的历史悲剧"。

在袁世凯和军阀当政的政治真空时代，陈独秀的出现为新文化赢得了一定的生存空间，取得了空前的胜利，从此白话文、新文化作为中国的主流文化的地位已经奠定。但在十月革命的影响下，他和同时代的李大钊等人迅速转向马克思列宁主义，告别了他醉心已久的法兰西文明，告别了他心爱的德先生。

1919 年以后，陈独秀全面接受阶级斗争学说、无产阶级专政和建党理论，向"五四"的旗帜再见，从此踏上另一条曲折、漫长、痛苦的革命道路。1919 年 11 月他还说过"我们现在要实现民治主义（democracy），是应当拿英、美做榜样"，到 1920 年他的思想就发生了戏剧性的大转弯，他说："德谟克拉西是资产阶级的护身符、专有物"，民主主义是资产阶级"拿来欺骗世人把持政权的诡计"，"若是妄想民主政治才合乎民意，才真是平等自由，那便大错而特错"，"民主主义只能够代表资产阶级意"。（《民主党与共产党》）"五四"的民主启蒙就此告终，他的倡导者和送葬者都是陈独秀。

"监狱，世界文明的发源地之一"

"世界文明发源地有二：一是科学研究室，一是监狱。我们青年要立志出了研究室就入监狱，出了监狱就入研究室，这才是人生最高尚优美的生活。从这两处发生的文明，才是真文明，才是有生命有价值的文明。"

"五四"运动的前夜，陈独秀曾发表这篇题为《研究室与监狱》的短文。1919 年 6 月 9 日，这个"五四运动的总司令"、北京大学的前文科学长，竟然亲自出手去散发《北京市民宣言》的传单，结果被捕入狱，引起举国震惊，青年毛泽东在湖南高声喊出"陈君万岁"，"我祝君至高至坚的精神万岁"。在各界营救下陈独秀于 9 月 16 日出狱。

1921 年、1922 年陈独秀因为思想激进两次在上海租界被捕，由于缺乏证据，在各界朋友（如胡适等）的关注下，关押时间都很短。他一生虽然四次身陷囹圄，但始终没有改变自己的信念，也从来没有放弃过他对中国问题的思考、研究。

1932 年 10 月 15 日，陈独秀在国民党巨额悬赏他的上海隐居多年后，终于第四次被捕。国民党各地党部、省主席、司令等纷纷致电中央当局要求予以严惩，他亲自缔造的共产党也发表了幸灾乐祸的消息和骂他为资产阶级走狗、反共先锋的评论。那一刻，两个对立的党几乎是异口同声，都要把这个"五四运动的总司令"置之死地而后快。苏区《红色中华》报 1933 年 5 月 8 日的报道《托陈取消派向国民党讨饶》称，陈被捕后"颇得国民党当局青睐"，"对国民党更愿表示'五体投地'以为'报德'"，受审时，陈"服服帖帖"，"跪在国民党法庭面前如此讨饶"，王观泉先生评论说，这是"歪曲事实真象，罗织人罪，影响极坏"，尤以陈独秀"向国民党法庭讨饶"这篇"最为恶劣"，"令人齿冷"。

但陈独秀也并不是为举国所弃，他在《甲寅》时的同伴章士钊出庭为他辩护，他在北大、《新青年》的同伴和学生胡适、傅斯年等纷纷站出来为他说话，罗家伦、段锡朋等都曾到狱中看望他，给予了他人性的温暖。1933年4月公开开庭审判，他自己在法庭上更是慷慨陈词，不失"五四"当年的风采。

他的自辩词，即便今天读来依然让人拍手称快，针对指控他"叛国"、"危害民国"的罪名，陈独秀一针见血地指出国家是土地、人民、主权的总和，"若认为政府与国家无分，掌握政权者即国家，则法王路易十四'朕即国家'之说，即不必为近代国法学者所摒弃矣。若认为在野党反抗不忠于国家或侵害民权之政府党，而主张推翻其政权，即属'叛国'，则古今中外的革命政党，无不曾经'叛国'，即国民党亦曾'叛国'矣。袁世凯曾称孙、黄为'国贼'，岂笃论乎？！"他在法庭上抨击国民党政府"以党部代替议会；以训政代替民权……以刺刀削去了人民的自由权利，高居人民之上"。他说民国就是共和国，"若认为力争人民的集会、结社、言论、出版、信仰等自由权利，力争实现彻底民主的国民立宪会议以裁判军阀官僚是'危害民国'，则不知所谓民国者，应作何解释？"

章士钊是当时名动全国的大律师，他为陈独秀作无罪辩护，其中有"现政府致力于讨共，而独秀已与中共分扬，余意已成犄角之势，乃欢迎之不暇，焉用治罪为？"用意无非是为他开脱，但陈独秀当庭声明"章律师辩护词，只代表他的意见，我的政治主张，要以我的辩护为准"。这才是陈独秀的人格风范，当时即赢得旁听席上的赞誉声。结果他"以文字为叛国之宣传"被判处有期徒刑十三年。

他的自辩和章士钊的辩护词在天津《益世报》全文登载，其他报纸也纷纷报道，一时轰动全国。曾出版过《独秀文存》的亚东书局公开出版了陈案的资料汇编，还被上海沪江大学、东吴大学选为法学系的教材，这些事竟然都发生在1933年陈独秀被判刑的当年，可能也让后人感到惊讶。

在南京狱中，他雄心不减，利用国民党的优待条件，大量阅读古今中外的书籍，潜心研究中国古代的语言文字、孔子、道家学说等等，完成了不少有价值的学术论著，尤其是对民主的思考与反省，逐步回到了"五四"的轨道上。他真正把监狱当作了人类文明的发源地之一。

1937 年 8 月 23 日，因为抗日战争爆发，陈独秀被提前释放。

回归"德先生"

在接受了马克思主义的阶级斗争学说之后，陈独秀否定了他曾高举的那面"德先生"大旗。《新青年》也从启蒙刊物变成了宣传马列主义的刊物。1920 年开始他连篇累牍地发表介绍马克思主义的文章，建立马克思主义研究会、共产主义小组，发起筹备中国共产党，成为该党无可争议的创始人。1921 年 7 月23 日，在中共"一大"上被缺席选举为第一任中央局书记，直到 1927 年离开这个位置（他被开除出党是 1929 年）。

在经历了风云变幻的大革命失败和激烈、紧张的党内斗争以后，他开始又一次冷静下来思考一些更深刻的问题，就如当年他在辛亥革命失败后的悲凉之中，找到了"德先生"和"赛先生"。1929 年 8 月他发表《关于中国革命问题致中共中央信》，重提他几乎已十年没用过的"德谟克拉西"一词：

> "德谟克拉西，是各阶级为求多数意见之一致以发展其整个的阶级力所必需之工具；他是无产阶级民主集权制之一原素，没有了他，在党内党外都只是集权而非民主，即是变成了民主集权制之反面官僚集权制。在官僚集权制之

下，蒙蔽，庇护，腐败，堕落，营私舞弊，粉饰太平，萎靡不振，都是相应而至的必然现象。

　　"现在中央政策，竟在反对'极端民主化'的名义之下，把党内必需的最小限度德谟克拉西也根本取消了，并不是什么'相当缩小'……"

　　他批评委派制、不准不同意见的人开口，指责这样做毁坏了党的组织与力量。在上海他和"托派"的青年为民主问题有过长期争论，他在"托派"刊物《火花》上发表过《我们要什么样的民主政治》，他把民主区分为"真"的和"假"的，称欧美的民主政治都是遮掩资产阶级少数人专政的形式，苏维埃政制才是民主在历史上发展到今天的最新最高阶段、最后的形式，他的《上诉状》中对民主定义的阐述也是如此，与"五四"时期对民主的见解距离还是很大。

　　1932年10月入狱以后，他没有停止思考，1936年3月，他在《火花》发表了《无产阶级与民主主义》，指出"最浅薄的见解，莫如把民主主义看作是资产阶级的专利品"。他把民主称为"人类进步之惟一的伟大指标"，"民主主义乃是人类社会进步之一种动力"。"史大林不懂得这一点，抛弃了民主主义，代之于官僚主义，才至把党，把各级苏维埃，把职工会，把整个无产阶级政权，糟蹋得简直比考茨基所语言的还要丑陋"。

　　在《孔子与中国》一文中，他说"科学与民主，是人类进步之两大主要动力"，"人类社会之进步，虽不幸而有一时的曲折，甚至于一时的倒退，然而只要不是过于近视的人，便不能否认历史的大流，终于是沿着人权民主运动的总方向前进的"。

　　他曾在狱中对人说过，他当年在《新青年》上提出民主和科学，是经过深思熟虑，针对中国的实际情况才提出来的。他认为"民主制度是人类政治的极则，无论资产阶级革命或无产阶级革命，都不能鄙视他，厌弃他，把它当作可有可无，或说他是过时的东西"，已逐渐回到了"五四"时期的民主轨道上。

1937年出狱以后，他拒绝出任劳动部长，拒绝蒋介石出钱让他组织"新共党"，拒绝胡适的邀请去美国，拒绝谭平山要他出面组织第三党的建议，同时他也拒绝去延安，他不无凄凉地说李大钊死了，他的儿子延年也死了，党里没有他信任的人。1938年，他选择了入川；1942年，他在贫病交加中死去。但他在生命最后的时光还在继续狱中开始的研究，从文字学到民主发展史，都结出了沉甸甸的果实。特别是他对斯大林时代的反思深度，在中国恐怕至今还没有多少人超过他当年的认识。我想千言万语都不如他自己的文字来得更直接。

他对民主的最后见解主要集中在《我的根本意见》一文和给西流的信里。他说：

> 民主是自古代希腊罗马以至今天、明天、后天，每个时代被压迫的大众反抗少数特权阶层的旗帜，并非仅仅是某一特殊时代的历史现象，……如果说民主只是资产阶级的统治形式，无产阶级的政权形式只有独裁，不应该民主，则史大林所做一切罪恶都是应该的了，列宁所谓'民主是对于官僚制的抗毒素'，乃成了一句废话。……史大林的一切罪恶乃是无级独裁制之逻辑的发达，试问史大林一切罪恶，那一样不是凭着苏联自十月以来秘密的政治警察大权，党外无党，党内无派，不容许思想、出版、罢工、选举之自由，这一大串反民主的独裁制而发生的呢？……在十月后的苏联，明明是独裁制产生了史大林，而不是史大林才

产生独裁制，如果认为资产阶级民主制已至其社会动力已经耗竭之时，不必为民主而斗争，即等于说无产阶级政权不需要民主，这一观点将误尽天下后世！

而没有民主制做官僚制之消毒素，也只是世界上出现了一些史大林式的官僚政权，残暴、贪污、虚伪、欺骗、腐化、堕落，绝不能创造甚么社会主义。

独裁制如一把利刃，今天用之杀别人，明天便会用之杀自己，列宁当时也曾经警觉到'民主是对于官僚制的抗毒素'，而亦未曾认真采用民主制，如取消秘密政治警察，容许反对党派公开存在，思想、出版、罢工、选举自由等。

所以他十分明确地提出"'无产阶级民主'不是一个空洞名词，其具体内容也和资产阶级民主同样要求一切公民都有集会、结社、言论、出版、罢工之自由。特别重要的是反对党派之自由，没有这些，议会或苏维埃同样一文不值。"

这些闪耀着人类政治智慧的思想，此后也成为雷震在台湾倡导民主的精神源头，他在《反对党之自由及如何保护》一文中说："陈独秀晚年对于民主政治制度下了很精确而扼要的定义"。胡适在《陈独秀最后见解》一书的序文中特别指出："在这十三个字——特别重要的是反对党派之自由——的短短一句话里，独秀抓住了近代民主政治生死关头。近代民主政治与独裁政治的区别就在这里。承认反对党派之自由，才有近代民主政治。独裁制度就是不容许反对党派的自由。"

陈独秀痛定思痛，最终回到了"德先生"，回到了"五四"的理想，经过漫长的革命、牢狱生涯之后，他对"德先生"

的认识更加深刻、也更加成熟了。这是他以一生惨痛的代价换来的结论，是他最后留给我们的弥足珍贵的精神遗产，如果说他办的《新青年》将长留在言论史的记忆中，那么他在生命最后时光的思考、见解注定了长存在多难的思想史上。

一百年前，大清朝如何脱轨？

一百年前，那些掌握着中国权力资源、经济资源，支配着中国国家命脉的人，如庆亲王奕劻、镇国公载泽、协理大臣那桐等人整天忙于一件事，就是赶生日。这些有权有势的人不是到别人家送礼吃饭，就是自己家请客吃饭，为什么要请客吃饭？因为几乎每一天都有这样的寿辰，有权的人一般都有很多老婆，生了很多孩子，有那么多的孩子和那么多老婆，那么多的姻亲裙带关系，生日还断得了吗？几乎天天都有无数的生日，北京城每天成千上万的生日，大家每天都在赶生日。

进入1911年，北京所有掌权的人们，没有一个想到他们快完蛋了。我看到那个时代掌握大权的人留下来的日记，包括他们的回忆，他们的书信，没有一个人在10月10日之前想过大清朝快完蛋了，从上到下都没有，我看他们的日记整天记录的就是吃饭送礼，看上去似乎真是繁华的"盛世"，街上到处是灯红酒绿，胡同里的生意好极了，澡堂里的生意好极了，就像香港今年出版的英国爵士巴恪思尘封了六十八年的《太后与我》所说的，不少有权有势的人都在澡堂里忙着同性恋。这是一百年前的中国。巴恪思告诉我们晚清最后十年中王公大臣和将军们的私生活，由于缺乏旁证，他的回忆录不能完全当作信史来看待，但是也不能当作完全的八卦来看待，八卦中有信史，信史中有八卦，历史就是这样的复杂，穿透历史要有眼光，要有判断，如果拘泥于某一些东西，就永远都看不到真正的历史。王公大臣们的私生活是高度保密的，像巴恪思爵士这样进入他们生活核心的，才有可能看到他们的真实生活。晚清当然是一个败坏的时代，这样的时代被消灭，大家会拍手称快，没有人会为它惋惜，所以大清朝脱轨是一个意料之中的事情，只不过不在掌权人的意料之中。

历史不是一根直线，从来不是笔直前行，而是变幻莫测，充满了变数，它完全不是人的主观意愿可以完全操控的，它有很多的意外，你本来想走进这个房间，一不小心被一块小石子绊了一跤，你就跌到隔壁房间去了。百年前发生的这场革命，一场改变历史的革命，只死了几万人，因为参与的多方力量都有相对的人性底线，这在中国历史上是前所未有的，辛亥革命在这个意义上可以看作是一次和平转型。

在《百年辛亥：亲历者的私人记录》序篇，我讲到"神秘预兆"，在大清朝垮台之前，出现了很多神秘的预兆，比如说老百姓纷纷传说天上将会出现一颗彗星，彗星现，朝代变。中国人的想象力真是丰富。浙江富阳的少年郁达夫每天半夜起床，跟着大人到富春江边上看彗星，彗星出现就是天下要动刀兵，朝代要更迭，他说他连续起了好多次都没有看到，但是有人看到了。有个人叫郭廷以，他后来成了有名的历史学家，少年时代他生活在河南息县，他看到彗星了。另外一个人，政治学家萨孟武在福州读小学，亲眼看到了彗星滑落；当时只有九岁的丁玲在湖南常德也看到了。还有其他老年人、中年人、青年人，他们的身份或是官员、学生、士绅，在日记里分别记录了在三个不同地方看到彗星的情况，综合而言，可以证明那个时代彗星的滑落对民心造成了重大的影响。

到处都是有这样的想象，这种想象其实不是从1911年开始的，从1908年就开始了，光绪帝、慈禧太后在一天内先后离世，当我看到当时中国的朝廷命官、地方士绅和普通读书人的日记，他们都在日记中写下了他们内心的震惊，中国怎么一夜之间失去两个？那个时代虽然没有电视、网络，消息仍像长了翅膀一样，从北京城飞到了广州城，这太可怕了，举国上下陷入了巨大的悲痛之中。接下来怎么办呢？选新君，这一点慈禧在临死之前已经安排好了，1908年慈禧太后在死之前二十四小时安排了自己的接班人，一个三岁的、还在吃奶的小溥仪。溥仪非常不愿意，哭哭啼啼的，最不愿意的就是溥仪的妈妈，溥仪的爸爸载沣也只有二十六岁，抱着儿子进宫，简直就是一次诚惶诚恐的进宫之旅，太可怕了。

做君王是最危险的职业，中国人乐此不疲，两千年来为了这个高风险的职业不知牺牲了多少生命，尤其是中国历朝历代的精英文武，为了争夺王位，牺牲了宝贵的生命。当溥仪登基时，三岁的小孩是要哭闹的，所以出现了这样一个场景：小皇帝在太和殿登基的那一刻大声痛哭，不肯坐上去，怎么劝都不行，喊着"我要回家，我要回家"，他爸把他按住，有一个站在他面前的人上前说："皇上龙体不能损伤，这么哭下去对龙体不利，能不能让他不哭？"下面的大臣跪得满地都是，但是皇帝一直在哭闹，所以行礼还没有完毕，太监就把他背走了，背的时候说："完了，完了，回去吧。"在中国人听来，这些都是很不吉利的话，这些话进入了一些当事人的日记，也进入了当事人后来的一些回忆，相互参证，基本上是可靠的。

这个事传到民间，大家纷纷议论，大清朝要完了，要回家了。"宣统"年号一公布，"宣"跟"完"字很接近，"统"跟"结"字很接近，从 1908 年到 1911 年，短短的两三年间，民间到处传言大清朝要完了。于是唐代人写的《推背图》、明代刘伯温写的《烧饼歌》开始流行，民间说《推背图》和《烧饼歌》里已经预言清朝要完蛋了，写得非常清楚，"手持钢刀九十九，杀尽湖人方罢手"，他们解释"百"字上面的一字减去是个"白"字，我们因此可以理解鲁迅在《阿Q正传》里说的：未庄人听说革命了，革命者都是白盔白甲，要为明代最后一个皇帝崇祯戴孝。白盔白甲的传闻是这样来的，其实比白盔白甲更具有符号性的是，那个时代所有的省份和城市在独立起义之后采用的旗帜并不是统一的，有青天白日旗，十八星旗，五色旗，八卦旗等，但是最流行的，覆盖率最高的是白旗，白旗是辛亥各省光复时最流行的旗帜。有些人在白旗上面写了一个中国的"中"字，或者写一个汉族的"汉"字，有的像成都在"汉"字外面再画十八个圈。更多的就是一块白布，总而言之独立旗帜是以白旗为主。为什么采用白旗？就是因为《烧饼歌》早就预言过了。为什么武昌起义后会拉出来一个黎元洪做革命？有人也从《烧饼歌》里找出一句诗，"六一人不识，山水倒相逢"，他们认为这就是黎元洪的"黎"字。综合当时报纸的记载，好多人的日记和回忆可以确认，那个时代的《烧饼歌》、《推背图》确实是最流行的读物，是中国人改朝换代时的一个心理寄托。

大清朝为何脱轨？第一个因素就来自这些神秘预兆，其背后是人心的变动，人心思变。当然真正直接影响大清朝脱轨的第一个原因是下雨，天不断地下雨，夏天都是雨，不光是辛亥年的夏天下雨，辛亥的前一年 1910 年的夏天也一直在下雨，1909

年也是连年的大雨，湖北、湖南因水成灾，夸张地说一场雨就可以压垮一个朝代。

因雨成灾，粮食没有丰收，大米价格急剧攀升，抢米风潮到处出现，最大的抢米风潮发生在1910年4月的湖南长沙。长江流域出现四百万以上的饥民，如果仅仅长江流域有问题，黄河流域、珠江流域和黑龙江流域保证安全，大清王朝仍然固若金汤，但是老天爷偏偏要跟爱新觉罗氏作对，当长江流域大水成灾的时候，1911年夏天南京城可以划船，武汉城可以划船，同时山东巡抚告急山东缺粮，甚至连东三省也因雨成灾。鱼米之乡、江浙二省此时也出现粮食危机。少年徐志摩时在杭州府中读书，有一天去看电影，发现那么多人围在那里，原来有人在抢粮，把米店抢了，原因是什么大米价格太高而买不起。他电影也没看成，黯然回到学校宿舍，详细记下了那一天的所见所闻。这是一个少年学生亲眼所见，写在私人日记里面，可信度很高。粮食危机可以说是大清王朝脱轨的第一个主要原因，反对辛亥革命的保守者辜鸿铭写信给上海的英文《字林西报》说，参与武昌起义的新君，海外留学回来的革命党人还比较文明，革命有节制，但是长江流域有几百万饥民，这几百万嗷嗷待哺的饥民一旦卷入革命，革命就会失控。辜鸿铭已洞察饥荒对于大清朝的威胁了。

当时清廷度支部已没有什么钱，隆裕太后至少三次从宫中拿出现银赈灾，给江苏、四川和湖北，当革命发生以后，她一面压制革命，一面赈灾，因为饥民才是她政权最大的威胁。第二，粮食危机带来的是金融危机，金融危机在近代化的社会永远是一个致命的东西。

当大米危机出现的时候，大清朝或许还有救，当金融危机出现的时候就真正没救了，1911年10月12日以后金融危机首先在北京出现。武昌兵变的消息传到北京已经是 10 月 11 日，11 日到 12 日之间，内阁竟然没开会，王公大臣没有做出一个决策，直到 10 月 12 日凌晨五点，他们做出了一个决策：出兵镇压，派荫昌去。荫昌曾在德国留学，学过军事，曾作为清朝的使节出使德国，他最拿手的是唱京戏，他自己就打退堂鼓了，在北京城足足逗留了三天才缓缓出发。其实他是在运作重新起用袁世凯，当他 15 日傍晚登火车的时候，朝廷前一天已下达重新起用袁世凯为湖广总督的诏令。

荫昌出发前，管铁道的邮传部长盛宣怀来了，告诉他们打武汉的时候，只要保全汉阳铁厂，奖励十万大洋。盛大人下车时还对着火车窗户跟荫昌说："这个事情别忘了。"荫昌说："盛大人，你放心，只管把大洋准备好就行。"这句话让外国记者全听见了，他们的理解是：原来朝廷派兵南下军饷没准备好。第二天，日本、英国等国记者纷纷发布消息，到处都传开了，国库当时还是有两百万大洋，13 日就拨出了五十万军饷。

但是，这个消息一登出来，老百姓认为清朝没钱了，意味着自己存在银行的钱不安全了，大家都到银行取钱，最起劲的是内阁总理大臣、庆亲王奕劻，他一家就取出至少几百万以上的巨额存款，直接存入英国汇丰银行。只有两天的时间，北京有几家银行就关门了，以前可以给银票、纸币，现在都没有人要了，只要现大洋，宁肯背在身上重一点，但是踏实，能买到米，米也越来越贵了。他们每天在日记里写着：今天大米价格又飙升了，而且店里没有那么多米卖给你，警察出来维持都没用。

接下来发生金融危机的是上海，昔日富庶繁华的十里洋场一夜之间现金不够了，他们向外国人紧急呼救，外国银行原来对中国银行很好，这个时候就不好了，因为不相信中国银行了，上海几家大的民营银行都关门了，门口贴出告示"因现金告急，暂停营运"。从南到北，全国大大小小的城市，甚至包括最稳定的东三省像奉天、营口、大连等地都出现了程度不等的金融危机。

与金融危机同时出现的是逃难潮，他们兑钱出来做路费，北京人逃到天津去，天津有租界，使得租界人满为患，像严复这样有地位的人，逃到天津后，连房子都租不到，最后只好在小旅馆里住，因为他跟外国人关系很好，外国人说"你可以到烟台来，我借个房子给你住"。天津全都住满了，房价急剧攀升，有一些北京人在天津待不下，就住在北京的两个地方，一个是东交民巷使馆区，一个是六国饭店。还有一个流向是上海，全国各地都有人逃到上海，上海的房价也贵得不得了，米也贵得不得了，当上海和天津租界人满为患的时候，又进一步加剧了这些地方的金融危机。金融危机和逃难的背后是人心恐慌，全国各地到处都是谣言，大清朝的脱轨，可以说是因为下雨，也可以说是因为谣言，报纸上每天登载的消息有许多是假的，凡是讲革命党人胜利的消息，在南方的报纸畅通无阻，而说清兵打胜仗的报馆就有几家被砸了。

很多人当时的日记里讲到，每天都是不同的谣言记录，但过了几天，谣言统统都变成了事实。比如说今天写的"太原沦陷"，明天写的"西安沦陷"，过后一个星期都变成事实。

大清朝之所以脱轨，不光金融有问题，银行要关门，国库也没钱，这是财政困难，一个天朝大国，到了国库山穷水尽的时候就一天也混不下去了，钱都到哪里去了？毫无疑问落到私人的口袋里，许多亲王、贝勒和大臣家里都很有钱，唯独大清朝的国库没钱。最困难的时候，国库里只有二十万两白银，许多部因为没有办法发工资，纷纷关门，度支部不断地想办法借

53

款。显赫的盛宣怀第二个女婿在司法部任职，离开北京时，竟然找不到路费，因为司法部已经不发工资了，等了四十五天，终于等到了两百两银子，船票涨价，路费都不够，最后在天津的典当行典当凑齐了四百五十两，终于南下上海，但是拖了很长时间。袁世凯后来逼隆裕太后把私房钱吐出来，一次一次地逼，拿到巨款后他还是不肯出兵打仗。为什么清朝最后没有以血流成河告终？南北之间没有发生大规模集聚的南北战争，只是在武汉、南京、陕西打得比较激烈？原因就是袁世凯从来没打算动真格的。

袁世凯早就想好了，要是动真格的，跟南方革命党人拼命，虽然赢了，也是杀敌一千自损八百，朝廷还是要收拾他。南方革命党人，哪怕孙中山在南京建立临时政府后也是没钱，所以双方没有大打出手的重要原因之一就是南北财政困难，外国不肯借款。

从大清朝的脱轨我们可以看到，各方都比较节制，隆裕太后和载沣、袁世凯，孙中山和黄兴，在那个时代，他们最终被动地找到了一条解决政治危机的途径。这套模式就是妥协的模式，在中国历史上从来没有一次，从来没有一个时代用妥协的方式解决重大的政治危机，解决这样重大的社会变动。因为三方的被动而导致三方的妥协，让大清朝和平落幕，接受新的共和制度安排。两千年前，中国一直在秦始皇的制度下生活，中央集权制，这套制度用什么办法解决呢？一共只有两种方式，或农民暴动，或宫廷政变，都是用暴力的方式。

辛亥革命最后不依靠暴力解决，而是各方妥协，很多人对这样的被动很不满意。但我觉得被动是正常状态，主动才是历史的意外，主动的背后也是有被动的因素。被动并没有什么不好，隆裕太后可能是被动为主，但是她做出的决定避免了数以百万计同胞的非正常死亡。袁世凯虽是一世之枭雄，但他辛亥年的选择是正确的，不能因为他几年后称帝就否定他在辛亥的选择。如果没有袁世凯，辛亥革命不知道还要牺牲多少的无辜生命。

孙中山、黄兴、宋教仁，以及同盟会与光复会的革命党人付出了巨大的牺牲。虽然他们的力量非常小，经常是从失败走向失败，但他们用勇气和牺牲换来了亚洲第一共和国。当他们掌握了南京政权的时候，他们完全可以不顾一切举兵北伐，和袁世凯决一死战，但是他们没有这样做，他们愿意妥协，并交出南京政府，让袁世凯担任中华民国临时大总统，隆裕太后宣布退位。虽然三方都不是最满意，但三方都可以勉强接受，而普通的中国人却少牺牲了很多生命。革命的结果不是要让某一方独赢，一些人胜利了，但大部分人都失败了。当我们经历了几十年或上百年之后，我们知道胜利没那么了不起，我们宁愿不要胜利，少一些胜利就少一些牺牲，所以此时此刻回望一百年前的中国，孙中山与黄兴在一个几千年的官本位社会里，愿意放弃权力，鞠躬下野，这真是前无古人，后无来者。他们三方的妥协，三方都是被动的，但是化被动为主动，中国人民就有了一个小小的胜利。

今天，当我们回望一百年前的中国，如果要真正看到历史的本来面目，应该相信史实，回到历史的原点，还原历史的真实面貌，在那里面找到我们的起点。真实是历史的生命，在历史中找到我们的明天，昨天是我们的历史，今天也是我们的历史，明天也将成为我们的历史，在历史当中我们才能找到真正的未来。中国的历史不是某些英雄、伟人和统治者创造的，是所有中国人共同创造的。

郭老学徒

作家，作品有《旅途上的建筑——漫步欧洲》，诗集《智慧接触》。

博客：laoxuetu.blog.sohu.com

吃虾的联想

1

海边人喜欢吃活虾，这是一个很生动也令人心动的过程。

活蹦乱跳的虾被拽掉头、剥去皮、蘸着调料吃掉，虾尾巴在入口的那一瞬间还在挣扎着甩动。

此时此刻被吃掉的虾在想什么？在盘子里绝望地看到同胞被丧尽天良的人类吞噬掉的虾在想什么？虾族里有没有明星、大腕、精英？盘子里的虾有没有虾领袖？虾领袖们为什么未能把虾族带到强大强盛的境地？

虾有意识吗？虾对生命的价值有认识吗？

还有，甲鱼、牛羊和被人类吞吃的所有动物们，它们对生命的价值有认识吗？

2

当我们生吞活虾，清炖甲鱼、烧烤牛羊肉的时候，我们是否意识到我们是何等的幸运呀。我们的祖先曾经先后与这些不幸的盘中餐们是一类呀，而且当时混得还不如它们呢。在生物进化的过程中，人类的祖先不断地被主流族类排挤到边缘，不断地失去自我，不断地"误入歧途"，异变成异类。

它们从水里爬到了陌生的陆地上，与欢畅的鱼虾们分道扬镳了；它们又从冷血动物异变为热血动物，与悠闲的乌龟们分道扬镳了；它们最后为了远途觅食，不得不用后肢行走，又与奔跑如飞的四肢动物们分道扬镳了。

它们的每一次变异都是因为艰难，每一次变异都有许多不适应的同伴被无情地淘汰。而万分庆幸的是，我们的祖先们，却挺过来了，站起来了，成为生存的适者，把最伟大的生命基因传给了我们。

你说，我们是不是万分亿分兆分的幸运呀？

如果从染色体组合的角度分析，一个人来到世间的概率则是亿亿亿分之一了。那我们就更是偶然中的偶然，幸运中的幸运，奇迹中的奇迹了。

3

从大自然不断发生的灾难看，我们能够来到这个世界上，也绝对是幸运和奇迹。

从我们的父母往上追溯，追溯到爷爷奶奶姥姥姥爷，追溯到祖先的祖先，追溯到非洲的始祖，一直追溯到生命的源头，几十亿年了，这中间地球上发生过多少次巨大的毁灭性的灾难呀，山崩地裂、冰川覆盖、陨石撞击、物种灭绝，还有旱灾、水灾、鼠疫、黑死病……而我们的族裔的生命链条却顽强地幸运地奇迹般地穿越了重重灾难传递到今天。

4

从人祸的角度看，我们能够来到这个世界上，更是幸运和奇迹。

人类是最聪明也是最愚蠢的生物，在所有的生物中，人类是自相残杀最多最频最惨烈的种群。

其他生物会残杀同类吗？会凌迟车裂腰斩火烧烹煮油炸刀刺枪杀炮轰自己的同类吗？

人类的自相残杀是远比大自然的灾难更残酷的劫难。人类历史上那么多的战争那么多的动乱那么多夷灭九族那么多斩尽杀绝还有人造"自然"灾害，这些悲惨悲壮和悲哀的故事里的悲剧角色都没有影响我们的祖先把幸运和基因代代相传，我们极其幸运地来到了这个多彩的世界上。

5

生命很宝贵，但生命也极其脆弱。除去自然灾难、战争和人为的迫害杀戮以外，现实生活中夺命的恶魔还有很多。

病魔可以摧残生命，事故可以夺去生命，不好的习惯可以致命，被污染的环境会蚕食生命，各种病毒也会致人于死地。公交车燃烧、山体滑坡、大桥坍塌都在夺命。来到人间的路只有一条，离开人间的路千条万条，一不小心就会误入不归路。

6

生命无比珍贵又无比脆弱，需要格外地珍惜和珍爱。

但在喂养我们的文化中，却有很多轻视生命的豪迈和高尚。例如："士为知己者死"，"肝脑涂地，两肋插刀"，"一不怕苦，二不怕死"，"舍生忘死，不怕牺牲"，"纵做鬼，也幸福"……

更危险的是，在对我们思想的常年灌输中，仇恨、复仇和斗争一直是主旋律。类似石光荣那样不问缘由一听到有仗打就兴奋的嗜血好斗的英雄到处燃烧着不屑生命的激情，对夷族的仇恨之苗也被精心培育着。我们迷信两弹一星，渴望强壮强大，渴望拥有更多的摧毁生命的力量。不少人心里还有股秋后算账的劲，哼，夷佬们，等我们强大了再说！

7

我们的文化、宣传和教育太应当清理了，太需要摒弃无视生命的"高尚"了，太需要补充人性的营养了。太需要对"不怕死"说"不"了。一个社会必须珍惜生命，珍惜每一个人的生命，而不是把人民导向"不怕牺牲。"

珍惜生命，就应当保护和尊重人的自由，就应当高扬以人为本的旗帜，就应当旗帜鲜明地尊重和保障人权，就应该爱好和平，谱唱博爱的主旋律，就应当让权力为人效力，而不是让人做权力的奴隶。

珍惜生命，必须清醒地意识到，对人类生命危害最大的永远是权力——不受人民约束的权力。权力对人的生命的剥夺与吃活虾没有本质上的区别。

让我们珍惜无比珍贵的生命。为此限制和约束权力。

生殖器与权力的纠缠

1

世界上最早的权力之争是围绕着生殖器展开的。

在一些竞争型灵长类动物群体中，雄性要通过激烈争夺才能获得交配权，如狒狒和南方古猿，成年雄性是势不两立的情敌，要进行格斗，要把情敌打服打跑甚至打死，胜利者才能获得交配权。英雄的生殖器才有用武之地。

情欲是胜利者的权力。

2

在西太平洋特洛布里恩群岛上，部落酋长的权威与娶老婆的数量有关。

酋长的地位虽然是世袭的，但他拥有多少权威却取决于他在公共事务上的作为。酋长要领导战争，要组织节庆聚会和大型宴会，要举办舞会，要组织体育活动，要组织远航贸易等。他在组织公共活动时要为参加者提供食物，还要赠送礼品，如此，他才有权威，才能获得支持。当他需要人去完成一些任务时，会下达命令给所属村落，村落会向他提供人员。但是，这些人不是白干活的，酋长必须为这些服务提供报酬。

酋长靠什么支付诸多的公共事务花销呢?

靠多娶老婆。

按照特洛布里恩的习俗,酋长可以从每个所属村落娶一个老婆,部落如果有四十个村落,他就要娶四十个老婆。在他娶了老婆后,由于有了姻亲关系,每个村子都要给酋长进贡薯蓣,也就是山药。山药是岛民的主食。所以,酋长家的山药仓库非常大。有了这些山药,酋长不仅可以养活众多妻子儿女,还能支付诸多公共事务的开销,获得全部落的拥戴。只是,酋长要"对付"四十个佳丽,尽管很爽,但也很疲惫。酋长需要有强壮的生殖器。

酋长的权力从根本上讲来源于他的生殖器。

3

天主教教士不准讨老婆,究其原委,也与权力有关。

基督教诞生后一千多年的时间里,也就是说直到十一世纪,神职人员是可以结婚的,教会从没颁布过禁止结婚的禁令。当然,一个牧师不结婚,表明自己对肉欲有抵抗力,具有道德上的优势,对教徒更有影响。但结婚绝不意味着有错。圣保罗就说过:"倘若自己禁不住,就可以嫁娶。"

教会从制度上不准牧师或主教结婚,是出于反腐的考虑。

公元四世纪基督教获得合法地位后,教会的财富越来越多。有教徒贡献的,有国王给的,也有些来自于无嗣教徒的财产继承。到了十一世纪时,教会的财富已经超过了欧洲任何一个国家。

教会有这么多财产,大都被主教和教士们所把持。这些大权在握的人有妻室有儿女,难免会企图把财产传给自己的后代。为了防止教会财产流失,十一世纪教会作出了规定,不准主教的儿子担任主教，后来干脆不准担任教职。但这样的规定并不能有效地防止教会财产向"教二代"转移，所以，教皇又下令教职人员必须独身。

教皇格雷高里七世是贯彻独身主义最为坚决的教皇。他甚至煽动教徒抵制已婚的牧师，不参加他们主持的弥撒和宗教活动。从他以后，教会的神职人员都不准讨老婆了。教会财产被教士侵吞的漏洞也堵住了。

很显然，限制了情欲，就约束了权力。

4

中国五代十国时的南汉后主刘鋹对权力与生殖器的关系有深刻的认识。这位十六岁的国家领导人认为，一个干部没有妻室才能做到无私，没有小家才能真正地为国家效力，才能真正地与朝廷保持一致。刘鋹还认为，权力欲是最强烈的，人们为了当干部，往往命都不顾，割掉生殖器也算不了什么。于是他下令，凡是干部都必须把生殖器割去，如此一来，刘鋹的"组织部门"成了阉割部，南汉两万多干部都被阉割了。也好，既没有"官二代"，更没有"官二奶"了。

5

刘鋹把干部们的权力与情欲做了彻底的切割，他是荒唐的，也是清醒的：权力绝不能与情欲纠缠不清。

权力和情欲都具有强大的无法抑制的膨胀性的，交织的勃起是要作恶的。历史上的恶君恶官，大都是情欲的放纵者。

可权力却总是与情欲纠缠不休。就连受到强大制约和监督的克林顿总统都忍不住要在莱温斯基小姐的芳裙上留下爱的奉献，更何况权力不受约束的人。

情欲的诱惑是永恒的，强烈的，甚至是不可抗拒的。难怪路易十五说：我死后哪怕洪水滔天。

问题是，还活着洪水就来了，就把你吞噬了。

6

官拜副委员长的成克杰就是被情欲的洪水吞噬的；副省长胡长清也是与情人幽会时败露了罪行从而走上绝路；铁道部长刘志军春光无限也是由于情欲的牵引而以动车速度驶向毁灭的深渊；倒下去的官员们，几乎没有不毁在情欲与权力的纠缠中的，还没有倒下的官员们，前赴后继，继往开来，情欲浩荡，勃起之后就没有"适度"。

7

歌德有一句隽永的诗：永恒的女性，引导我们向上。

我想说：权力与情欲的纠缠，或许会把你引向地狱。

人类历史上死亡率最高的岗位

有这样一个岗位，死亡率非常非常高。我做了大致的统计，被杀害率为31%，活不到40岁的高达50%，寿命超过60岁的只有15%。

这样的岗位还有人应聘吗？有，多少英雄豪杰不顾命地去争抢呢。

这是一个什么岗位呢？就是中国的皇位。

中国历史上从秦始皇以来在岗的不到两百个皇帝中一共有六十一个被杀。而且大多数直系皇族的最后命运都非常惨，满门抄斩的断子绝孙的隐姓埋名的沦落为奴的……倒是两个少数民族的皇族得以保全性命，元顺帝跑回了大漠，清皇室被袁世凯优待了。

为什么中国的皇族如此不幸呢？原因还在于中国特色的专制制度。

同样是专制制度，欧洲的封建制度的核心是分封制，不仅土地分了，权力也是分割的，社会权力是分散的。附庸的效忠也不越级，只效忠自己的主子，不效忠主子的主子。因此帝王的权力是有限的，受到了很大的制约。英国国王要打仗，要增加军费开支，绝不是下一道圣旨发一个文件就可以的，他必须与贵族们商量（议会的雏形），后来还要与普通市民的代表（早期的代议制议员）商量。大家同意了才可以加税。查理一世是个不想被规矩约束的国王，他想不商量就强行加税，结果被他的臣民判处犯有叛国罪而送上了断头台。一国之王背叛自己的家国？这在我们看来绝对是不可思议的。

在受到世俗力量约束的同时，欧洲的君权还受到神权的制约。君主的地位往往是需要教会认可的，拿破仑要加冕法国皇帝，还要教皇主持仪式。教会甚至连国王的私生活都干预，英国的亨利八世想与王后离婚，教廷就是不予批准。

而中国特色的专制制度与欧洲的封建专制制度是不一样的。

世袭的只有皇族，皇权至高无上，至尊无比。皇帝依靠官僚阶级进行统治。全国效忠朝廷，百官服从皇上。社会大一统，权力高度集中，思想高度统一。即使有宗教有神权也是皇权的附庸。

至高无上的皇权和多娇的江山引无数英雄竞折腰。为夺皇位舍得一身剐前赴后继流血牺牲无数，当上皇帝处心积虑也朝不保夕。由此皇帝被杀皇族被屠就不足为奇了。

至高无上的皇权也必然导致皇帝们为所欲为，信宦官，宠佞臣，用外戚，杀忠臣，吃丹药，纵声色。万岁爷，寿命短。

物极必反，至尊导致至悲。

由此看来，高度集权的中国特色的专制制度在维系皇族的根本利益和长远利益上，在保护皇帝自己家这方面，都不是个有效的制度。而在维持社会稳定和推动社会进步方面，在保障臣民的利益方面，这个制度问题就更大了。拥有最古老文明最灿烂文化的中华民族没有产生人文主义的思想，没有引领科学的进步，也没有率先建立起现代社会制度，最后沦落到挨打受辱的地步，这本身就说明问题。

有人说大一统的中央集权有利于抵御侵略。而历史的实际情况是，随着集权和专制的强化，国家抵御侵略的能力一直是在迅速弱化着的。到了宋朝被辽欺负向金纳贡，在蒙古人制造了成都大屠杀常州大屠杀之后，亡统亡国。到了明朝，连几股不成气候的倭寇也惊扰得朝廷惶恐不安，最后也是在惨烈的扬州大屠杀之后，被异族一统了天下。

这个制度在思想改造方面却"大有作为"。至高无上的集权需要思想上极其高度的统一。需要独尊一术，需要存天理灭人欲，需要格物致知。知什么呢？生为万岁爷而战斗，死为万岁爷而献身，为天理而奋斗终生。

这个制度阉割了人的思想，顺从是主旋律，愚忠和谄媚是主旋律，而最吃香的就是谄媚。决定事情结果的不是真理，而是受宠度，争宠是主旋律中的主和弦。为皇帝求长生不老撰写"青词"的高级知识分子严嵩，吃香着呢。海瑞这样的愚忠是不得好的，幸亏万历皇帝昏而不狠，换了别的皇帝，下场没准比现代海瑞还惨。

这个制度必然大兴文字狱，被阉割的思想无意中也会流淌出什么疑似异端来，那是必须施以专政铁拳给予致命打击的。于是，这个制度下的臣民只会战战兢兢地感恩戴德山呼万岁。哪里还会有哲思的火花？哪里还会有创新的灵感？

皇权官僚制度依靠庞大而完善的官僚机构来维持，这个机构以防范造反维持稳定为核心目的。但是，由于官僚机构具有自我膨胀的特征，权力膨胀贪欲膨胀内耗膨胀，它在行政上低能，在贪腐时高效，对外欺上瞒下官官相护鱼肉百姓，对内互相倾轧你死我活无情斗争。到头来必然自我葬送，当然也葬送了万岁爷的天下。无产者出身的朱元璋用枪杆子夺取政权后，励精图治，立法立规，精兵简政，惩治贪官，把人皮都剥下来示众了，把宰相的岗位都撤销了，还是没有办法保证朱家江山万代千秋。

还要顺便指出一点，在皇权社会，零距离接近皇帝的娘娘太监们也大成气候。就像今天领导身边的夫人情人秘书司机绝不可以小瞧一样。

看到这里，你可能会说，中国推翻皇帝都快一百年了，说这些有什么意义呢？

我认为，太有意义了，太有现实意义了。

因为无论从政治制度上还是在思想方面，两千年的皇权专制制度和专制思想恰恰是我们思想解放社会发展的桎梏。千万不要以为皇帝被打倒了，专制制度也随之倒了，专制思想也一扫而空了。

我们想想：

我们在高唱《国际歌》高唱"从来就没有什么救世主"的时候，也高唱了"他是人民大救星"，也高唱着"春天的故事"。我们在高喊人民当家做主的时候，从来没有想过如何去约束最高领袖的无限权力，也没有措施去约束各个层级一把手的随心所欲。我们在批判了"两个凡是"以后依然要独尊一个旗帜永远高举。我们的媒体每天都在歌功颂德，都在讲恩典浩荡。

从组织上讲，我们完全沿用了甚至大大膨胀强化了皇权社会的官僚体制，人民负担极重。尽管我们的宪法和法律也说选举，但哪个官员是人民选出来的呢？权力场像磁场引力场一样无所不在，干预着影响着扭曲着经济的运作。而官员们愈演愈烈的腐败正弥漫着使整个社会腐烂。

不能再迟疑了，只有真正地打碎皇权制度，只有真正建立起民主制度，只有扫除一切皇权至上的思想意识，中华民族才有可能真正地复兴。

和静钧

　　国际时政评论家，香港《世界华人》杂志编委，西南政法大学政治与公共事务学院副教授。

博客：hejingjunshiyu.blog.sohu.com

从地震报道看日本传媒的操守

　　一个国家可以有大灾，但不能有在大灾面前完全走样的公共媒体。

　　毁灭性地震、毁灭性海啸、灾难性的核泄漏、数千次余震……在不到数十小时之内，灾难重重叠叠袭向日本太平洋西岸的东北地带。在这危急时刻，人们见证了日本公共传媒的专业主义和人文情怀，正如《金融时报》中文网总编辑所言，日本公共传媒在国家重大危机时刻"成为超越一切的公共平台，维系了国民的精神和秩序"。

　　有大量的证据能支持上述的判断：

　　以一场一千二百年一遇的大地震和释放的破坏力相当于汶川地震二十倍的灾难为背景，以它天然地触动着人们对末日来临的想象为基础，各传媒的实况主持人或现场记者作惊恐状，或作撕心裂肺状，或声音里充满了绝望哭腔，或无意中放大和传播恐惧，都是可以预料得到的普通人的反应。然而，从震后到现在，日本公共传媒却鲜有出现这些"普通人的反应"，在危机传播管理上表现出高度的专业主义。

以日本最大的公共传媒NHK（日本广播协会）为例，主播们始终保持镇静的面容，给人的感觉就是非常坚强。画面上没有出现令人恐怖的死亡特写，没有灾民们呼天喊地的镜头，也没有第一线记者虚张声势的煽情式报道。一个在日本的中国留学生在经历了地震之后发出感想：（日本）电视台的新闻特别平静，我觉得无可挑剔，有信息量却不侵犯个人，有数据却不煽情，有各种提示却不造成恐慌。

NHK是日本影响力很大的新闻单位，作为侧重于公共属性的传媒，始终保持着"我的方式传播"的媒体第一价值，保持了独立和公信力，即便在大灾难来临时也不曾改变。

第二个价值就是做到"及时"、"实时"地快速播报最新消息，一经确认，则反复轮流播放。有一个镜头令人印象深刻，NHK正开始播放对官房长官的采访实况，当获悉福岛县第一核电站第1号机有可能爆炸后，马上中断画面，转而反复播放核辐射时的生活指导及相关避难信息，每隔几分钟就提醒民众注意安全。包括共同社、时事社及其他媒体，都在及时地从各角度呵护着生者的安全和对逝者的尊重，显示了媒体的社会责任。

第三个价值就是力求信息全面。NHK轮流使用日语、英语、汉语、韩语等五种语言，这就考虑到了受众中可能有非日语观众。日本各大媒体第一时间把辐射量每小时1015微西韦特的准确数据传播出来，并告知"这相当于普通人一年可以承受的辐射量"，而不是轻描淡写地说"影响不大"，塞给受众完全不知所云的消息。

公共传媒不同于其他大众传媒，不同于以营利为逐利动力的纯商业媒体，它是一国和一国民及一国根本文化的坚守者，如约瑟夫·普利策所言，是社会生命的第一线瞭望者，对内就是"零距离"、"零时差"的沟通者，对外就是国家形象的公共外交大使。日本大灾，全球垂泪，这与日本公共传媒真实呈现了日本真面貌不无关系。一个国家可以有大灾，但不能有在大灾面前完全走样的公共媒体。

美国大选：囚犯挑战奥巴马

美国有个名叫基思·贾德的囚犯，2012 年 5 月 8 日这一天成了全美最受舆论关注的人，原因是他在西弗吉尼亚州民主党初选中，居然获得了 41% 的支持率，而贾德的对手，现任总统奥巴马仅获得 59% 选票，令人尴尬。

美国人疯了吗？

没有。首先，美国除了极少数严重罪犯在极少数州被限制政治权利之外，大部分在押疑犯和服刑囚犯，均有权参选总统。依美国联邦宪法，只要是在美国本土出生、年过三十五岁、在美国本土居住一定年限的任何美国公民，均有资格参选美国总统。他们可以加入党派，以党派提名的总统候选人身份参选，如果是大党，如民主党或共和党，则经过初选最后经全国代表大会决定该党总统候选人；或以独立的无党派人士身份直接参选。

以 2004 年美国大选为例，最后大选时共有十九人角逐总统之位，其中有来自大党的时任总统、共和党候选人布什、挑战者民主党克里，有来自小党和独立人士的十七名候选人。代表绿党竞选总统的名叫科比，来自加利福尼亚，是个建筑工人，而代表"和平和自由党"的总统候选人皮提尔就是一个囚犯，1975年因帮助和煽动杀害两名联邦调查局特工而被判处两个终身监禁，2004年大选时仍在服刑。

相对于2004年的皮提尔，这回挑战奥巴马的囚犯贾德，是因敲诈勒索罪被判二百一十个月监禁刑，后获减刑，但目前仍在服刑。贾德依照西弗吉尼亚法律规定，向选举主管部门交了两千四百美元的登记费，并从登记为合法的民主党总统候选资格参选人之日起，就按规定定期报送个人资产变动情况表，公布了他的竞选纲领。

贾德的竞选纲领，尽管做得不大精致，但他提出了一些令人耳目一新的主张，如"加大公共开支、取消所有税收，政府自印钞票维持"等。据说，贾德不是第一回参选总统，在前几届大选时，贾德就有过不俗表现，尤其是2008年民主党初选中奥巴马和希拉里胶着搏杀之时，贾德居然斩获第三的成绩。

新弗吉尼亚是以煤炭业为主的州，一直对奥巴马能源政策有意见，据称，奥巴马放弃了在新弗吉尼亚的竞选造势活动，2008年的记录是奥巴马在西弗吉尼亚的初选和最后大选中均输。今年这一届初选奥巴马虽然创造了"赢"的记录，但面对一个囚犯，赢得如此艰难和难看。这个结局的启示是：在美国，任何人都可以改变历史，任何无名小卒都可以影响"大人物"。

关于"边缘人物"选总统一事，除了在美国之外，其他欧洲国家也有过类似情况。

2007年3月27日，法国南部一家法院紧急叫停了一桩刑事案的审理。法院发现，他们准备拉到被告席上的众多"不法之徒"中，居然有一位是总统候选人。

他就是约瑟·博维。上嘴唇留有硕长的金黄色胡子，手上时常拿着一管老式烟斗，严格地说，他是个农民，是个阿尔卑斯山脚下的养羊专业户，是个不可能与政治扯上关系的南部农夫。然而这位农民的政治主张却是世界性的，他反对全球化、反对不良食品，他的政治组织名称也具备了世界级水平：另类全球化运动。甚至他的竞选口号也充满了全球政治风暴的火药味：反对自由经济而发动竞选起义！

刑事法庭被"叫停"，令这位胸怀天下的农民，实现了参选总统的愿望。

而在俄罗斯，俄曾经的首富霍多尔科夫斯基，一直盼望着能参选总统，却被当局控罪投入监狱。依俄法律，囚犯没有资格参选。本来这位首富可以参加2012年大选的，结果2011年俄又启动"第二季"审判，本该释放出狱的霍氏，又被"漏罪"再加判数年。

至此，道理就敞开了：美国等国家之所以允许囚犯参选，就是防止强大的政府当局以把公民变"囚犯"的方式剥夺其参选总统资格，从而消灭竞争对手。

蒋方舟

作家,少年成名。2012年从清华大学毕业,就任《新周刊》杂志副主编。

博客:jiangfangzhou.blog.sohu.com

被绑架的盗火者

1994年12月出生的程齐家,比周围的同学小一点。2010年,他在人大附中——这所声名远扬的名校读高三。

程齐家所在的是英语实验班,而他的强项是数理化。若是按部就班,最好的结局是他将会考进清华的机械专业,毕业后研究汽车。程齐家住校,每周末,他妈妈都会来看他,给全封闭环境下的儿子带来一些外界的社会新闻,让他多些对社会的认识。他们谈话交流,彼此安心。

高三就这样规律平静地过了一半。一个周末,程齐家的妈妈来看他,聊天中她说一位院士在深圳主持筹建了一所大学,准备招收已完成高中知识学习的高二学生,学生要参加学校组织的高水平测试,进入大学后可以接受最好的高等教育,老师们都是知名学者,这所大学叫南方科技大学。

南方科技大学只收高二的学生。学校官方的解释是"为培养创新人才,同时可避免高三一年纯粹的考试训练对高素质、原生态学生创新能力和学习兴趣的扼杀"。但是,再笨的人也能看出真正用意：对直面高考的高三毕业生来说，考北大清华港大，当然是更顺理成章的目标。南科大从高二招生，当然是为了能拦腰斩断、收割优质生源。

程齐家后来回忆说："南科大就是这样以一方净土的模糊形象被我所认知。当时我未把此事真正放在心上，妈妈也玩笑似的感叹我没有这个机会了。我也只得认命，觉得水木塘边赏月、未名湖畔折柳亦不枉此生。"

年底，班主任拿了一份通知，说南科大将在人大附中高三年级招收第一届学生。程齐家当时已经获得了校荐北航的机会，也自荐报考了上海交大，虽然对南科大只有模模糊糊的印象，但他立刻觉得这是个惊喜，第一时间报了名。

对于要报考南科大的学生，人大附中不仅没有打压，让他们回归官方志愿，反而给予了让人意外的热情鼓励。除了几次动员，人大的刘校长还专门给想报考南科大的家长开了个见面会，会上和南科大的新校长朱清时电话连线，解答家长的问题，试图消除他们心中的疑虑。

这次见面会之后，人大附中一共有七个孩子，确定了报考。

朱清时校长的演讲一向犀利而昂扬，"教育改革"、"学术自由"、"去行政化"这样的词是屡试不爽的鸡血，而他描述的南科大蓝图更像近在咫尺的乌托邦。朱校长说首届招生时只招五十名学生，未来亦将严格把师生比控制在1∶8的规模，小班化教学是教育模式的回归。大一、大二采用通识教育。

可是在对家长的说明会上，却不知道朱校长有没有说明，南科大还没有获得教育部颁布的正式批准筹建的批文，也没有招生许可，大学毕业后的文凭也可能得不到国家承认。

在咨询会结束几天后，教育部终于向南科大颁发了正式批准筹建的批文，这所先斩后奏的大学，方才获得了迟到的"准生证"。

接下来的故事，似乎是按照皆大欢喜的方向发展。

人大附中特意为南科大自主招生的笔试开设了考场。考试的题目是教育部考试中心提供的，考数学、物理和英语，题目比高考要难。

这三门课是程齐家的强项，他考完之后就对母亲说："绝对没有问题。"

通过笔试的，除了程齐家之外还有一个同学，那个同学比程齐家成绩要好一些，性格内向，出于顾虑，最后放弃了南科大，冲刺北大清华。

通过笔试之后，程齐家就读南科大的意愿更加坚决，它不再是未来的选项之一，而是未来本身。

因为儿子的坚决，家长也开始衡量报考这所大学的风险。有的朋友坚决反对，说："中国政府的事儿你也信？"

风险当然是有的。家长最担心的是政府决策很容易变，"有时候领导换届了，往往一些事情就不好说了。"

南科大的重要推动者是深圳市，也是它的投资人。南科大的前途当然是随着业主更迭而瞬息万变的（后来事实证明，家长的担忧是有道理的，支持南科大的深圳市长许宗衡在今年五月因为贪腐而判处死缓）。

对于南方科技大学自授学历和文凭，家长反而并不太担心。"自授学历"是朱清时校长口中的高校恢复活力的关键。他说全世界唯有中国是国家学位，各个学校拼命去跟教育部公关授权，而不是拼命提高教学水平，这是本末倒置，必须打破铁饭碗。

而家长确实也有更现实的考量。程齐家的妈妈认为对孩子来说，大学不会是学历的终点，他一定会继续深造，但总应该获得一个国家承认的学历吧。

衡量之下，报考南科大，最好的结果是，程齐家接受了招生简章上承诺的高质量教育，有了很好的发展。

最坏的结果是学校解散了，他再回家来参加明年的高考——程齐家说，即使这样他也认了，大不了回来考清华。而他即使明年回来高考，也还比应届生小一岁。

寒假，正月初十前后，南科大在深圳进行了第二轮录取考试。程齐家第一次坐飞机，他自己飞。他是惟一单刀赴会的学生，参加了面试、能力测试和心理测试。

两三天后，南科大打电话，祝贺录取。还没有开春，程齐家就早早告别了如临大敌备战中的同学们。

2月底，程齐家一个人去南科大报道，他带了几本书，包括易中天的《看不懂的中国人》，还有字帖和德语书——这些都是他准备上大学后自我教育的内容。

空旷崭新的校园里，全部师生加起来也不过七八十人——也许还没有赶来抢新闻的记者多。学生的组成乍一看更让人觉得这不像是一支正规军。

南科大的学生很大一部分来自于前一年报考了中科大少年班、上了一本线但没有被中科大录取的学生。这些孩子本来就是特殊的，他们像是从一个试验皿跳进了另一个，而南科大的校长朱清时是中科大的原校长，两个试验皿也属同胞。

南科大首届学生中最小的只有十岁，叫苏刘溢，他七岁上初中，八岁升高中，十岁考大学，高考考了566分，在去年9月就已经入学，是南方科技大学招收的首位学生，在大半年的时间里，一直孤独地等候着未来的同学们。

除了他之外，南科大的首批新生里还有十三岁的王嘉乐、岳照，十四岁的范紫藜。

南科大在喧嚣中开学，晚上才得安静。学校安排学生看了电影《放牛班的春天》。电影讲的是寄宿学校里一群难缠的问题学生，被音乐老师感化，组成了一支合唱团，才能被唤醒，心灵变得温驯美好。

放这部片子，大概是因为校长猜到了这会是一群难管的学生。他们年纪尚小，早早就被周遭目为神童，过早觉醒，天生反骨，又在外界对南科大的好奇中收获了许多注视。对南科大的天才们，除了教育，大概还有些教化的工作要做吧。

《放牛班的春天》主题曲里唱："看看你经过的路上／孩子们迷了路／向他们伸出手／拉他们一把／步向以后的日子。"

在广州黄埔军校半个月的军训结束后，正式开课。

程齐家笼统而乐观地总结他上大学后的感悟："学校各方面条件都很好，学习氛围很浓，思想很自由。同学们崇尚智慧，努力汲取知识拓展思想，在这里我们开始关心社会，学会了对自己负责，并试着通过自己的努力为南科大、为社会承担应尽的责任。我们还知道，人民生活水平提高需要每个人的努力，社会进步需要每个人的积极改变。"

他这样概括自己在南科大的常规生活："这学期有微积分、线性代数、物理、计算机科学、国学、社会学、英语，还会经常由知名学者教授开讲座。大家普遍感觉压力不小。有课时认真上课，没课时自己复习、看书、用电脑娱乐一下，我每天都会去健身房锻炼，大家有时会一起出去玩。"

南科大理想的设计是"书院制"和"导师制"相结合。老师和学生同吃同住，可以随时交流问题。一个导师带三五个学生。

到现在，"书院制"已经落实了。院长是原来香港城市大学的副校长唐淑贤。"导师制"却还遥遥无期，困难在于师资。这是南科大从筹建创校就存在的问题，早先在招生简章里公布了的一系列名师并没有全部落实，很多教授也只是兼职，保证课时已是勉强，更无法充当无微不至指导专业、生活、人生方向的导师了。

以外界人的目光，南科大之难，更在于与"组织上来了新规定"走一步退三步的漫长谈判与妥协。

4月，深圳市委宣布将通过公开推荐方式选拔两名局级领导干部，到南方科技大学担任副校长。

6月，南科大宣布副校长由理事会根据校长提名聘任，守住了"去行政化"的承诺。

5月，教育部说改革要依法办学，要遵循制度，规定南科大的学生必须要参加高考。

6月，南科大的学生写了封公开信，集体缺席高考，不向应试教育低头。

表面上看，南科大已在往体制的天花板冲，冲顶成功，姿势壮烈且不难看。可谁都知道，姿势不能兑换成胜算，"抵抗"更是与胜负本身无关的事。

"学术自由"和"行政指挥"抗争的战役历史上早有过，且前者赢了。中华民国的教育部，曾在上世纪四十年代大张旗鼓地要求统一动作。当时在云南的西南联大，也被要求实行毕业总考制。虽然其他学校也有牢骚，但只有联大全校一致抵抗。在这项规定实施的头两年，联大是惟一一所拒绝参加考试的学校，教授也对学生给予道义上的支持。

历史和现实如此相似，是因为被挑战的那一方只能见招拆招，路数如此单一。当时的教育部以拒绝颁发毕业证书相要挟。西南联大仍然自行其是。最后，教育部无法，只能作出保全脸面的妥协：联大学生需参加考试，但是全部自动通过，联大不必把分数上报给教育部。到了 1941 年，联大干脆连过场都不走了。

七十年前，西南联大之所以能大获全胜，是因为"学术独立"是学校和执政党谈条件的共同底线。是时，知识精英还有寡头集团的话语权。如今，物是人非，角力的双方不同，赢面自然不同。

大家赞南科大勇气可嘉，看它的目光却像看一名烈士，觉得南科大一定会死于它的"抵死不从"。

"不从"也是由于无奈。早在高考前，师生间，学生间，家长间就因为到底要不要高考而争论。

朱校长在外地，无法表态。学校则有领导开始组织说服学生家长参加高考，人心惶惶。

真正反对参加高考的，除了热血而理想的学生，还有焦虑而现实的家长。他们担心：按照国家法规，南科大不能录取学生，肯定会找别的学校录取，例如深圳大学，毕业时如果发深圳大学的文凭，怎么办？国家规定外地孩子不能在深圳参加高考，是违法的，学生一辈子背上了高考违法的不良污点，怎么办？学生如果没考好，被当做攻击南科大教学质量的口实，怎么办？最大的风险是，朱校长可能会因此辞去校长职务，这些学生，怎么办？

朱校长是家长和学生的精神支撑，他曾反复描述过一座近在咫尺的海市蜃楼，那是与深圳一河之隔的港科大，建校仅仅二十年，最新排名已经超过港大成为亚洲第一。

而朱校长对中国教育的忧虑，也让这群还未成年的孩子有了宏大得可怕的责任感。

在拒绝参加高考的公开信里，南科大的学生自称为"探路者"，他们疑惑以及焦虑的是：为什么中国造不出真正高质量的大飞机，造不出一流的汽车底盘，为什么高科技核心技术都是外国公司开发的？

程齐家给南科大寄去的自荐信里，也附上了一篇文章，叫做《钱学森之问》。他显然已经找出了问题的答案：当然是陈旧的教育体制的错。

南科大的学子说："我们体会到的，是我们老一辈科学家那心急如焚的心境和沉重的感叹！"

白发苍苍的老者和奶声奶气的少年的影像重叠，显得吊诡。听未成年孩子们做些沉重的"关乎祖国未来，关乎国家命运"的振臂高呼，即便是少年听风便是雨，多少让人有些觉得生硬——到底不是五四时期了，"水深火热生死攸关"的讲演无法获得预想中的热烈激昂，取而代之的，多是让他们认清现实的凉薄尴尬。

拒绝参加高考之后。南科大才面临真正的危机，危机来源于内部——不断有人叛逃这座天空之城。

先是港科大的三位教授离开了南科大，还写了篇檄文，说南科大煽动学生不参加高考近乎"文革"，改革不能光靠口号。

后有一名南科大的学生请了长假，然后再也没有回到学校。

对于其他南科大学生动辄家国命运的宏大叙事，这个退学的学生不吝冷漠嘲讽。他说："绝大多数人选择南科大是为了能够通过南科大与国外高校的合作而出国留学。当时朱校长也是这么对家长说的。我认为这很正常，毕竟人总是要考虑自己的前程，可我实在看不惯有些人张口闭口就说为了中国教育改革的未来。您说您是为了改革而献身，从不担心自己的职业和未来，那好，您自己高尚去，别拉上别人，为自己将来担心的人多着呢，不要总是代表别人。"

他认为在南科大是没有前途的，决定参加高考，退出这支被捆绑在一起的盗火者队伍。

盗火者普罗米修斯为了人类，设法窃走天火，被宙斯捆绑在高加索山脉的岩石上被鸟兽啄食，却要长生不死，他的痛苦要持续三万年。

盗火者是被绑缚的，也是被绑架的。这几乎是所有改革或革命者的宿命，骑虎难下，革命者们用一贯洪亮激昂的调门控诉当下，构造乌托邦；戏假情真，革命者们眼里总常含泪水，眼泪也为自己而流。无论如何，只能硬着头皮走下去吧，管他前面是什么。摩西当年恐怕也不知前面是否是深渊，但总不能回身向他的追随者们无奈地摊手劝回。即使摩西是个瞎子或近视眼，也得为了身后被感动的信任者，走向他内心自认为清晰的彼岸。

我问过程齐家，他的理想是什么。在进入南科大之前，他的理想是毕了业研究汽车，这是他的兴趣。现在问他，他则说："我的理想是做一个全面的人，广泛接纳各种价值体系，并永远守护心中的理想和价值。以数理逻辑观察世界，又以艺术的思维生活，活得自如。"

他的未来被推得更遥远了一些，南科大的未来似乎也被推得杳渺了一些——秋季招生的简章迟迟未出，不知道第一届学生是否是最后一届。

程齐家的妈妈告诉我："如果要写关于南科大的一些事情，一定要显示出我们多么拥护党和政府，我们善良，我们弱势。"情况比她当时想象得要复杂和艰难很多，若是一开始知道如此，她也许不会同意孩子去南科大的。

老 愚

FT 中文网、新周刊专栏作家，著有《在和风中假寐》。

博客：ftlaoyu.blog.sohu.com

陌生的，还是陌生的
——"故乡在童年那头"之三

回到家乡，雪就沉着脸扑下来。一夜过后，大地好像被什么捂住了嘴巴，一声不吭。雪花堆成一世界软糕，踩上去发出悦耳的"窸窣"声。黎明时分，村子静谧如沉睡的婴儿，只有细心分辨，才能从天边的光亮里，嗅到一丝时间的气息。

城壕围拢的老村，隐藏在蛋清般的光色里。

陇海线火车摩擦钢轨的声音清晰可闻，仿佛幼时的那列。

村外的那方池塘早已干涸，即将被各色垃圾填满。边上的学校还在，全无昔日的模样。老建筑物悉数拆除，中央隆起一坨刺目的教学楼。我们存在的痕迹被铲除干净了，没有一块砖是熟悉的。我和小伙伴们在课间乘凉的槐树和松树都不见了，我在上面一字一字写快板诗的黑板报呢？女生挥臂击球的排球场呢？

若要找出村子的灵魂，大概就在颓败的大队部里，那儿有几位老婆婆供奉土地爷的神位。通讯基站矗立在村子南方，钢架构的胳膊腿支起一颗桀骜不驯的脑袋，好像一个精神看守。

半年前回家，村子已经变得陌生了，街道被两边凸出的门楼蚕食得如同一条颤抖的线绳，幼年曾经有过的大路去哪儿了？邻居家院子前的几十株大树飞走了，垒起两排灰不溜秋的二层楼。有老太太弯腰蹒跚，有老汉站在门口望天，他们见我过来，瞥一眼，便挪开视线。他们已经不知道我是谁了，幼年时，我曾叔啊姨啊地喊叫着。哎，哎，他们的应答声犹在耳边回响。青壮大都在外边施工，老人带孩子守家。

土地被收走后，政府在肥得流油的地里，大兴土木，砌起蔬菜大棚，转手承包给来自各地的经营者，妇人为雇主做些"天天工"——一天一付酬，补贴家用。天南海北的口音，飘荡在村子上空，盗贼出没，村里组织人手昼夜巡逻。村子被浓烈的牛粪鸡粪味包围，蚊虫苍蝇奇多，人们只好用塑料帘子里三层外三层地把厨房和居室罩起来，但空气里的那股气味却无法隔绝，久而久之，大家也就习惯了。

走在村里，我仿佛一个外乡人。儿时的玩伴佝偻着背，在牌摊上高声叫骂，他们在悠闲地消磨时间，他们的后代已经有了后代。凑上前打个招呼，对方只一笑，便无多话。

街道还是那副模样，塑料袋，烟盒，树枝柴火，污水，堆肥，鸡狗猪们随意拉出的屎尿，院门紧闭，偶尔有动物们闹腾的声响。我曾无数次走过丁字形的街道，猜测过每一扇大门后面的故事。一天，我因借蒸笼进了对门家，双目失明的母亲和女儿说着闲话，女儿正在为她捏脚、捶腿。我一次次去康康家，为的是坐在他家热炕上，一起玩扑克牌。他枕头下经常藏有没脸没皮的小说，我曾经用半个馍换了本《林海雪原》，点燃煤油灯，捂在被子里，囫囵吞枣般一宿看完。那些悄悄流传的"黄书"，让一个贫瘠少年感受到活下去的希望。

每户人家都去过。每家都有自己的色调，我知道在什么时候该去谁家。进了人家家里，饭时都会问一声，"吃饭不？"我当然知道，那些是虚套，只需应一声：不了。疼你的老婆婆，会在饭时给你打一碗黏黏的搅团、醋溜什么的，会塞给你一只香喷喷的地软包子。

二伯，五婆，八婆，姑婆，也就这么几家，让我觉得温暖。

在屠夫家门口玩，就得特别小心，他经常把三个儿子撵得满村乱逃，手里握的那把杀猪刀，让他有一股凶煞气。他家里还养着一条大狗，时不时会窜出来，吐出长长的舌头。

跟父母吵过架的人家，我是不去的，好像在心里跟他们结了仇。

继父1988年盖的这栋楼，坐落在村外。这儿原本是地，年复一年生产粮食和蔬菜。在我的记忆里，先后有小麦，玉米，棉花，油菜，马铃薯，白萝卜，高粱，西瓜，大白菜。后来，做成沼气池，再后来弄成碾场。

麦场，是一个盛满快乐的地方。眼看着半年的收获就到了嘴边，人们都乐呵呵的。等到大热天，再铺成一地，让拖拉机拖着碾子一圈圈碾过去，把碾扁了的麦秆翻过来，再碾，直到麦粒脱落。在间隙，男女嘻哈着开一串粗俗的玩笑，活泼的小伙子便被嫂嫂们扑倒，半剥了裤子，摸几把小鸟。扬场最叫人兴奋，将堆积成小山的麦子，一锨一锨顺风扬起来，麦穗上的壳和刺就飞走了，落在不远处，麦粒则亮亮的滚成一团。

尘封在记忆里的那个世界，有壕，有窑，有老树，有深井，人大都是认得的，狗也就那几条。如今，许多人远走四方，数年难见一面；有的走完了自己的一生，悄悄躺在南坡头的坟地里。街道上一茬茬闪动的新面孔，好像豌豆秧上挂着的豆角，他们的人生有待时间之手逐一剥开。父母常说，老人在，家就在；老人走了，就散伙了。

仅剩的一段城壕，也被垃圾填埋得越来越浅了。略微平整一点儿的，都让手快的种上了麦子。遮蔽村庄的大树，已经屈指可数。那一溜互不认输的房子，高而孤独。这个村子，仿佛被什么抽走了魂魄，徒有粗糙的外形而已，他们只是留守老人和孩子的寄居所。

村子西北口的两株皂角树还在，身披雪花，遒劲有力，俨然村子的护卫者。临树而居的加帅哥说，一株皂角树可以卖到一万五千块钱，因是神树，经常显灵，便无人敢挖。

存储着少年往事的村子，被大雪裹紧了。静谧，祥和，在那个黎明，我心里涌动难言的感触：人生恰似穿行于激流之中，一刻也不容懈怠，时时需要勉力应对，也就在这永无歇止的航行里，我们感觉自己活了一生。

围拢在父母身边的日子
——"童年在故乡那头"之四

坐在乱七八糟的都市里，我时常会想起关中平原的家。

在我生长的年代，家是父母用尽全力从土里拱出来的栖身之所。土墙瓦房，砖头和木头是叫人稀罕的玩意儿，甚至连牙膏皮包装纸都让人眼前一亮。在这样一个用粘黄土版筑起来的院子里，有土炕和土锅灶，日子便能过下去了。与土的间隔仅仅在炕上，用枕席把身体与泥土抹平的炕面隔开，若能就着煤油灯读一本没皮的小说，我就很有幸福感了。

全家人最珍视的宝贝是粮食，在上房顶楼上做成粮仓，四周用席子包起来，沿跟脚撒上老鼠药。夏秋两季，把队里分下来的麦子玉米一麻袋一麻袋吊到上头，吃粮时，再一斗斗提下来。院子里打了地窖，存放红薯和白萝卜，歉收年月，连玉米芯红薯秧子都要储存起来。大地是丰饶的，满地的收获却被国家一车车拉走，支援我们一辈子也见不着的"同志加兄弟"。

父亲在院子四角各种了一株泡桐，我负责每天浇水。

猪是最舒服的，每天在圈里哼哼着要吃的。偷偷饲养的几只母鸡，"咯咯咯咯"叫唤，带着下完蛋的骄傲，向主人邀功：再给一把米吃，明天还能为你下一只更大的蛋。

老鼠夜里出来，它们躲在厨房案板下，有的钻进风箱里，弄出"窸窸窣窣"的声响，我一跺脚，它们便安静了。

梧桐枝桠伸开，便有鸟驻足，不时掉下气味熏人的排泄物来。据说，屎掉到谁头上，谁就会有霉运，弄得谁也不敢往树阴里去。等鸟儿们的屎铺了一层，父亲才让我去把它们铲干净，倒到圈里，在树下重又铺上一层新土。

有一年，来了一对喜鹊，它们来回打量了上房屋檐几圈，决定筑巢安居。一家人面带喜色，好像要添新人一般，走路说话压低嗓门，生怕惊动了贵人。喜鹊夫妻叽叽喳喳，嘴里衔着从地里拣来的细枝，进进出出，仿佛一对心里盛满喜悦的可人儿。

家里也有神灵。母亲在上房东屋侍奉了神仙，香火常年不断。木刻的神灵，白天只是一堆杂乱的线条，到夜里便让我害怕。好多次，感觉他们有了生气，睁开眼，从墙上走出来，蹑手蹑脚朝我扑过来，甚至把手放到脖子上。

最欣喜的是薄暮时分。一家人坐在院子中央的石桌前，中间位置往往摆放一碟凉菜，凉拌胡萝卜或白萝卜丝，无非是浇一勺醋，放半勺辣椒。父亲坐北朝南之尊位，旁边会给母亲留出位置，我和妹妹弟弟们围坐其余三边。母亲把稀饭和馍挨个分发到大家手里，等父亲夹起一筷头菜后，我们才敢伸出筷子。很快，就响起"吸溜吸溜"的吞嚼声，因为食物单调，吞咽声也像民乐一般简单。粥稀馍碎，牙齿使不上劲，有时不免咬到舌头。

那时候无人说话，大家专注于滋味的品尝，生怕一张嘴，好味道就溜走了。因饥饿而来的幸福感，就在这无声的响动里。碗一定被舔得干干净净，如果谁有未吃饱的表示，母亲就从自己碗里倒一些，或者把手里的馍掰一块递过去。她总是最后一个吃，吃得很慢，现在想来，应该就是在等孩子们的呼唤。

饭后喂猪，我和大弟弟将猪食抬到猪圈里，还未倒进食槽，猪们就呼呼扑过来。中午放学回家，我会习惯地把手伸进鸡窝，一般会摸到一只蛋，运气好时会有两三枚。鸡蛋在手里热乎乎的，让我感到母鸡的辛劳。这些鸡蛋大都卖给了城里人，母亲只把那些品相欠佳的留下来，在谁过生日时煮熟卧到碗底下。

夜里，村子安静了。劳累一天的人和牲口都疲乏了。我们几个就着煤油灯，读读课文写写作业，就熄灯睡了。父母在上房里说些闲话，我们也听不出那些暗语似的句子，我们只管读书，一切都有他们安排。

胡思乱想着，迷迷糊糊沉入梦乡。起夜时，月色正好，父母的呼噜声有节奏地呼应着，好像眉户小戏里的男女对唱，让人踏实。

远处，从陇海线那边传来火车轮子与钢轨的摩擦声，"哐噹哐噹——哐噹哐噹"，那是天籁般的声音，长大了，我就被它带到远方，开始自己的生活。我们就像蒲公英的种子，期待被风吹走，寻找属于自己的道路。

高一那年的中秋节，看着圆润的月亮，我突然想家了。独自溜出绛帐高中的校门，沿高干渠往东疾走。河水激越，发出"咕咚咕咚"的欢叫声，我心里盛满了思念，一口气爬上了双庙坡。

月色里的村子，非常安详。家人在做什么？

推开虚掩的大门，窝里的鸡扑腾一声便又安静了。一家人的身影映在窗棂纸上。

母亲说：有人进来了？

父亲说：你听错了吧？这会儿有谁呢？

我回来了，妈！

妹妹和大弟弟出来迎我。

掀开帘子，土炕中央的大红被子上，放了果盘，里面盛了瓜子、花生和苹果。父亲让我上炕。削了一个最大的苹果递给我。

然后才是妹妹弟弟们，最后一个苹果，父亲削好后从中间切开，将半只递给母亲。

我留恋这温情的气氛，但隐约感到，自己就像长成了翅膀的大雁，很快就得飞走了。心里有沉重的感伤：学校里每个人只是学习机器，既无深厚的友谊，也乏异性抚慰，我们的心灵非常干涸。集中营式的求学生涯，几乎令人发疯，内心里早就渴望逃出这囚笼般的生活。生活注定在远方，能飞多远，就看你的造化了。

回家，只是为了获得一丝滋润，重回父母遮掩的屋檐下，体会被呵护的感觉。

飞翔的那一刻越来越近了。

三十多年前飞走，我尽管可以一次次回家，但在梦里才能回到那个贫瘠温暖的院子。

我多想待在父母的屋檐下，他们不老不病，我们也不长大，就那样一直生活下去。

老屋如今被一条路踩碎了，三层楼的新屋阔大气派，却颇显萧索。妹妹和大弟小弟相继离开，在他乡成家。二弟在西安做工，大侄子在杨陵高中校外租房，全力准备高考。家里剩下二弟媳妇和读初三的小侄子。母亲病了，陪床的父亲只好睡在医院里。

曾经的家，无猪无鸡，到晚上，父亲手植的三棵杏树和柿子树发出时而和悦时而惊悚的声响。院外属于生产队的老白杨树，每年都会把它那永远也散不尽的白絮落到院子里，胆大的会透过塑料窗帘钻进父母的屋子。陪伴两位老人的，除了催眠药般的"新闻联播"，还有秦腔折子戏和赵忠祥解说的"动物世界"。

近几年，想家了便回去，以为会找到幼时围拢在父母身边的感觉，可当与父母睡在一个屋子里时，浮上心头的却是难言的滋味：日子老了，父母终将离我们而去，一次次见面不过是人世的告别罢了。前半生在期盼好日子，当有条件"好"的时候，"分别"却不知不觉站在我们之间。

谨以此献给养育我的父母和关中平原。

五十六米长的中国

猝然相遇！站在三米高、五十六米长的巨幅油画面前，我不忍正视画面中的人物。他们都是身边每日可见的人，但这样出现时，我还是有点儿晕眩。长长的画面中，他们纤毫毕现，以"真实"面目示人，就那样看着你或被你看，他们处在自己的标准状态中，无惧盯视，也没有任何可以回避或遮掩的东西。

他们几乎没有一个处于放松状态，如果嫌魂不守舍太过夸张，那就换成文雅一点的——不在当下。他们焦虑，茫然，无助，又无辜。这是三年前的表情，艺术家卯丁魏艺团队，在阴雨绵绵的广州火车站前，一一拍摄下人们的表情，花了近两年工夫，绘制出这么一幅纪实长卷。

命运写在每一个中国人的脸上，仅仅用呈现就足够了。从摄影到油画的这种转换，不小心露出了僵死艺术观念的尾巴。他们做了记者做的事情，但又比记者有趣得多。"当代艺术"其实与"艺术"无关，它完全成为一种媒介平台，展示策展人对世界的看法，锐利得犹如时评，又比时评拥有更大的遐想空间和弹性——多义模糊的"艺术"，一变而为强烈的单一主题，似可称之为匕首和投枪。

他们也不再追求被收藏。长达三年的筹备创作过程，绝非逐利而来，而是要像战士把楔子打入钢板之中，给时代留下记忆。那张零度写实全景油画，其实只是个坏的开始，现在的人们更狐疑，更焦虑，更无助，更茫然：我不知道风在往哪一个方向吹，但我知道自己总要倒下去。三年过去，原先于迷茫中还有隐隐的期待，觉得智人层出的中国当不至于没有一丝希望，政府也不可能甘于毁灭而束手无策。保就业的十大产业振兴，四万亿人民币出笼，让中国好像先于世界而回暖，并有独步地球之势。但明眼人知道，无力进行制度变革的中国，所有的药方都只会加重病情，并使之病入膏肓，拖延只会使情况更加糟糕。更大的铺摊子，上项目，刺激了需求，但前所未有的产业大跃进让投机家和贪腐集团捞了最丰盛的一把，在他们享用完最后的晚餐之后，国库耗尽，老百姓，这些苦难的承受者被抛到岸边，巨鲸们及其有生殖器关系的人们，远遁彼岸，过上了穷奢极欲的高级生活。

两年前，我曾在 FT 中文网的专栏里写道，主政者如果抓住最后一次机会，将政府从主导万能型角色转变为谦卑的服务员，让社会自然发育，中国兴许还有一丝转机，否则，将坠入万劫不复之深渊。不幸的是，金融危机被权势集团肆意利用，缔结成神圣同盟的权贵资本主义，展开了血腥掠夺，并彻底主宰了中国的政治经济命脉。他们再也不惧怕任何舆论，肆意践踏一切人的尊严，国家荣誉荡然无存。维稳，就是维持这种掠夺而不允许反抗，哪怕是自焚式的反抗。在这儿，权力说了算！他们要把红黑莫辨的中国变成一个无正义的服从国家。

相信政府的自取其辱，不论是写在纸上的文字，还是嘴巴吐出的话语。大众于被控制和剥夺中忍受贫穷和耻辱，权贵在狂欢中体味肆虐的快感。千疮百孔的巨轮即将沉没，权贵们知道在何时离开，他们会在攫取完最后一缕财富后悠然弃船。等在老百姓前面的只有沉沦。

这就是多灾多难的中国的宿命。它总会错失一切最宝贵的机会，在关键节点上走上最不该走的那条路，最终坠入万劫不复之深渊。现在的心态是，人人一手烂牌，只想让权贵们和了，好开始新的牌局。卯丁团队自苏州出发，对东南沿海数地进行采访，力图展示中国制造业衰败的动因。展览大厅里张贴的温州法院破产企业审理公告、系列摄影作品《困境中的制造业工厂》、装置作品《是谁肢解了我的躯体》《拯救大熊猫》、纪录片《穿越黄金海岸》，正是巨幅绘画上中国人表情生动详实的注解。

这次活动名为《走过一天零一夜——金融危机三周年后我们的今天》，特意高价请红人郎咸平做演讲。出语吓人的郎先生老调重弹，但他只愿意把制造业衰败的账算在"笨"政府的头上，他自称屡次准确预测了中国经济的前景：中国已经率先步入萧条时代！他以悲悯的语气宣告：你们，不幸生在中国大陆的你们，终生都将为政府的错误决策付出惨重代价。他试图扮演半个先知，好让人们膜拜。他和那些四处走穴的文化达人一样，仅仅是靠消费正义而敛财，他们是黑暗的一部分，越腐烂越快乐！高达二十万的出场费以及诸多严苛的接待要求，正是吸血鬼本性的最好注解。

卯丁团队之前有《凤凰西去二万米》的湘西田野调查，展示的是一副乡村文明解体的严峻局面，那些触目惊心的性交易，无聊麻木的生活，深深刺激了人们。把这两件作品合在一起，似乎无意间窥见了中国的秘密：失去文化家园的人们，也失去了生存的根基，他们从城里回去的路，可以有高铁，有无所不在的高速路，但故乡已不复存在。失去了家园的中国人，恐怕也只能呈现出一副在路上的姿态，不知何往，已无从何往。无所往的生存，造就真正的中国表情。这或许正是寄身于广州红专厂的巨幅油画所要传达的意思？

梁发芾

作家，北京大学中文系毕业。在兰州媒体供职。以历史文化与财政税收的随笔写作见长。在《中国经济时报》《中国经营报》《新快报》开有专栏。

博客：liangff.blog.sohu.com

政府采购，浪费没商量

关于花钱与办事，有四组组合：花自己的钱给自己办事；花自己的钱为他人办事；花他人的钱给自己办事；花他人的钱给他人办事。这四种组合中，花自己的钱给自己办事，最为物美价廉，而花他人的钱为他人办事则相反，价可能高，而物不可能美。花他人的钱给自己办事，会出现怎样的情况？一般的情况是，质量会很高，而价钱则会更高。

看看政府采购。

政府采购往往是两种情况，花他人的钱办自己的事，或花他人的钱办他人的事。说是花他人的钱，是因为政府采购所花资金，都是纳税人的钱，不是采购官员自己掏腰包。所谓办自己的事，一般来说，政府给公务员采购办公用品或服务，比如兴建办公大楼，买小车，都是用于官员的在职消费，说是办官员的事，恰如其分。这种情况下，追求豪华奢侈享受，高品质高价格，简直不可避免。另一种情况，办他人的事，在政府采购中也是常见的，如政府为学校采购教学设备，政府官员当然不会坐到教室享用这种设备了，采购人员哪里关心品质？豆腐渣又有什么关系？所以，我们看到，这种政府采购，绝大多数是价高质次。政府采购，不管什么情况，都浪费没商量，因为花的不是官员自己的钱。

政府采购，虽然要求公开透明，其实是迷雾重重，人们莫知其详。但是，偶然也有被披露的，比如，广东省的人大在审议预算时发现，有的部门配置的电脑，预算是数万元一台；中科院研究所采购的内存条，6247元一条。而事实上，现在一台电脑，不过三五千元一台，而一条内存的网上报价不过三百元。政府采购，因为是集中采购，公开竞价，本应该价格更低廉，为什么反而会更加昂贵呢？显然有私相授受的猫腻，有关方面和人员借着采购的机会，变着法子把国家的钱，弄到自家腰包了。当年道光皇帝想吃片儿汤，要求御膳房给他做，结果内务府打报告要银子，说做片儿汤需要建厨房，要几万两，每年还有其他经费几千两。一碗片儿汤能值多少钱？但是经办人员就敢这样坑皇帝。今天的采购人员，还会不会用这种办法坑纳税人？这是政府采购浪费的一个原因。

或许有人会说，政府采购，当然要采购品质卓越的物品，堂堂政府，还得有个形象问题，总不能去买廉价的山寨货吧？去年一年的豪华进口轿车，花去八百亿元人民币，完全是为了政府的车辆气派些，让官员的坐骑豪华些体面些，东西是货真价实。人家美国大使骆家辉到中国履职，坐经济舱就来了，引起曾经当过中国驻法大使，现在是中国外交学院院长的赵进军的不爽，他说，外交官出国坐飞机体现的是国家的形象，他每次坐飞机都是坐头等舱。坐头等舱当然也是一种政府采购，采购的是航空公司的豪华服务，而这种豪华服务，据说体现了中国的国际形象，中国官员的气派。这是政府采购浪费的另一种原因：采购的物品或服务是货真价实的，没有猫腻的，但是，其豪华奢侈超出了官员应该享有的限度，使纳税人不胜负担。

政府采购浪费还有一个原因，则迹近搞笑。今年前些时候，媒体披露，湖南政府采购买高不买低，而官方回应称为花完预算。这个道理听起来滑稽，却也是实情。今年的预算花不完，明年就会缩减相关预算，而预算最大化则是官员的命根子。为了明年能够得到不少于今年的预算，所以今年必须把预算中的钱花完，而为此则不惜"宁买贵的，不买对的"。这固然是浪费，为人不齿，但这是合法的浪费，只要目前的预算制度不改变，你奈何不得。每到年底你去看看，各预算单位都在突击花钱，通过政府采购花掉手中多余的钱，就成为年终的一道风景。

即将过去的 2011 年，政府收入超过十万亿，除了用于支付工资和低保等等的资金外，有数万亿元的钱，是通过政府采购（物品或服务）的形式，进入了市场。没有人能够弄清楚，通过政府采购，有多少宝贵的金钱，被白白浪费。

刘军宁

北京大学政治学博士。曾为中国社科院政治学所研究员，哈佛大学费正清研究中心访问学者。现为中国艺术研究院中国文化研究所研究员。

博客：ljndzy.blog.sohu.com

搭档在投资中的地位

自古以来，人与人之间的关系只有两种基本的格局：人与人之间的平等的伙伴关系；人与人之间的上下的君臣关系。伙伴关系的典型在政治上是共和国，在商业上是合伙制。君臣关系的典型在政治上是君主与专制，在商业上是老板独大的公司。与资本、劳动、资源密集的商业活动不同，投资是个智慧密集的事业。世界上最稀缺的就是智慧。智慧的产生和迸发对环境有严格的要求。如果环境稍有不适，智慧就会选择冬眠。在投资活动中什么样的人际关系格局有助于智慧最大化呢？是君臣关系，还是伙伴关系？这个问题不难回答。伙伴关系是基于平等、尊重并彼此给对方充分自由的关系，因而最有助于智慧的迸发与活跃。如果这个看法成立，那么，投资事业与君臣关系是很难相容的。

然而中国几千年专制所留下的君臣观念却导致人们格外排斥伙伴关系。国人中有句广为流传的民谚：一山容不得二虎。这个谚语对中国人的影响至深。在中国的商界，跟在中国的政界一样，流行的观念从来都是一权独大。政界和商界的掌门人都笃信自己就是山中独大的老虎，而且一山绝对容不下第二只虎。即便是武大郎开店也不愿意聘用比自己个子高的。投资者的群体是人类最自负的群体之一，而且他们常常真的有理由自负，不认为自己需要搭档。这种独大的心态，与投资的事业是很不相容的。

在我看来，投资是一个需要搭档、伙伴、合伙的事业。为什么？搭档、伙伴几乎是一切事业成功的关键。保守主义认为每个人的能力都是很有限的，每个人对自己的理解都是很有限的。跳芭蕾的人都知道，不凭借镜子，甚至看不清自己的动作，尤其看不见自己动作的缺陷。投资正是像芭蕾这样的精致艺术。而投资者的搭档正是自己的镜子，搭档之间相互为对方提供镜像。借助你的搭档，你更能看清自己，尤其能看清自己的短板。在伙伴关系与团队中，你看清自己，你获得智慧，你平等待人得到尊重，得到帮助、鼓励与安慰。

说到投资事业中伙伴关系的重要性，不能不提到巴菲特与芒格这对黄金搭档。1959 年，巴菲特和芒格一见如故。在超过半个世纪的交往中，巴菲特与芒格这对黄金组合创造了有史以来最优秀的投资纪录，他们二人不仅是生意的搭档，而且是灵魂的伙伴。亚里士多德曾经说过：说到底，友谊是一个伙伴关系。（Friendship is essentially a partnership.）这种友谊和伙伴关系需要一些特殊的品德相伴随，其中包括平和的心态、彼此的信任、包容和理解，相互的适应、妥协与担待。而巴菲特与芒格正是这种友谊与伙伴关系的注脚。

我认为，好搭档的最大意义，在于他以说"不"为己任。在投资者的圈子更不例外。说不者是最宝贵的报警器与纠错者。只有伟光正先生才不需要说不者与纠错者。容不下说不的人，导致了无数企业与企业家、政党与政治家的失败。可见，搭档的作用，不仅在于说对，而且在于说"不"。

在生活中，最重要的是选好伴侣；在投资中，最重要的是选对搭档。寻找自己中意的搭档应该遵循哪些标准？我认为，有两个标准，优秀的大脑与优秀的品行。两者缺一不可。对中国人而言，优秀的品行甚至更重要，中国从来不缺聪明人，缺的是优秀的品质。

伙伴关系并不仅仅限于二人之间的搭档。巴菲特与芒格之间不仅互为搭档，他们还置身于一个交错的伙伴关系网中。巴菲特的精神伙伴有他的师辈们如格雷厄姆、费舍、多德；他的同道伙伴有格雷厄姆与多德城的超级投资者们。巴菲特和芒格还把伯克夏集团中几十个分支机构的主要管理者都当做他们俩的伙伴，他们称这些人是他们的经理合伙人（managing partners）。然而，巴菲特与芒格最大的伙伴群体是伯克夏的股东们。巴菲特与芒格视这些人为他们俩的股东合伙人（owner-partners）。他们俩与上述所有人之间的关系是伙伴关系，而不是君臣关系。这个复杂的伙伴关系网也交织成商业世界的复合共和（一种联邦的、多中心的、基于伙伴管理的秩序）。

在君臣关系下，公司是朕的，其他人都属臣民性质的员工。在伙伴关系的共和下，公司是全体股东的，而股东之间是伙伴关系。就上市公司而言，任何员工，甚至任何人都有机会成为股东，因而也会成为伙伴。巴菲特宣称，虽然他把公司注册为有限公司，但是他是以合伙的心态来经营公司的。巴菲特的一个重要贡献是他强调股东的身份，而不是持股人的身份。他投资的目的就是要成为股东，而不仅仅是成为持股人。他每收购一个公司，都要尽可能留任原有的管理层和股东作为合伙的伙伴。这种伙伴关系为伯克夏创造了极富魅力的工作环境，所以这些年来很少有高管离开伯克夏这个小小的复合共和国。

保守主义的鼻祖埃德蒙·柏克特别强调人与人之间的伙伴关系。他甚至认为这种伙伴关系不仅是当下的，而且是分别向过去与未来延伸的。如果君臣关系比伙伴关系有更多的优越性，那么世界上的君主制国家应该越来越多，共和制的国家应该越来越少。而我们看到的，基于伙伴关系的共和越来越多，君主国越来越少。

伙伴关系是一种择优关系，君臣关系是一种择劣关系。伙伴关系激发各种优秀的品质，而君臣关系只能塑造愚忠和背叛。在伙伴关系中，合伙人通常倾向于选择与自己品行、能力同等优秀、甚至更优秀的搭档在一起共事，并相互充分信任。所谓，"我只与我信任的、仰慕的、喜欢的人谈生意、做搭档。"在君臣关系中，以老大自居者动机上想选择能力强的贤臣，但现实中绝对不允许超过自己，结果越择越劣，就像历史上的那些王朝一样，最后崩盘。

投资的事业在本质上是基于平等伙伴关系，而非上下君臣关系的事业。如果巴菲特是霸王老板，如果芒格是三孙子，是不会有伯克夏这个投资奇迹的。在投资界，合伙制是日益流行的组织形式。合伙制私募是国内最新的范例。在熟知了这个二人组的故事之后，中国应该有不少投资者羡慕巴菲特有那样一个好搭档，继而开始盘算如何找到自己的巴菲特或芒格。我推测，中国肯定会有更多投资者在寻找自己的芒格。相对而言，中国的巴菲特应该比芒格多，芒格更稀缺。

"我们是上帝的乌托邦!"
——从人性论看投资者的能力圈

自知者明, 自胜者强。

老子《道德经》

有个人站在一条狗旁边。一个陌生人走近他问道:"你的狗咬人吗?"这个人说:"不咬。"那个陌生人伸出手想拍拍那条狗,结果反而被那条狗咬了一口。受惊的陌生人质问道:"你说过你的狗不咬人!"这个人答到:"这不是我的狗。"——Robert P.Miles

保守主义: 从人性论到投资者的能力圈

哲学是追求智慧的学问, 投资哲学是追求投资智慧的学问。投资是一种智力密集的活动, 准确地说是智慧密集的活动。智慧短缺, 投资不可能成功。最重要的智慧往往都是以否定的形式(律令)出现的。守住你的能力圈(不要逾越你的能力圈)就是公认的最重要的投资智慧之一。而最大的投资智慧, 就是在于如何知道什么对象是你不该投资的。

保守主义强调, 人类作为有限的存在无论如何也无法超越其内在的局限性。人性和人的基本况境是不变的。按照保守主义的看法，人在本性是有限的存在，人是理性的，但是其能力是有限的。与上帝不同，没有一个人是全知、全能、全善的。对人而言，无知不仅是必要的，而且是合理的。如果一个人能做到全知，他不就成了上帝了吗？这是不可以的。无知对每个个体来说，是无法完全克服的。一个人知道的越多，知道自己的无知也就越多。比如说，我知道投资哲学里有很多东西我都知道。而对不知道投资哲学的人而言，他根本就不知道投资哲学是他的未知之域。每个人的知识都有无知与有知的界分，能力圈就是在这个界分上出现的。因此，每个人的能力都局限在特定的范围之内，每个人都有其难以逾越的能力圈。这是由人的本性决定的。

保守主义认为，理性能力是人为了达到所要实现的目标选择正确手段的能力，是人类用智力理解和应付现实的有限能力。换句话说，理性是行动者在其知识和智慧范围内掌握最有效的手段来达到目标的能力。有理性的人对事物所作的评判，并不是基于他本人那种不经分析的冲动、成见和癖性，而是基于他对所有能有助于形成深思熟虑的判决的证据所作的审慎的判断。保守的投资者正是这样一种人。

保守主义者看来，人类所有的知识并不构成一个整体。所以，知识并没有一个固定的总和。对人类来说，每个人的知识都是有限的，未知的领域永远存在，知识是扩展和演化的。我们知识的局限性不是科学和理性所能克服的，它们的作用恰恰在于使我们认清这种局限。没有人能够、而且也没有必要去了解和掌握全部的知识，人所能掌握的只是其中的一部分，而不是全部。人的真正智慧，不仅在于意识到自己已经知道多少，而且更在于意识到自己的认识能力和知识范围的局限性。

与动物不一样，人被认为是有理性能力的动物。人是有理性禀赋的动物，因此他会力求把自己的行为合理化，要为自己的行为找出一个合理的理由，有时甚至会为自己不合理的行为也找出一个合理的理由。人性有理性的一面，也有非理性的一面。如果投资时理性占了上风，投资者就会尽可能地在自己的能力圈内行事；如果情绪占了上风，或者不够理性，投资者就会忘掉或无视自己的能力圈的边界，非理性的投资也由此发生。保守主义投资哲学的忠告是：投资应该是一种最理性的行为，如果超出了投资者的理解能力就不要投资，只做自己完全了解的事。

被称为二十世纪英国最有思想的保守主义政治哲学家奥克肖特指出："保守就是宁要熟悉的东西不要未知的东西，宁要试过的东西不要未试的东西，宁要有限的东西不要无限的东西，宁要切近的东西不要遥远的东西。"保守主义投资哲学家提出了投资者的能力圈理论。《保守的投资者夜夜安枕》的作者菲利普·费舍在《寻常的公司与不寻常的利润》一书中指出：智力、知识与经验联合起来构成投资者的常识和判断力。每个人的能力都是有限的，其能力圈都是有边界范围的，不可能无边无际。这是保守主义投资家提出来的。能力圈的概念也由此产生。费舍创造了这个理论，巴菲特推广了这个理论。

能力圈是人的理性化能力的一个具体体现。人是理性的动物，也是很情绪化的动物。按能力去投资是理性化的投资。投资必须是理性的。如果你不能理解它，就不要做。超出能力圈的便是非理性化的投资。

不论一个人多么聪明，他都应该守在其能力圈之内。在这个能力圈，投资者享有专门的知识和特长。人的能力是有限的，因此投资者应该守住自己的能力圈。能力圈是不是价值投资的第一原则还有很多争论，不论是不是第一，其重要性是不言而喻的。安全边际是一种风险控制手段。在采取何种手段控制风险前，投资者先要确定自己的能力圈。能力圈的作用在于锁定正确的投资对象，安全边际的作用在于避免为正确的投资对象支付高价。能力圈与安全边际是保守投资者的左膀右臂！

你怎么知道你知道？

虽然关于能力圈的理论简单明确，但是要确定并恪守自己的能力圈并不是一件轻而易举的事情。首先，确定自己的能力圈就十分困难。没有一个人在人生的一开始就有能力圈。每个人的能力圈都是在从后来的生活经验、教育背景、工作经历和个人爱好中逐步形成，而且会随着个体的经历、经验、知识、爱好的变化而有所变化。况且，一个人很容易知道自己知道什么，很难知道自己不知道什么。最大的智慧就是在于知道自己不知道什么。大多数的投资错误，都是以为自己知道，认为该投资在自己的能力圈之内，实际却不然。所以保守主义投资哲学不仅要求投资者在自己的能力之内行事，而且在划定自己的能力圈时应该非常保守，宁可划小些，不可盲目乐观激进妄为，绝不能抱有"人有多大胆，地有多大产"的极端自负心态。所以，自己对自己的所知，要格外诚实，对自己的能力估计和勘探，要非常保守，而不是激进。

投资大师常常告诉我们：所谓"能力圈"，就是知道自己知道什么，和知道自己不知道什么，要永远只在自己熟悉的领域内投资，不管你的能力圈有多小。坚持自己能够理解的范围，只做自己理解的企业。在投资外扩展你的能力圈，在投资中守住你的能力圈。如果你不了解这个行业，你有两个选择：学会了解，或者回避投资。如果你对这个行业的了解还处在学习过程中，也请不要涉足。

　　一些介绍能力圈理论的投资书也常常说，如果你理解一个公司，理解其业务、其产品及其所属的行业，那么这个公司就在你的能力圈之内。然而，什么叫理解？在现实生活中，我们每个人都知道一些公司和行业，都熟知一些商品，我们就能自认为生产这些产品的公司在我们的能力圈之内吗？答案恐怕不是那么肯定。我们最多可以说，略有了解、熟悉该品牌或产品的性能。即便是能看懂企业的商务模式，看懂财报、了解企业战略都还不足以称得上是理解。投资意义上的"理解"所要求的比这些多得多。作为能力圈意义上的理解，我同意这样一种界定：所谓的理解，是指投资者有能力看清作为潜在投资对象的公司其十到二十年的未来。如果投资者有十足的把握和证据表明他能看得清该企业在十到二十年之后的未来，那就可以说，该投资者理解其所可能投资的公司。因而，该公司也在其能力圈范围之内。比如，我完全不知道苹果公司在十到二十年之后畅销的产品是什么。所以，不论我现在对 iPad、iPhone和 MacPro 多熟悉，不论苹果公司多卓越，其产品多优异，苹果公司仍然在我的能力圈之外。看懂一个企业的现在，预测未来一两年的收益或者增长，与看清楚未来十年企业的状况，完全是不同的视角和眼光。那时的公司不仅应该活得很好，其所带来的投资回报会让你非常满意。不要说一般的外部投资者，即便是行业内的专家、企业家大多也是看不清楚十年后的情况。保守的投资者通常在其能力圈的范围内选择那些不太可能发生重大变化的公司与行业。

　　所以，看懂一个公司的商业模式，看清其发展战略，读懂其财务报表，这些都不足以表明该公司在你的能力圈之内，"能力圈"是投资者建立在自己的专长、经验和智慧基础上的洞察力的作用范围，这种洞察力能够帮助投资者准确判断出潜在投资对象是否有持续的竞争优势。能力圈的边界，就是这种洞察力的"有效射程"。如果在有效射程内没有合适的猎物出现，保守的投资者通常选择耐心地等待，而不是向有效射程之外的目标开火！

能力圈原则的副产品是减少了投资的次数，也就减少了犯错误的机会，像巴菲特欣赏的棒球手泰德·威廉那样，通过只击能力圈内的球来击出更多的好球。坚守能力圈的原则需要有纪律与耐心的品格。巴菲特的搭档查理·芒格说，"我能有今天，靠的是不去追逐平庸的机会。"当有人对你说，某某时的资本市场遍地是金子的时候，你更要小心，因为许多金子落在你的能力圈之外。要能够克制自己不去捡能力圈之外的钱，哪怕它散落得遍地都是。守住能力圈还有一个隐蔽的好处，就是能够有效地避免成为见钱就捡的机会主义者。而机会主义是保守主义价值投资的大敌。投资就像本文一开始所说的那个逗狗的故事。在逗狗之前，要确定你是否真的了解这条狗，否则就不要动手。这是本文一开始那位不明真相的逗狗人给我们留下的教训。他以为他理解了这只狗，其实他并未弄懂这条狗。

人在本性上不仅有其有限的一面，每个人的人性中也都有追求无限的一面。这也是由人的本性决定的。对许多人来说，对知识与财富的追求，对权力与利益的追求，甚至对卓越与不朽的追求都是没有止境的。人的梦想与欲望也是没有止境的。如有可能，人们甚至想目睹产生宇宙的那个大爆炸的现场。人性中追求无限的一面则意味着每个人都有超越自己能力圈的不可遏制的冲动。就是说，超越能力圈的事是注定要经常发生的。

盲目高估自己的能力是人类的通病。有成就的投资者更容易犯这种错误。然而，人是追求超越性的动物，而且这种超越性正是存在于人的有限性之中。因此，对现有能力圈的超越也是任何投资者身上不可遏制的冲动。在投资领域，每个人都终将面临这样一种难题：他的能力越强、能力圈越大，边界就相应的越模糊。越有能力圈，就越想冲出能力圈，逾越能力圈的可能性就越大。伟大的投资者就是不断地与这种冲动作斗争，并常常落败。投资大师们越告诫别人要守住能力圈，他自己就越想突破。神对凡人充满期望，期待投资者守住自己的能力圈。每个人都守住自己能力圈的世界，是上帝期待出现的理想国。从这种意义上讲，诚如德国作家安德雷斯（Stefan Andres）所言：我们都是上帝的乌托邦！（We are God's Utopia！）

忠奸之辩：为什么忠臣的危害往往大于奸臣？

孔子：我们儒家跟您一样是追随天道的。可是，似乎我们儒家崇尚的，您都不以为然，对仁义、智贤、孝慈、忠君等等都持十分负面的看法，甚至可以说是还很反感。要不是您的《道德经》写在我的《论语》之前，我还以为您的这些看法是冲着我来的。

老子：你说的对，我真的不是冲着你去的，因为我是早就有言在先。我也的确对你所提的这几条不甚以为然。其实，我也不是反对这些，只是认为它们都是天道畅行以后的副产品。如果天道得到了落实，仁义、孝慈都是自然而然的事情。我反对的是倒果为因，把天道抛在一边，去孤立地追求什么仁义、孝慈。如果恪守天道，这些是不需要特别提倡的。如果抛开了天道，越提倡仁义与孝慈，仁义与孝慈越短缺！

我并不是不讲仁、智、孝和忠，而是主张应该在遵循天道的基础上谈这些。仁义忠孝是头痛医头、脚痛医脚的那种药方。几千年来的临床结果证明，这些药虽能暂时缓解症状，却无法除去病根，是治标不治本的。不守天道，才是最严重的背仁弃义。真正的"仁"是执政者关爱百姓，真正的"义"是执政者为民谋利。执政者若真想施仁义，根本用不着去倡导别人行仁义，自己做到轻徭薄赋、无为而治就是最大的仁义。民众有了生存的条件，自然会对老人尽孝，对子女慈爱。如管仲所言：仓廪实则知礼节，衣食足则知荣辱。

孔子：您说您不反对仁义和孝慈，我也知道您一向反对尚贤，那您对忠，怎么看？哪一个社会哪一个国家不需要忠臣？

老子：你一提到"忠臣"，我就想到了"忠君"。这两个词，看上去很接近。从语法上来看，差别很大，忠臣是偏正结构，意为忠诚的臣子，就是你说的，"臣事君以忠"；忠君是动宾结构，意为效忠君王。忠臣是臣要忠君，忠君是君要臣忠。忠臣强调对君王的效忠，而不是对全体民众和国家的效忠。从逻辑上看，忠臣必然通向忠君。

大家都说奸臣祸国。其实，忠臣也祸国。忠臣也罢，奸臣也罢，他们都是君王的臣子。一个敢谏的忠臣，一个分文不贪的清官，他们都誓死维护无道的昏君暴政。这样的忠臣与清官要得吗？另一方面，忠臣与奸臣都是暴君的牺牲品。忠臣千言，不及昏君一念。忠君与奸臣之间的最大公约数是忠君，君王越是昏庸暴虐，忠臣与奸臣的忠贞越凸显。如果忠臣与奸臣忠于的都是昏君暴君，那不都是为虎作伥吗？从后果上讲，忠臣与清官延长了不道政体的寿命。在这一点上，他们与贪官的努力方向是一致的。甚至，连奸臣都主张造反了，对暴君不离不弃的忠臣还在那里誓死维护暴政。

孔子：我一贯强调，昏君、暴君不值得效忠。要是提倡效忠明君贤君，也会有什么害处吗？

老子：如果世上真的有明君、贤君，那就根本不需要忠臣，而奸臣也无法立足。所以，忠臣与奸臣都是多余的。但是，我从来认为世上不可能有什么明君、贤君。君王的明与贤，都是相对而言。汉朝的高祖与文景二帝，唐朝的高祖、太宗，不可谓不贤，但他们动辄夺人性命的事例也多的是。只要是君主，只要用暴力强迫大家做他的臣民，在我看来就是专制者，就是潜在的昏君、暴君，在本质上就无明与贤可言。

再说，对于君的贤明与否，评判权根本就不在为臣的手里。君王不论贤明与否，不论如何对待臣子，为臣的都必须无条件地忠诚。纵然有为臣的可能抱有改造君王的幻想，但是他处世办事的惟一准则只能是顺从君王的意志，在哄骗君王手法上甚至还不如奸臣。

孔子：难道忠臣的出现，于国于民，不是幸事吗？

老子：表面上，忠臣对国家对社稷都是好事。但是，在我看来，忠臣是暴政的寄生物。可以说，忠臣是暴君脸上贴的金。要想忠臣辈出，办法很简单，先行暴政。君王腐败昏庸暴虐，他身边一定就会有忠臣涌现出来。有人说，忠臣的最高境界是"文死谏，武死战"，这种忠臣必死的政体怎么可能是好政体呢？忠诚的文臣必死于谏，这种杀绝忠臣的昏君还值得效忠吗？所以，有人说，忠臣之祸甚于奸臣之祸，清官之祸甚于贪官之祸。这话虽然不悦耳，但是也不无道理。奸臣与贪官为害是大家都看得见的，而忠臣与清官的危害更隐蔽，其对暴政的寄生是大家不容易看见的。暴政的寿命，是奸臣与贪官缩短的，是忠臣与清官延长的。

孔子：听您的意思，您对奸臣还颇有同情之心。

老子：你不会说我要为奸臣翻案吧？奸臣做的坏事是很可恶的，但是奸臣的命运有时也是很可怜的。在浙江杭州的风波亭，后人把秦桧夫妇一直罚跪在岳飞墓前至今！可是，如果不是宋高宗赵构有杀岳飞之心，秦桧敢吗？跪在岳飞墓前的应该是赵构。而现在却有秦桧来替赵构代过挨骂。不追问君王的昏庸，而一味辨忠奸，能辨得清楚吗？陈柱说得好："太平之世，安有忠臣？安乐之家，岂有孝子？然则睹忠臣之可贵，必国之昏乱矣；睹孝子之可贵，必其家有不和矣。然则知仁义之可贵，则天下必不仁义者矣；是犹鱼知水之可贵，则必已有失水之患者矣。"

孔子：那不忠君，忠于王道如何？

老子：依我看，忠君与忠于王道是一回事。王道不是天道，而是君王之道。王道让我想起："溥天之下，莫非王土；率土之滨，莫非王臣。"忠于王道，其目的和出发点都是为了维护君王的统治。民众只是统治者赖以汲取的资源，而不是服务的对象。此外，人治才需要忠臣，因为忠臣是否得志，主要取决于最高统治者的清醒与否。而对于清醒与否，法律是毫无办法的。这样的统治者，不论清醒与否，都是和尚打伞无法无天，而且随着年龄的增加，最终必然走向昏庸。

孔子：我明白了，您认为，我们在根本上要效忠的不是任何统治者，而是天道。对任何统治者的效忠不应该高于对天道的效忠。

老子：完全正确。在违反天道的政体之下，说极端点，忠臣奸臣都是奸臣，只是程度的差异。因为他们都是只忠于暴君而不忠于天道。忠臣是忠于昏君、暴君之臣的简称，不是指忠于天道之臣。君与道不发生冲突的时候，对忠臣来说，无所谓是忠君还是忠道。君与道发生冲突的时候，只有忠于君的臣才是忠臣。所以，我根本就主张取消君王，除非是虚君。我向往的是共和。只有实质性共和的政体，才可能是合乎天道的。

要是我界定的话，忠诚的终极对象只能是天道，而不能是政府、政党或政治人物，甚至不能是民意。我认为，忠诚的最高境界是："忠诚的反对。"即忠诚于天道，反对一切违反天道之人、事和制度，尤其反对暴政。

天道章句之十八

大道废，	统治者背弃天道欺压百姓，
有仁义；	当局才提倡仁义；
智慧出，	统治者智诈欺世巧取豪夺，
有大伪；	官场才流行虚伪；
六亲不和，	家中六亲不和睦，
有孝慈；	当局才号召孝慈；
国家昏乱，	专制者昏庸乱来，
有忠臣。	暴君才亟需忠臣。

茅于轼

博客：maoyushi.blog.sohu.com

卡扎菲爱他的人民，但是……

卡扎菲很爱他的人民，这是毫无疑问的。他把国家石油收入的大部分用于百姓的福利。全国百姓都享受免费医疗，甚至出国看病的费用也能报销，而且住房不要钱。百姓生活得很满足，而且一年比一年好。他爱百姓，可是百姓不领情，还要造他的反。卡扎菲百思不得其解。最后他找到的答案是西方国家在幕后煽动，否则这事绝不可能发生。

这是一切独裁者的共同思维方式。他们不但把政府的收入大部分用于百姓的福利，而且昼夜操心，为百姓谋幸福，为捍卫国家的主权独立而奋斗，还为百姓之间的纠纷主持公道。他们如此关心百姓，理应受到百姓的爱戴。现在百姓忽然要造反，对他们来讲非常不可思议。现在的独裁者并不是只顾个人享受的帝王将相，他们不是低级趣味的人，而是有理想的人，是负责任的人。当然他们也不是理想的君子，思想很复杂。但是他们的确是为人民服务的。卡扎菲很有把握地说，他受到人们的拥护和爱戴。这是他的真心话。他这样忠心耿耿为人民，现在人们反而造起反来了，他完全无法接受。最后他判断完全是西方敌对势力的所作所为。外面人往往以为，说造反派是受了境外敌对势力的煽动，完全是无中生有，是故意歪曲，恶意栽赃。其实并非如此，独裁者不是故意栽赃，他们真是这样想的。不光是卡扎菲，大多数的独裁者都是这样想问题的，因为找不到别的理由。可是他们得出了远离实际的答案。造反是完全自发的，和外国人无关。

正因为卡扎菲深信人民是爱他的，所以当有人反对他时他对这些忘恩负义的人格外痛恨，必欲除之而后快。所以手段特别狠毒，不惜下毒手杀人。不光是卡扎菲如此，一切独裁者对待民间的反政府力量都如此。他们认为杀掉的都是坏人，至少也是不知好歹的被坏人利用的人，所以毫不手软。

这是值得我们深思的问题，为什么为人民服务而得不到好报？为什么民间反政府人士认为自己是从事正义和高尚的事业，而独裁者认为这些人是忘恩负义，无理取闹，或被人利用。

我认为这里的原因是统治者对国家治理性质的误解。他们不懂得，正如我国宪法上写的"一切权力属于人民（宪法总纲第二条）"，人民才是国家的主人。统治者只不过是受人民委托临时管理国家的。卡扎菲不懂得，石油本来不属于他的，而属于全体人民的。他无权决定石油收入该如何分配。之所谓给百姓的恩施本来就是人民应该得到的。他未经百姓同意而私自占有的那部分实际上是贪污了百姓的财产。这样的认识和卡扎菲的认识完全是对立的。判断的决然对立，焉能不发生冲突。

统治者更不懂得人与人平等的人权观念，自以为统治者高人一等，百姓只能听他摆布，不许可有任何自由平等的想法。如果想要和统治者平起平坐，那就是大逆不道。尤其是绝不允许百姓选择别的统治者，铁打的江山要千秋万代传下去。自己死了由儿子接班。从秦始皇开始，天下的独裁者无一例外。

统治者的野心越来越大，不但不许百姓越轨行动，连类似的想法都是绝对不容许的。所以在这些国家里都关押着良心犯。他们并非存心反政府，只是要求自由平等。可是独裁者绝不允许任何人和自己有平等地位，他们把自己塑造成超人的形象，是真理的发现者甚至能够创造真理，是真理的化身。他们的话就是教科书，一开口就是百姓学习的材料，而且他们的讲话就是法律。卡扎菲的绿宝书，是教百姓如何做人的。他进而想统治百姓的思想，防止妖言惑众，搞出版审查制。于是和百姓的冲突越来越频繁，不知不觉变成了广泛的社会冲突。中国古代的皇帝都认为天下是自己的，每一寸土地他都有权支配，任何一个老百姓他都有权指挥。现代的独裁者也这样想问题。

百姓起来造反，在独裁者看来是破坏国家安定，绝对不利于国家和百姓，要把他们消灭于萌芽状态。但是消灭不了，形势越来越严重。于是维稳压倒一切，别的统统都被压倒了。法律的尊严，社会的正义，都得让位于稳定。社会的扭曲越来越严重，维稳越来越困难，倾全国之力还觉得不够。维稳以百姓为对象，有庞大的队伍，充足的预算（来自于百姓的纳税）。这些人拿了政府的待遇，当然要为政府做事。首先是寻找可疑的敌人，结果把本来不是敌人的人也看做可疑分子，限制他们的自由。维稳到此不但没稳定，反而增加了敌对情绪。弄得风声鹤唳，手忙脚乱。结果就是进一步增加维稳的力量和经费，增加维稳的人员，形成正反馈，越搞越紧张。政府靠自我绕不出去，陷入恶性循环。

独裁者始终不明白，现在百姓要的主要不是生活福利，而是平等自由。利比亚人民生活并不差，他们缺的是人权。也有些学者认为利比亚动乱是地缘政治造成的。所谓地缘政治就是各大强国在当地瓜分势力范围。这一说法非常牵强附会。参与游行的百姓根本不懂什么地缘政治。他们自觉参与到游行队伍中，是因为自身的感受，是因为人权得不到保障。参与游行也不是因为生活问题。

独裁者还把国家看得至高无上，因为他们代表着国家。国家至高无上，其实就是他们自己至高无上。至于百姓，那是无所谓的。所以在他们的眼里主权高于人权。为了主权可以牺牲人权。国家如果受威胁，必要时可以无视人权。这次利比亚动乱，国家受到威胁。这个威胁来自反对派的百姓。为了消除对国家的威胁，可以消灭参与动乱的分子。所以卡扎菲动用军队杀死参与反政府活动的百姓，从而引起国际干涉，联合国通过决议在利比亚设禁飞区。禁飞区显然侵犯了国家的主权。为了保护人权，国际社会有权这样做。其理由就是人权高于主权。国家的主权之所以重要，因为它可以保护人权，抵抗外来的侵犯。反过来，如果这个主权自己就侵犯人权，要这样的主权有什么用？

在卡扎菲的眼中，联合国设禁飞区的决定正是西方在背后煽动的证据。西方国家先是煽动百姓造反，最后亲自出马干涉内政。拿这一点来看，卡扎菲是有道理的。人权思想，自由平等思想都渊源于西方。抵制西方思想的侵袭是许多东方国家领导人的目标。现在世界上的独裁国家都不在西方，都在逐渐西化的东方国家里。于是意识形态的冲突在所难免。可是最近发生在伊斯兰国家里一连串的事件说明，人权思想的确是普世价值。不论东方西方，也不论是什么宗教信仰都认可人权。这是大势所趋，不可阻挡。连中国也不得不对设置禁飞区投了弃权票。因为否认人权，把主权看得高于一切，为了主权国家有权屠杀百姓，实在是说不过去的。不过在中国几千年的皇权历史中，任何反对皇权的人都要被灭三族，杀个精光。现在跟随世界潮流，这种认识已经基本上被否定。这是我们政治上的巨大进步。

美国游记——和谐社会的切身体会

华尔街开完会，我又来到波士顿，在十九年前待过的城市，我经历了一系列感动——

我们现在讲构建和谐社会，到底和谐社会是什么样子呢？6月初，我到美国开会、游历，碰到了一些小事，虽然只是点点滴滴，体会却很深。

一天，我开完会准备回旅馆，为了省钱，没有打的，坐公交车回华尔街。可是我不知道该坐哪趟车，看见来了一辆，估计方向不错，就上去了。

我问司机，是不是去华尔街的，答复说去第八街。我想，虽然直接到不了华尔街，但方向不错，上了再说。我不知道怎样买票，拿着钱询问司机。司机答复说，不收现钱，只能事先买好。我正犹豫，司机示意我先坐下。我又试着问别的乘客，能不能卖一张票给我。可是他们手上的车票面值和我所要的票价不同，交易没做成。坐公交车却没有票，我心里很不安。

最后车到了第八街，大家都下车了，我只好跟着下，但司机示意我坐下。他继续开车，直到一个能去华尔街的地铁入口处，告诉我可以下车了，换地铁就能到达。这件事让我感受很深，这是一个纽约公交车司机对待一位不是故意的无票乘客的方式。

这让我想起北京公交车的售票员态度，这几年也有了很大改进。我曾经看到过一位衣着破旧、行动不便的老太太无票乘车，她上下车所用的时间比普通人要长。售票员并没有翻脸，老人下车时还特别照顾她，怕她摔了。看到这样的情景我感到非常温暖，虽然这件事不是发生在我自己身上。如果我们这个社会的每个人，都能像那位可敬的售票员一样照顾人、以人为本，和谐社会有何难哉！

波士顿的感动

华尔街开完会后，我来到波士顿，那是我十九年前待过的城市。我最想去的地方，是十九年前住过的房子。可是在我的记忆中，这所房子只留下模糊的印象，确切位置已经记不清了。因为那房子不是在一条大街，而是位于纵横交错的许多小街里边。

马路上空无一人。我正在彷徨犹疑，见到一位老人出来倒垃圾。我正欣喜，赶紧跑过去，可是他已经倒完垃圾回去，进了门，把门关上了。我想敲门，又怕惹人不高兴。但是又没有别的办法，只好鼓着勇气上前敲门。老人开了门，见到一个外国人，眼中有点茫然。我说明来意，问 Avola 街在什么地方。他抬头想了一下，说不知道。我正要灰心离开，他招手示意，叫我等着。只见他回去打开抽屉，找出一本地图，然后戴上老花镜，又找了好一会儿，说找到 Avola 街了。

这位波士顿老人回过头来，问我开车来的还是走路来的。我说是走路来的。他就说："我开车把你送过去。"

说罢，他出了门，把车从车库里开出来，让我上车。是啊，就算这位老人告诉我地址，给我看地图，我一样还是找不到。就是这位本地老人，拿着地图也兜了好几个圈子，才帮我找到 Avola 街 53 号。下车时，我心里真是感激极了。

老人花了这半个小时，图的是什么？什么也不是。他帮助的并不是美国同胞，而是一个外国人。许多人都说美国人歧视华人，从我的经验看，这不是普遍现象。反观我们中国人，能这样帮助一个来城里打工的人吗？能这样帮助一个外国人吗？尤其是，如果这个外国人是个黑人、是个日本人会怎么样？和谐社会不仅仅是中国的，更应该是世界的。一个国家内部和谐了，外部却不和谐，纷争不断，还和谐得起来吗？

人与人之间的信任

美国对老人有许多优惠，坐公交车、看电影、游博物馆都享受优待，买票可打折扣。这在中国也有了。但是在美国，给老人优惠并不要看身份证，只要自报家门，人家就信了。而在我国，明明一看就是老人，还要《老年证》。没有《老年证》，再老也不认。人对人如此的不信任，真叫人寒心。也许优待老人并不是真心诚意，其实并不想优待，如果这样，没有身份证明就只是一个借口。这种人跟人的关系氛围，生活在其中很不舒服。

美国社会人与人之间的信任，是建立在制度的不信任上。制度的设计假定人都是坏人，这才有日常生活中的互相信任。有一个例子，在商场买衣服需要试穿，大一点的商场都有专门的试衣室，而且是封闭式的，旁人不得进入。顾客进入试衣室时，门口要检查，看是拿了几件衣服进去的，并且发一张牌，上面有衣服数字。出来时要检验，是否把拿进去的衣服都带出来了，因为有人把带进去的衣服穿在了身上。有些超市在收银处还要查看顾客带进去的包。因为制度严密，培养了人人遵纪守法的习惯。

这就是他们的处事原则。先把人当成是坏人，培养人们不敢犯法的习惯，然后形成了人人遵纪守法的风尚。在我们这儿，经常唱高调，甚至于假定一些人是特殊材料做的，天生的毫不利己、专门利人，因而疏于监管，提供了钻空子的机会，培养出漠视法律的社会风气，到后来再采取措施，已经太晚了。

交了多少税清清楚楚

在美国买东西要交税，这大家都知道的。买完东西交完钱，收款员给你一张收条，上面有税款一项，说明你这次买东西给国家交了多少税，清清楚楚，明明白白。和谐社会就要把账算清楚，否则容易彼此怀疑，反而引起不和谐。

其实，在中国买东西同样要缴税，只不过没有在发票上写明白。百姓和政府之间的经济关系也模模糊糊，好像政府的钱是从天上掉下来的，不是老百姓交的。美国百姓也确确实实从所纳的税中享受到好处：各种良好、广泛的公共设施，老年人每月的生活补助，免费的洲际公路，等等。而且他们所纳的税，跟我们纳的税和政府收的费相比，占 GDP 的比例差不多，可是我们享受的公共服务却差多了。

说起公共服务，我最喜欢的是那儿的社区图书馆。我去过好几个社区图书馆，有大有小，这跟社区的财政情况有关，富有社区的图书馆大一些，但不分大小，服务都非常好。图书馆不但藏图书，还有音像资料，有计算机可以上网。最叫人惊喜的是里面有儿童阅览室，也是儿童游戏场，书大多数是撕不烂的塑料书，有许多玩具。前来光顾的小孩，都是刚会走路、学龄前的孩子。孩子们在里面尽兴奔跑，但没有打闹。儿童阅览室有专人看管，还教孩子们怎样游玩。这样好的环境在中国不是没有，但只有在高收费的幼儿园里才有，可在美国，任何一个社区都免费提供。

世界潮流与中国转型

一百年前孙中山先生就说过"世界潮流，浩浩荡荡，顺之者昌，逆之者亡"。他说这句话的意思首先是肯定当时存在着一个全世界的潮流，其次他认为这个潮流势不可挡，如果逆势而动，必将被时代所抛弃。

一百年后的今天，回想孙中山的这句话，可以感到他的远见卓识。至今，还有许多人看不见这个世界潮流，不承认有普世价值，认为中国特殊。事实上这个潮流不但没有消退，它正在以更浩荡的气势席卷全球。现在有了过去一百年的历史经验，我们看问题更为清楚了。

人类有文字记载的历史有五千多年。这世界潮流是什么时候开始出现的呢？它是一个什么样的潮流呢？顺应这个潮流和逆对这个潮流表现在哪里呢？潮流的现在和过去有什么不同呢？这些问题非同小可，因为这将指明全世界变化的方向，也能警告我们不要看错了路，逆潮流而动，被潮流所抛弃。

在人类有文字记载的历史中，在过去五千年中，在百分之九十多的时间里，虽然各国各地区之间有商品交换和个别的人员来往，但是并没有形成世界潮流。直到十八世纪，在欧洲逐渐建立了市场经济制度，这个制度开启了一个世界潮流，它使人类社会发生了重大变化。

在那以后的二百多年来，全球人口高速增长，从十亿增加到七十亿，二百年中的增量超过了过去几万年的积累；平均寿命也从二十六岁增加到六十八岁。西欧首先走上富裕之路，接着美洲和澳洲跟进，成为发达国家。市场经济促进了科技的发展，科技的成果通过商业化造福于人类。市场机制还能做到优化资源配置，使得人尽其才，物尽其用，使社会的生产效率极大地提高。中国以市场经济为目标的改革取得举世瞩目的成功，在三十年内财富的生产增长了十六倍，人均收入增长了十倍。中国完全改变了面貌，经济总量列居世界第二。这是中国几千年的历史中从来没有过的事。

人类社会找到市场经济制度并不是一帆风顺的。在上个世纪初，人们曾经一度认为共产主义应该是人类社会的发展方向，大潮应该是共产主义。全世界有约四分之一的人口组建了社会主义阵营，走计划经济和公有制的道路。经过七八十年的试探，以牺牲无数人口的生命为代价，终于放弃了这条路。以如此的代价试探一条错误的道路，从中得到的经验教训实在太珍贵了。但是人类社会能不能吸取教训，不再重蹈覆辙，选择正确的道路，实在是没有把握的。当今世界上最重大问题的争论，其实就是按照什么道路发展的问题。中国应该说是付出代价最大的国家，但是我们的觉悟却是最含糊不清的。

市场经济制度还对人类做出一项前所未有的贡献，即消灭了为争夺资源而发生的战争。第二次世界大战以后，逐渐形成了一体化的全球市场。世界上的一切资源都可以在市场上交换。

在此以前，资源多通过战争获得。典型的例子就是日本。日本是一个资源穷国。它为了自己的发展侵占了中国的东三省，那里有煤，有铁，有粮食。后来又为了石油和橡胶侵占了东南亚。但现在日本虽仍然是资源穷国，却是经济强国。

有了全球经济一体化，不费一兵一卒，可以获得全世界各地的资源。中国、美国、日本等都要进口资源有限的石油，但是因为有市场分配，从来没听说这些石油进口国会因争夺石油而发生战争。当然，确有少数国家的领导人不懂得全球经济一体化是世界潮流，违反潮流而动，这就非常危险，很可能导致战争。甚至一些大国的领导人违反世界贸易组织的规定，做出禁止进口或禁止出口的决定，以为是做了好事。在粮食安全方面强调自给自足，认为这样更安全，这是又一个例子。

市场经济的大潮势如破竹。最典型的例子是原社会主义阵营试探计划经济和公有制七八十年，以失败告终，纷纷转向市场经济。其中有的更成功一些，有的不那么顺利。中国是最成功的一个。其实，在全世界转向市场经济的过程中，都不很容易。亚洲、拉美、非洲都有许多转型不成功的例子。中国能不能最终转型成功也还有待观察。转型成功的只是极个别的，像亚洲的"五小龙"。最近古巴下了很大的决心，准备放弃计划经济和公有制，转向市场经济和私有制。

但是，一百年前孙中山所说的潮流应该是他的理想——三民主义。为实现它，他提出宪治三阶段：军政、训政、宪政，就是讲过渡到宪政的政治准备。

孙中山依照林肯所提的"民有、民治、民享"，结合中国的国情提出"民权、民生、民族"的三民主义，是和市场经济密切相关的。当前世界上，所有成功的市场经济国家都是宪政国家；市场经济搞得半半拉拉、进退维谷的国家，都是在宪政上遇到了困难。或者更直白地说，当权者不愿意放弃特权，把政权回归人民，于是发生市场和特权的冲突。市场的原则是公平竞争、自由选择。如果有了特权，既无公平，又无自由，市场就是一个不完整的市场，市场必定会和特权发生冲突，社会动荡不安。这正是当前中国社会形态的写照。

世界大潮将收敛于民主、法治、宪政，配以市场经济制度。这个大潮虽然势不可挡，但是其进行也十分曲折。世界大潮和各国的固有文化和历史传统发生各种形式的冲突。在中国，当前社会矛盾日益激化，其实质就是五千年皇权传统和普世价值的冲突。可以预料，冲突的结果必定是传统文化中不合理的部分逐渐消退，让位于世界大潮。

在别的国家也是传统文化和世界大潮的冲突。例如有的文化歧视女性，禁止女孩上学，禁止妇女开车。这显然和世界大潮的平等自由相冲突。我们可以预期，大潮最终将冲破这些反潮流的观念，实现男女平等。

更普遍的问题是特权与人权的冲突。大多数历史悠久的国家里，传统的国家治理是靠特权者的管理。碰到好的统治者，百姓能过上平安的日子，但是更经常的是残暴的统治者，给百姓带来极大的痛苦。中国几千年的历史大部分时间都是兵荒马乱，百姓流离失所。最近发生的"文革"就是一个典型的例子。

在别的国家里，虽然表现的形式不同，实质上都是人权和特权的冲突。特权者以维护自己的统治为目的，压迫奋起反抗的人，形成社会动荡，甚至爆发战争。也有由于民族隔阂，民粹主义得以流行，导致民族冲突；或者宗教不同，互相看不惯，处处有摩擦，发展成为武力对抗。这些矛盾都能够在普世价值的概念下得到解决。平等，彼此尊重；自由，互不干涉；信仰不同仍能平安相处。将来的世界一定是多元化、求同存异、丰富多彩的世界。其所以能够成为普世价值，正是因为它给出一个未来社会结构的解决方案。

与此相反的各种想法，例如排斥不同的文化，歧视和自己不同的人，干涉别人的想法，企图实施霸权，这些都不是普世价值，都不能解决当前全球性的大问题。可惜的是现在大多数国家和政治家（也包括不少百姓）却不是这样想的，都想指挥别人，把自己的想法强加于人，认为只有自己是对的，别人都错了。当今争夺资源的战争不会再有了，但是战争还在打着，都是想法不同，都想强加于人造成的冲突。大陆和台湾的冲突可说是一个典型。这里没有争夺资源的问题，有的是统一和独立的对立。

尽管全世界矛盾多多，冲突不断，但是解决方案是存在的。我深信，全球一定能够走上百姓安居乐业，没有战争，没有武器的大同世界。

秋 风

本名姚中秋，独立学者，九鼎公共事务研究所研究员，现居北京。从事古典自由主义理论与奥地利学派经济学的译介和研究，为中国大陆自由主义学派的代表人物。

博客：liberalqiufeng.blog.sohu.com

国民心智如何成熟

日本发生大地震，海啸，中国媒体传播着种种可怕的消息，民众迅速掀起了抢盐运动。有些家庭竟购买几百上千斤食盐。而恐慌散去后，抢盐人士又纷纷回到商店，理直气壮地要求商家原款退盐。

这就是国民心智的不成熟。尤其是退盐一节。这些民众似乎一点都不准备对自己的行为承担责任。一切都是社会的过错，自己永远都有道理，自己的利益容不得半点损失，即便自己犯了错误。

关于这种现象的根源，人们已提出很多解释。比如，有人在散布谣言，游资在推高盐价，更多的说法则是，政府缺乏公信力。这些说法都有道理，而针对这个现象，我当时在微博上说过这样两段话：

这是人的社会性全部溃散的表现之一，人们把全部注意力集中在肉体性生存上。这就是中国人与日本人的根本所在。为了这堆肉的存活，人们相互厮杀，包括生产毒奶粉。这就是丛林状态。

中国大多数问题的根源不是国民素质太低，而是素质太高。国民太理性了，因此，人人都是"经济人"。经过二十世纪的冲击，信仰体系崩解，国民无所敬畏，唯以肉体为中心，始终在计算个人的成本-收益。在日本，我见到的景象是，几乎每条街上都有神社或者寺庙。中国需要蒙昧化运动。此后人才会知道，自己不是世界的全部，其他人也是人。

这两段话招来很多批评，但我现在仍坚持自己的看法。

回想一下，在日常生活中，每个人随处可见此种国民心智之不成熟。比如，在红绿灯前，驾车者总是喜欢越线停车。汽车启动的时候，前面的车只要稍微慢两秒钟，后面的车子就会摁喇叭催促。见到过街斑马线，几乎没有谁想到减速、观察再通过，相反，看到行人欲过马路，很多驾车者反而加速通过。这样的驾车者未必是权贵、富豪们的司机，而大量的是普通市民，并且不乏女性。这样的司机把马路变成了战场，每个人都在奋力争抢。这样的人当然也会奋力加入到抢盐以及随后的退盐行列中。

这就是心智的不成熟。对此，康德曾说：启蒙运动就是人类摆脱自己所加之于自己的不成熟状态。不成熟状态就是不经别人的引导，就对运用自己的理智无能无力。这样的人是懒惰和怯懦的。那么，成熟的状态就是人有勇气运用自己的理智，对问题进行大胆而独立的思考。启蒙的目的就是唤醒人的这种勇气。

见惯了当代中国的经验，我不得不对康德的上述看法表示怀疑。因为，我们明明看到，国人加入到抢盐、抢道以及高考、强拆乃至于强迫儿童乞讨中的人们，都是高度理智的。他们的理智一点也不懒惰和怯懦，他们都在十分大胆、毫无顾忌地运用他们的理智。对于自己可能获得的最微不足道的利益，他们迅速进行着最为复杂的计算。还是以开车为例，驾车者们每一分钟都保持警惕，并且迅速地进行几乎是本能的精心计算，只要另一条道上有一点点机会，他们立刻插进队去；如果无利可图，他们又会立刻返回来。

　　抢盐这样的现象，也是所有人高度运用理智的结果。从众现象有一部分可能是因为人群之愚昧，但在中国，从众现象的大多数恐怕是由于人群之过分理智，而达到了迷信理智、理性的程度。而这个时候，人们的群体性行为看起来似乎就是蒙昧的。这是事物自我反转的一个有趣例证：对人的理性、特别是理智的迷信，是人类有史以来最为可怕的蒙昧。

　　理智的滥用源于理智的失控，理智的失控则源于人们心灵结构的单向化：除了理智之外，人们的心灵空空如也。具体地说，人们不认识超越者，自己的肉体和理智就是自己的全部。这样的人埋头内向于自己的肉体，这被皮囊包裹着的肉体性存在与他人是隔绝的。人的眼里只有他自己。在这样的生存状态下，人的理智必然专注于对自身当下的肉体的苦与乐、生与死进行计算，并仅仅根据自己在这方面的得失制定行动策略。

　　这样的人，单个看来都是异常成熟的，因为，他们的理智的确高度发达。但是，这样的人组成的社会，却必然是高度不成熟的。因为，他们在进行理性计算的时候，别人的得失永远不会进入他们的视野，在这样的社会中，人们运用理智发展出相互伤害的发达技巧。博弈论似已证明，经济学假设的"经济

126

人"永远不可能走出囚徒困境，尽管他们是高度理性的。

　　因此，我说，国民的成熟有待于一场再蒙昧化运动。这当然是一个极端的说法，我的意思是，中国人要走出导致相互伤害困局的原子式个人主义和物质主义，就需要告别惟理主义，在精神、文化上演进出控制理智的精神与文化机制。人们有所敬畏，有所仁爱，人们就不认为自己是世界的全部。这样的人，在追求自己利益的同时，会把他人也当成人对待，遇到他人，他会放慢一步，也就不会那么疯狂地抢盐、抢路、抢钱、抢房子等等。

十年砍柴

本名李勇，知名专栏作家、文化评论家和知名网人。著有《闲看水浒》《晚明七十年》等著作。

博客：liy303.blog.sohu.com

古代的特供：中国明清两朝皇帝到底吃什么？

我大学时，听教民间文学的老师讲过一笑话，说两位陕北老农在闲谈皇帝怎样过日子。一位老农说，皇帝坐在屋里，肯定前面一油锅后面一油锅，想吃油条炸油条，想吃麻花炸麻花。

老师用这个笑话来证明想象力受生活的局限。一辈子没出过远门的老农想象人生奢华的享受无非如此，不必嘲笑。不过，"皇帝吃什么"，确实对中国人来说，是一个很有意思的问题。天子富有四海，所吃的食品品种之丰富、质地之优良，超过一般百姓应属正常。但皇帝也是肉身凡胎，生理结构与常人无异，其日常所食和一般人不会有太大差别。

明末清初的史学家谈迁在《枣林杂俎》中记载明代"南京贡船"所载上贡皇宫的货物种类和数量，其中以食品为主，有：

司礼监制帛二十扛，船五，笔料船二。内守备鲜梅、枇杷、杨梅各四十扛，或三十五扛，各船八，俱用冰。尚膳监鲜笋四十五扛，船八，鲫鱼先后各四十四扛，各船七，俱用冰。内守备鲜橄榄等物五十五扛，船六，鲜笋十二扛，船四，木樨花十二扛，船二，石榴、柿四十五扛，船六，柑橘、甘蔗五十扛，船一。尚膳监天鹅等物二十六扛，船三，腌菜薹等物百有三坛，船七，笋如上，船三，蜜饯、樱桃等物七十坛，船四，鲥鱼等百三十合，船七，紫苏糕等物二百四十八坛，船八，木樨花煎百有五坛，船四，鸬鹚鸦等物十五扛，船二。司苑局茡荠七十扛，船四，姜种、芋苗等物八十扛，船五，苗姜百扛，船六，鲜藕六十五扛，船五，十样果百四十扛，船六。内府供应库香稻五十扛，船六，苗姜等物百五十五扛，船六，十样果百十五扛，船五。御马监苜蓿种四十扛，船二。共船百六十六只，龙衣、板方、黄鱼等船不预焉。兵部马快船六百只，俱供进贡。

这些贡品送到北京供大内享用，每年南京一地的贡品就如此繁多，以大明朝之广阔疆域，各地进贡食品之多，可想而知。但大内不仅仅是皇帝一张口，嫔妃、皇子、公主、太监、宫女所食，再加上经办官员的贪污克扣，全国各地每年进贡的食品还远远不够。进贡，仅仅是皇宫食物的来源之一，甚至不是最主要的。

明朝皇宫食品另外一大来源是"上林苑"所产，上林苑就是专为皇宫生产食品的"皇家农场"，同为《枣林杂俎》所载：

上林苑蕃育署畜养户二千三百五十七家，牧地一千五百二十顷三十四亩，鹅八千四百七十只，鸭二千六百二十四只，鸡五千五百四十只。光禄寺取孳生鹅一万八千只，鸭八千只，鸡五千只，线鸡二十只，鸡子十二万。太常寺荐新奉先殿新雁十二只，雉嫩鸡各十三只，鸭子二百四十，鸡子二百八十。本监岁进贡鹅六十五只，鸭黄七十五只，鸡黄五十只，大雌鸡十五只，鹅子九百五十，鸭子二万五千。内府供应鸭子三万。嘉蔬署栽种地一百十八顷九十九亩，岁造官菜十三万七千五百八十三斤。又光禄寺青菜二十四万七千五百斤，芥子七石八斗。

　　良牧署牧户二千四百七十六家，草场地二千三百九十九顷十三亩，牛九百二十九只，牰牛九十七只，牸牛八百三十三只，羊二千五百六十九只，绵羊二千三百九十六只，公羊二百四十八只，母羊一百五十七只，儿猪六十六只，母猪千只。光禄寺岁取孳生牛八百只，羊五百只，羊羔二十只，腌猪二千口。正旦、冬至节肉猪千口。内府丁字库岁收羊毛二千四十六斤四两。太常寺荐新活兔八十一只。

　　可见皇家农场里，豢养着各类家禽家畜，栽种着各类蔬菜。全部的牧场和菜地，加起来四千多顷，看起来数字惊人，但对一个统治着当时星球上最富饶的帝国的皇家来说，也不算太过分。

　　各地贡品加上皇家农场所产，依然不能完全满足宫廷需要，那么不足的部分则由负责皇家饮食的光禄寺向民间采办。采办是一种商业活动，按道理说比皇家自己办农场更节省成本，比向各地官府索贡更仁慈，但由于在权力通吃一切的体制下，皇家采办和卖东西的商户并非平等的民事主体。一方面，采办的光禄寺官员勾结中介，虚报价格，所吃的回扣惊人。沈德符在《万历野获编》中言："天家营建，比民间加数百倍。曾闻乾清宫窗槅一扇，稍损欲修，估价至五千金。"宫廷修房子如此，采办食品亦是如此，这是缺乏有效监督机制下一切政府采购的通病。而另一方面，又如白居易《卖炭翁》所描写的那样，把持这一买卖的官商欺压那些小供货商，先拿货后给钱，而且给钱时七扣八减。明朝皇帝中最为体恤民情的孝宗曾下令："买办供应，即宜给价，不许行头用强赊买。今后但有指称报头等名目，强赊害人，所司严以法治之。"

清代的皇室，相比较明朝节俭得多，康熙朝的一年宫廷用度，不到晚明的十分之一。这当然是前期，到了后期，政治腐败导致皇室和官僚腐化惊人，这也是一种历史规律。

清朝相比较明朝，疆域更为广阔，各地进贡皇室的食品更为丰富，如皇帝的主食有：东北的黏高粱米粉，散高粱米粉，山西的飞罗白面，宝鸡的玉麦，兰州、西安的挂面，山东的恩面、博粉，广西的葛仙米，河南的玉麦面，山东的耿饼，安徽的青饼。在北京郊区有玉泉山下产的稻米。但满清时期的"上林苑"似乎已成为皇家郊游的"农家乐"，其专司皇家食品生产的功能相比明朝已弱化，清朝皇宫的食品向民间采购的比例更大。和明朝不一样，清朝有个特殊的机构内务府，专司皇宫日常生活的用品采购和管理，是一大肥缺。而光禄寺便边缘化了，沦落为仅仅负责朝廷节庆、典礼等大型政治活动的饮食。这类"国宴"并不常有，所以光禄寺的油水比起内务府差多了。因此清代民谣中，"光禄寺的茶汤"居"十大可笑"之首，说它完全是摆设，中看不中吃——好不容易有机会揩油，光禄寺官员连茶汤也不会放过。

明清两代，皇家从民间索来的贡品和采办的食品，其品质比一般老百姓吃的好一些，但产地和老百姓吃的也没什么区别。那时候，不用说皇家，即使多数百姓，似乎不需要对食品安全担心，腐烂变质的食品凭肉眼和鼻子就能察觉，而化工技术很落后，再聪明的人也造不出苏丹红鸭蛋、三聚氰胺奶粉、吊白块米粉。那时候连农药、化肥都没有，皇帝和老百姓一样，除了吃纯天然的食品外别无选择。那么，皇家的食品来源渠道，也不必太"特殊"了。

那些失去文化家园的读书人

读大学时，翻阅过孟元老的《东京梦华录》、张岱的《陶庵梦忆》等书，由于阅世尚浅，只觉得笔者的文笔尚可，而记载实在是太琐碎了。等到人到中年后，再读这两本书，方能体会到孟氏追忆宋室南渡前汴梁之官民生活百态，以及张氏回忆满清南下前江南的繁华，寄托的乃是沉郁的家国之思。

去年是辛亥革命一百周年，有关清室覆亡、民国肇兴的新书出版甚多，这类书多半是从中国传统史家的角度谈朝代更替、江山得失之镜鉴，匆匆过眼，我并不太留意。而对一些民国时的读书人传记或回忆录，饶有兴趣。这些读书人，有一个特点是生于清朝，而其一生功业主要成就在民国，他们身上既有中国传统士大夫的情怀，又有凿通东西的现代知识分子视野。他们在1949年国民党败退台湾后的所思所想与所忆，尤其值得关注，可看成一代失去文化家园的知识人心灵史。

看完《一个时代的斯文——清华校长梅贻琦》后我才知道梅先生除了那句名言"所谓大学者，非谓有大楼之谓也，有大师之谓也"，还给中国教育留下了太多的遗产，也能解开我曾有过的一点疑问。以前我看钱锺书、曹禺、吴晗、韦君宜、赵俪生、何炳棣、何兆武等人的传记和自传时，很好奇为什么这些大家都出自上世纪三十年代的清华。要知道，1925 年清华才设立大学部。清华大学短时间内能跻身全国一流乃至接近世界一流水平，和梅贻琦先生的贡献是分不开的。

梅贻琦是一个职业教育家，他是一个最没有"大师范儿"的大师，寡言少语而内心坚毅，初与人相交并无多少人格感染力，他常说的"大概或许也许是"也被师生善意地调笑。但正是他办事公道、生活俭朴清廉、尊重人才和教学规律、刻意和政治保持距离的品德和办事风格，能使清华和西南联大的师生敬服，从而创造了中国高等教育史上的奇迹。

之所以说梅贻琦能代表"一个时代的斯文"，是他真正把维护"斯文"——尊重文化和学术放在第一位。梅氏的办学理念概言之为三句话：通才教育，学术自由，教授治校。这三句话，可与至今尚立在清华园内一块石碑上镌刻的陈寅恪悼王国维的一段话参看。陈氏在悼文中说："惟此独立之精神，自由之思想，历千万祀，与天壤而同久，共三光而永光。"若无梅贻琦维护"斯文"的努力，靠庚款乃至更多的钱，是办不好一所大学的。1962 年梅贻琦在台湾病逝，葬在新竹清华的校园内，他的同道蒋梦麟先生为之撰写的碑文称其"一生尽瘁学术，垂五十年，对于国家服务之久，贡献之多，于此可见。其学养毅力，尤足为后生学子楷模"，不为过誉。而今，其墓地所在的"梅园"花木成林，成为校园一景，正合了"桃李不言，下自成蹊"之说。

去年清华百年校庆，除了冠盖云集外，多少人能想起梅贻琦？

2010 年齐邦媛的《巨流河》在大陆畅销，2011 年出版的《齐世英口述自传》在大陆亦有相当的影响，一个民国时代东北政治史不能绕过的人物，其声名要在其殁后借女儿的书而被此岸更多的人了解，不能不说有一丝辛酸。清末民初的大东北，是胡子的舞台和流民的容身地，关内人包括一些政治家对这个地方的人不无偏见与歧视。而齐世英无论见识、胆识和仪表，在当时都是多数人难望其项背的精英，他留学日本和德国，看不惯张作霖将东北看成自家禁脔，参加郭松龄倒张，后流亡国外，然后南下成为最早的东北籍国民党员。他希望东北这块亚洲最富饶的土地无论政治还是经济、文化，成为文明中国的重要组成部分。他一生追求民主，不屈从权势，这也是他和张学良不相容的原因。到了台湾后，参加雷震组建的"中国民主党"，被开除国民党籍。至死他都是台湾的东北人的精神领袖。

郭廷以和齐世英是同龄人，他生长在河南舞阳，从文化上讲，中原是开化较晚的东北所不能比的。然而在郭的童年时期，中原已衰落了，从其回忆录《郭廷以口述自传》中就可看出当地民生之艰，不独鱼米之乡的江南，即使是东北寻常百姓，也比之优越得多。"普通七八口之家，一个月吃不到几两油，所以亦没有机会吃油。夏天吃的蒜枝子或其泥汁，也只是加点盐巴，滴上几滴油花，用筷子系个小铜钱，在油罐中一沾，再挤一滴。"郭和齐一样，青年时视南方的国民党为进步力量，服膺中山先生的"三民主义"，他俩和梅贻琦都加入了国民党，和政界关系密切。郭廷以出身于中央大学的前身东南大学，历任清华大学、河南大学、中央大学的教职，去台湾后，在"中研院"任近代史所所长，卸任后游学美国，病逝在纽约。

《也同欢乐也同愁》为陈寅恪先生三位女儿回忆父母之作。知道陈寅恪这个名字，乃是在十六年前读陆健东的《陈寅恪的最后二十年》。从那以后，这位辞世多年的学术大师进入公众视野。他的《柳如是别传》我断断续续一年才读完，此书多有枝蔓，须沉下心来，慢慢体会。《也同欢乐也同愁》值得注意的是：一是陈寅恪和唐筼的结缡经过，可见陈氏虽游学东、西洋，然骨子里的门第观念很强，其治史，亦很看重门第对人的影响；二是此书和陈氏遗著一样，用繁体字排版，乃为子女者对先父遗愿的尊重；三是抗战胜利后，陈氏一家回到清华，此时陈寅恪先生已盲，问女儿可否在清华园内看到某块石碑，即上面镌刻他所撰纪念王国维的悼文，中有"独立之精神，自由之思想"之句。

陈寅恪先生最终谢绝了去港台之邀请，留在岭南。他和梅贻琦、齐世英、郭廷以先生不一样，作为清朝巡抚之孙，进士之子，民国对他而言，亦是新朝。这本书对陈寅恪先生在"文革"中的经历，只是一笔带过。而齐、郭两位先生的自传，对去台湾后的经历亦语焉不详。其中或大有深意？

王朝末路一位士人的选择

明朝末年，李自成、张献忠等农民军首领带兵进入中原大地，如水银泻地，官军节节败退。崇祯十四年春，李自成攻破洛阳，杀了福王朱常洵，接着连破南阳、襄阳两大名城。紧接着，带兵向东进攻中原另一座名城开封。在行军途中，接连攻占禹州、许州、陈留、鄢陵、新郑、偃师、新蔡、南阳、邓州等十余座县城。《明史·列传》第一百八十一卷（忠义五）记载：各府、县官员相继殉难。其中《刘振之传》详细地记录了鄢陵县知县刘振之被俘后不屈而死，顺便带了一笔："开封属邑多陷，殉难者，有费曾谋、魏令望、柴荐禋、杨一鹏、刘孔晖、王化行、姚文衡之属。"

其中的刘孔晖，是宝庆府邵阳县人氏，《明史》只提过他一次，但我家乡的地方志及一些文人私撰的笔记中，详细地记录了这个人的生平。

刘孔晖，字默庵，因家居住在邵阳县南部高霞山下，以"高霞先生"名世。他十三岁应童子试时，深得当时的湖广省（明代湖南、湖北为同一省，清康熙年间分为湖南、湖北）学台大人、著名的书法家董其昌的赏识。天启元年（公元 1621）中举人，时年三十一岁。这个年龄中举，在那个时代，尚不算太晚。可会试更是千军万马挤独木桥，能中进士者凤毛麟角。刘孔晖的后辈同乡魏源，早年其才气、学问已世人皆知，到了五十多岁才中进士。刘孔晖也数次会试落第。明清两代由于进士名额太少、士子考取进士实在太难，作为一种补充机制，选拔一些品行端正、年龄较大的举人去做官。崇祯十年，会试再次落第的刘孔晖，被选拔为龙阳县（今湖南省汉寿县）教谕——相当于现在的县教育局长，明清两代像知县这类主官必须回避，不得在本省任官，而只管一县文教的教谕则没有严格的回避规定。对这个小小的职位，年近五十的刘孔晖兢兢业业，做了不少事，官声很好。

因为官声不错，朝廷于是重用他，但在王朝的末世，这种重用就不是什么好事。崇祯十四年初，刘孔晖被任命为河南新郑县令。此时，中原遍地烽火，多数士大夫把去这个地方当官，视为畏途。当地有些官员，甚至擅自挂印而去。刘孔晖所在的家乡，因有长江的阻隔，尚称平安。于是有亲友劝他，先拖一拖、看一看再做决定。当时他的母亲已死去数年，父亲年逾七十，也有人劝他以父亲年老需要奉养为理由，干脆推辞。当时刘孔晖的回答是：

国家养士，恩礼不薄，何至缓急不可恃乎？平日虚谈义节，急则委城而去，所愧�‍眉，吾耻之。读圣贤书，所为何事？吾志决矣。

这个已经五十二岁的士人，决定要为风雨飘摇的王朝尽一份责任，于是拜别了老父，带领几位门人、仆人，北上赴任。走当时的官道，必须经过襄阳。他们刚到襄阳南面，听说襄阳、南阳两座大城被"流寇"占领了，中原局势，看上去更加严重了。刘孔晖一行，毅然绕道，于当年九月，总算来到新郑接印。这个时候，整个县的绅民，人心浮动，本地的小毛贼也趁势而起。他一上任，杀掉几个造反的本地毛贼，然后开始带人加固县城城墙。手下有人建议他说：现在各村庄修建砦堡以自卫，有相邻的知县以此为理由，向上司请求带兵出城巡查指导。咱们也可以效仿。——若固守城里，城破不是死就是被俘，而在城外"游击"，则有逃命的可能。刘孔晖断然拒绝。

城墙还没怎么修好，崇祯十四年十二月，带兵攻打开封的李自成，经过新郑。他亲自带了几百人跑到新郑城下，要求县令把大印交出来，就放你一条生路。刘孔晖在城上大骂"逆贼"，说："我印官也，守则死守，战者死战，誓不与逆贼俱在。"于是李自成指挥攻城，但由于此时他的人马太少，攻上城墙的兵士全部被杀死，而在第一线指挥的刘孔晖也手臂负伤。

流贼虽然被击退了，但刘孔晖知道，此番李自成以劝降为主，下一次引重兵来攻城，小小新郑，无法抵挡，朝廷也不能派援兵前来，在中原最精锐的一支官军左良玉部已经在朱仙镇之战中被击溃。于是他对当地人说，如果我死了，请把我葬在子产祠旁边。——子产，是春秋时郑国的贤相，为历代儒生所敬慕。然后修书一封，让人送给家乡的父亲。信中说："人谁不死，今死得其所也。老父不得尽孝之子，得尽忠之子，亦可矣。"

　　崇祯十五年正月，数千农民军再次前来攻城，对方是有备而来，刘孔晖知道必败无疑，他将大印拴在背上，带兵迎战，但终双方实力相差太大，城破后，农民军一拥而入。据清初戴名世转述，当时"县人皆走，孔晖大呼百姓巷战杀贼，莫有应者"。——明王朝已经是穷途末路，政治腐败导致官、民离心离德，没有多少百姓愿意为它殉葬，多数人选择迎接胜利者。刘孔晖被俘，抓到位于朱仙镇的李自成的大本营中，自成亲自劝降，刘孔晖大骂"逆贼"，被杀。自成部队开拔后，当地人收敛他的骸骨，埋葬在子产祠旁。

　　刘孔晖死后没几年，江山易主，最终是满清得渔翁之利。胜利者旌表旧朝忠臣，乃是一个正常执政者本分所在，清朝谥刘孔晖为"忠愍"。他的儿子刘应祁，后来成为家乡的名儒，等战争稍稍平息后，远赴新郑，收敛父亲的骨骸，归葬在邵阳城的"濂溪书院"旁边——这是刘孔晖当年读书的地方。

宋石男

知名自由撰稿人，为《南方周末》《新京报》《东方早报》《看历史》等媒体撰稿。

博客：ssnly100.blog.sohu.com

希　望

鲁嬢嬢是我朋友家的保姆，五十四岁，面容端正，说话细声细气，像读了些书的人，不过她是文盲，数字、文字都不认识。在朋友家有时需要计时，比如两小时之后需要做某些护理，她每过一会儿就看钟，掐着指头算，却老算不清，朋友只好定时提醒她。

鲁嬢嬢本不至于这么迟钝的，是生活的艰难让她失去计算能力。她父亲原也是念过书的人，建国后的境遇不好，早早就抑郁而死。父亲给她留下惟一的财富，是她那颇有些文雅的名字：鲁道玉。

今年1月13日早晨，她接了个电话，突然告诉朋友，要提前回家，说是八十多岁的老母亲病重，要赶回去照顾。她说，要是能熬过这个冷天，老母亲还可以捡一年活，要是熬不过，也没办法。她过完大年之后才回来。我知道朋友家离不了护理的人，有些奇怪，说你怎么能同意她回去要那么久呢？朋友叹了口气，说你不晓得，鲁嬢嬢的命太苦，要在家多呆几天就随她吧，而且她回家根本要不成，比出来做活路还累。跟着朋友就讲述了鲁嬢嬢和她一家人的故事。

二十多年前，鲁嬢嬢的丈夫就双眼失明了，当时她正怀着三个月的身孕，肚里是小儿子，老三。那是 1987 年的初春，丈夫因田坎纠纷和他堂弟打了起来。堂弟身强力壮，把他这个哥子打伤。住院花了一百多元的医疗费，对当时的农家是不小的数目。村委会调解之下，医药费由堂弟全出，此外他还要出人工，去医院护理伤者。堂弟想不通，在一个深夜试图杀死伤者，先用手掐脖子，伤者大叫救命，堂弟心慌，用手抠出伤者的两只眼睛，看他血流满面，气息微弱，以为死定，就逃回家，割腕自杀。第二天早晨，鲁嬢嬢去医院送饭，才看见在血泊中休克的丈夫。可人的生命力有时真比植物、动物更顽强，丈夫没死，但双眼从此瞎掉。村委会调解说，你们瞎了一双眼睛，人家也赔了一条命，这事就算结束了，医药费你们全部自理。

怀孕的鲁嬢嬢，要照顾瞎眼的丈夫，还有十多岁的大女儿和几岁的二女儿，给丈夫治病又欠下可以压垮房子的债，真是苦不堪言。她回忆说，当时也不晓得是怎么熬过来的，每天早上起来就开始做事，深夜都不得睡，从此也没了时间概念，计算年月只会让人更辛苦。

十几年过去，大女儿嫁了个司机，在家带孩子；二女儿外出打工，与一个邛崃出来的打工仔结婚，对方没有生育能力，二女儿想抱养个孩子，丈夫不同意，她就跟一个打工认识的男人好上。新交的这个男人年纪比她大得多，离异，有小孩，经济困难，家里惟一值钱的东西就是债务。二女儿的丈夫要离婚，她开始不干，说要把他拖垮。朋友得知，劝她赶紧离了，说农村里很多家庭悲剧就是这样搞出来的，有时还赔上一两条人命。二女儿这才把婚离了，但跟新男友一直没结婚，说是大家都懒心无肠，也"结不起"。

　　小儿子，老三，叫谢科，鲁嬢嬢最爱他，说他从小就乖，几岁就帮着打猪草，上学之后很努力，人长得也抻展。老三十六岁初中毕业，去亚西厂读技校，十八岁到成都打工，走前跟鲁嬢嬢说，要好好工作，回来给家里买大电视。他瞎眼的父亲喜欢看电视，实际上是听电视。平常鲁嬢嬢在外打工，每个月回去两三次，把肉割好，菜买好，放邻居那，瞎子每天取点来，摸索着自己整来吃，闲暇时间就听电视。

　　老三在成都打工，没多久就出事了，给家里打电话，说把厂里一个贵重的机器零件搞坏了，吓得跑路。先在一个饭馆端盘子，干了大概一周，又走了。走前给大姐打电话，说要离开成都去重庆。

　　那次通话是在 2005 年 11 月，老三从此没有任何消息。鲁嬢嬢找了几年，找不到儿子，迷上了找人算命。前年有个中学的校长懂易经，给她算出来儿子在做传销；去年这校长又说她儿子没做传销了，在一个北方或南方的大城市流浪。老三就像被命运的狂风沙连根拔起的蓬草，不知何处飘零，甚至性命都无定数。

　　今年是老三失踪第七年，若还在人世，要满二十五岁了。鲁嬢嬢已经不像早几年那样，一说起就流泪，泉水似的停不住。她仍然常给人讲老三的事，但不等别人安慰，就自己抢着说："我们也不抱啥子希望咯，但还是盼能不能有奇迹。"她说后山有家人的儿子，八十年代出去打工，失踪了二十年，前两年突然回来。她希望老三也能奇迹般地回来，而且不需要二十年。

朋　友

1991 年 5 月，我参加"纪念五四"演讲比赛，准备一亮相就大声武气喊："七十二年前的今天，五四运动怒潮排空"，狗血溅得一礼堂都是。其实我自己写的开头是"今天风和日丽，我来缅怀五四先驱"，老爸说压不住堂子，就给改了。

谁知道演讲词竟会撞衫？我的同学徐勇，第一句话也是"七十二年前的今天"，而且先喊，这就让跟着上场的我活像一台电池不足的复读机。他拿了二等奖，我则颗粒无收，回家气鼓鼓找出日本人长泽龟之助编著的《几何学词典》研读。这书砖头样厚，辅助线多如蜈蚣脚，读它近乎自虐。

几月后，我去市里参加省数学竞赛，一行四人，徐勇也在其中。比赛前夜，我们不复习，不休息，跑出去找家麻辣烫大吃大喝。那时，我们以不用功而成绩优秀自豪，或者以不用功而成绩劣等骄傲，对努力学习获得优秀成绩的瓜娃子报以广泛的舆论批评。后来我得了省二等奖，徐勇则颗粒无收，只能在拱猪牌局上大败我数次以泄愤。

1992 年，我和徐勇都考上重点高中，在一个班，还是同桌，不过很快就被调开，因为我俩一上课就合伙到处找女生鬼扯，如吸尘器般将那些齐耳短发、马尾巴、披肩发、大辫子统统吸过来。如果女生受到警告不跟我们聊天，我们就抵掌对谈，可以说得墓碑大笑、旱地痛哭。将我两放一桌，是个错误，等于让希特勒和列宁搭档登台演讲。

说起来我和徐勇颇相似——都是教师子弟，家教严而有逆反心理，都是骄傲而孤独的少年，自命不凡，虽然没什么本领，天生看不起人，却少有证据支撑。我们成为朋友，就像香烟和火柴一样自然。

徐勇常来我家玩，帮剪字。那时我爸妈在搞副业，做锦旗、牌匾。徐勇的手指细长灵活，干起活来麻利得像个神偷。我爸妈都喜欢他。留他吃饭，他吃得少，我爸妈就更喜欢他了。

高三时，他出了点事，跟一个白胖乖巧的女生早恋，后来分手。女孩独自喝了一斤多白酒，被送去医院洗胃。他受处分，留了一级。我去看他。他散靠在椅背，闷头闷脑，厚嘴唇撅起，像在跟命运赌气。见我来，他干笑两声，眼睛眯成三棱刮刀，从厚眼镜片后射出奇怪的光。我约他出去喝酒，他拒绝了。

又过几月，他因偷钱被开除，去一家工厂当工人。我考上大学，约他喝酒。他来了，穿件暗红真丝 T 恤，皮鞋很亮，头发用了不少摩丝。喝多了，他盯着我，说："石男儿，你去读大学了，但你要记得，打拱猪，你总是输给我。"这是我们最后一面，时间是 1995 年夏天。

四年后的一个雨夜，他将在中学做出纳的朋友灌醉，扶到后者宿舍躺下，捡起门后一支八公斤哑铃，试图将人砸昏，好掏走其裤腰挂的保险柜钥匙，但心急火燎之下，用力极猛，将人脑壳砸得稀烂。白天，他帮朋友清点学校八万块补课费时，默记了保险柜密码，可是记错了。钱没偷成，他懒得逃，就在当地游戏厅里赌翻牌机。三天后，他翻墙回家要钱，被警察捉到，数月后被枪毙。我父亲在执刑前的公决大会上见到他，面目浮肿，眼神空洞，也无所谓生，也无所谓死。

很长一段时间里，我跟许多人谈过徐勇杀人案，沾些唏嘘，带点感慨，探讨缘由，想象细节，但我很少说起与徐勇度过的少年时光，说我和他曾有一段不错的友谊。我和其他人一样，把他描绘为脑袋上长犄角的怪物，流着罪恶血液的凶徒，或者天生堕落的失败者。我没有向人坦白，他在与我是朋友的那些年份，还没有注定要成为一个怪物、凶徒或者失败者。

多年以来，我不曾称他为"我的朋友"，想起与他的交谊，也总是迅速快进，或者干脆扭断往事的脖子，转成一声叹息，而这叹息中，又藏着不可告人的庆幸。直到今天，我才能以另一种方式回想这个少年时代的朋友：我们一起参加数学竞赛，一起打拱猪，一起逗女同学玩。我们在夜晚偷保卫处长家的香肠到后操场烤来吃，我们在青龙咀的小馆子里喝得眉飞目动。

应该完整地回想一个人，将他作为朋友，即使他是已经送命的凶手；应该承认他的血腥，是给还活在世上的自己的殷鉴，记得自己和他多么相似；应该朴素地抓住命运的本质，去掉戏剧化也去掉冷漠，在往事之前，弯身为他上一炷香。

明代厂卫的秘密拘捕和黑名单

明代司法机构分为中央三法司和地方司。三法司为刑部、大理寺和都察院。刑部是国家最高审判机关，有点像现在的最高法院；大理寺掌复核，也有部分最高法院的功能；都察院是监察机关，兼理刑名，有点像现在的最高检察院。地方司则包括依照行省设置的提刑按察使，府县两级的知府、知县等。

但在国家法定的以三法司为首的司法机构之外，明代还存在由皇帝直接支配和操纵（有时实权也落于宦官之手）的秘密警察系统，从侦查、拘捕到审讯及执行，做足全套。所谓"缉访于罗织之门，锻炼于诏狱之手，裁决于内降之旨"，法律失去自己的位置，司法受到极大扭曲。这套系统，历史学家一般称作"厂卫"，主要功能是侦察官员和民众的言行，不经正式司法机构之手，也无须遵循严格司法程序，可将嫌疑人直接下狱刑讯并处罚。

厂卫之酷，贯穿有明一代，即使在以宽厚著称的孝宗朝，也未能取缔。厂卫之反法制本质，《明史·刑法志》论曰："刑法有创之自明，不衷古制者，廷杖、东西厂、锦衣卫、镇抚司狱是已。是数者，杀人至惨，而不丽于法。踵而行之，至末造而极。举朝野命，一听之武夫、宦竖之手，良可叹也。"有遗民在明朝覆亡后，发出"明不亡于流寇而亡于厂卫"之叹，泣血锥心，实不夸大。

厂卫之机构，包括锦衣卫和东厂、西厂（明宪宗时汪直创建，监视锦衣卫与东厂，后被废）及内行厂（明武宗时增设，监视锦衣卫与东西厂，只短期存在）。厂卫总部设于京师，在地方也有诸多分支机构。

锦衣卫俗称"缇骑"，最多达到十五六万人。其由朱元璋创立，除传统仪仗、警卫职责外，还兼管刑狱，名唤"诏狱"，专门侦察"不轨妖言"，可不经司法机关，直接逮捕拷讯有危害国家安全嫌疑的人员，其刑罚决定三法司也无权更改。

厂则是由司礼太监主管的秘密警察系统，只有东厂一直持续到明朝覆亡，此处姑且专叙东厂。东厂役长、番役均自锦衣卫中挑选，轮流外出侦查，一是听记刑部、大理寺、都察院和北镇抚司审案，一是打听官员情况及各种民情。侦查结果通常会写成报告，直接送交皇帝。东厂同样有独立的逮捕、审讯和判决权，除非有圣旨，司法机构甚至内阁都不能过问。

厂卫的秘密警察性质，可由其职权充分体现。首先是秘密拘捕权。明代官府抓人，需要"符"（逮捕者的身份证明）以及逮捕证明，但厂卫无须"符"，只凭"驾帖"（逮捕证）就可千里之外跨省追捕。到明中期以后，厂卫甚至无须"驾帖"即可任意逮人。其次是秘密审判权，厂卫均可自设法庭，秘密审讯。再次是秘密关押权，一下诏狱、厂狱，即如堕十八层地狱，少有生机。若冤死狱中，也无从投诉。最后是独立处罚乃至处决权，旁人无法过问。

厂卫之酷烈，于成化汪直、正德刘瑾、天启魏忠贤三个时期最甚，又以魏忠贤时期最为黑暗和漫长。

天启年间，魏忠贤以司礼秉笔太监兼掌东厂，是实际上独裁最高权力的"九千岁"。其时秘密警察多如牛虱，不论百姓或官员，莫不置于严密监视之下。有平民与朋友在密室喝酒，大骂魏忠贤，立被东厂番役捕去，凌迟处死。当然厂卫监控更多的还是官员、士人中的持不同政见者，而且一人犯忌，亲朋好友皆受株连，随时有送命可能。魏大中被逮，有司不通知其家属所系何地，大中的儿子只能偷偷跑到京师，想刺探父亲的消息，还得"变姓名匿旅舍，昼伏夜出"。杨涟被捕下狱，他的一个朋友苏继欧，已经削籍回乡，且为人低调隐忍，本不至于招杀身之祸，但为同里阉党恐吓，竟自己上吊而死。周顺昌被下诏狱，朱祖文进京访周的朋友，战战兢兢如新娶之妇，和人接洽，只在萧寺古庙之中，信件常折成指头大小，藏于鞋袜，或糊之壁间。秘密警察的恐怖，将有良心而未附阉党的知识分子个个逼成"余则成"。

魏忠贤的秘密警察统治，可谓网罗森严，为达到"未雨绸缪"、"一网打尽"的目的，他和厂卫中人拟了不少黑名单，以防范、监视名单中人，随时将之构陷、逮捕、刑讯、处罚。

当时最著名的黑名单，是魏忠贤的干将王绍徽拟进的《东林点将录》和崔呈秀的《同志录》，此外魏应嘉、邵辅忠、卢承钦、岳和声、阮大铖等人也都拟有名单。后来魏的刽子手许显纯逮人，就以上述名单为基础，钱谦益回忆说，"显纯操刀，每出片纸，姓名累累如保牒。"

王绍徽拟《东林点将录》，为增加"可读性"，将水浒群雄分配于欲构陷的朝臣名士，如东林党领袖李三才被封为托塔天王晁盖，叶向高被封为宋江，赵南星被封为卢俊义。名单一共109人，魏忠贤看了很喜欢，赞美王绍徽说："王尚书斌媚如闺人，笔挟风霜乃耳，真吾家之珍耳。"大约是说，王绍徽这妩媚的小甜甜，却有残酷罗织的刀笔本领，真是咱家的宝贝小猪猡。

据说魏忠贤曾拿此名单去给朱由校看，这昏帝不读水浒，不知道托塔大王是何物种，魏忠贤就为述晁盖于溪头移塔之事，谁知这皇帝竟鼓掌叫好，"勇哉斯人！"魏忠贤大无趣，只好偷偷揣着名单走掉。

在魏忠贤掌权时期，大狱屡兴，前后诛杀朝臣名士不下百人（《先拨志始》记：每死一公，许显纯就剔其喉骨，以小盒封盛，交给魏忠贤以示信），无辜平民则以千计，基本上都是依靠厂卫之秘密警察系统。其狱之酷，《明史》诸传及明末野史有详尽记述，太过残忍，暂不征引。只摘方苞记史可法狱中见左光斗之《左忠毅公逸事》一段，可见一斑："左公……席地倚墙而坐，面额焦烂不可辨，左膝以下筋骨尽脱矣。史前跪抱公膝而呜咽。公辨其声，而目不可开，乃奋臂以指拨眦，目光如炬……（史可法）后常流涕述其事以语人，曰：'吾师肺肝，皆

147

铁石所铸造也'。"

左光斗之肺肝虽铁石铸造，终未能熬过黑狱，惨死其中。与他一同下狱的清流名士，也多遭酷刑致死。至今读这段历史，犹觉胸中耿耿，如有阴冷剑戟搅动活人生肉。

后来崇祯帝即位，魏忠贤倒台，此前的黑暗诏狱部分得到昭雪。但秘密警察统治并未结束，因为崇祯帝自己又搞起来，不但加强厂卫侦缉，还弄许多经济特务和军事特务。秘密警察的势焰较魏忠贤时代一点也不减弱，特务们对官员可玩弄于股掌，有次竟将京师附近各县县官一起免职，对老百姓更是生杀予夺，常因抢掠不成，将平民肆意逮虐。这帮秘密警察一到甲申明亡，又带头投降，期盼在新统治者手中"再建新功"。不过李自成没待见他们，不是打杀，就是赶走。沦落民间的过去的秘密警察们，被民众追逐喊打，只得"哀号奔走，青肿流血"，衣服被扯得稀烂，随身的钱也被抢得精光。

其实秘密警察头子，还真没几个有好下场。前面说的魏忠贤，只落个自杀结局；再早的刘瑾，则遭凌迟处死；而西厂的缔造者汪直，最终被放逐南京御马监，废弃而死。"始作俑者，其无后乎？"有明一代，厂卫领袖基本都是宦官，这句格言，不但印证了他们的生前，也落实了他们的身后。

陶短房

本名陶勇。网络公知、旅居加拿大的中国专栏作家，现为《纵横周刊》非洲问题研究员。

博客：taoduanfang.blog.sohu.com

加拿大：最美的枫叶在身边

秋冬之交是赏枫的季节，许多国内朋友打算来"枫叶之国"加拿大旅游的，都远隔重洋不厌其烦地问"加拿大哪些地方枫叶最美"。

这个问题何须问我？英文，法文，西班牙文，甚至中文日文韩文，五花八门的旅游图书、网站、指南，早已不厌其烦地罗列出一长串"赏枫圣地"的名单：在加东，有号称"枫叶之路"的加东40号公路，法语区老魁北克城的"枫叶之门"，充满法国风情的奥尔良岛，被称作"枫叶城"、"枫叶谷"的安大略省苏珊玛利城和因"七人画派"的画笔而永生的亚加华峡谷，号称"汇聚全加红枫"的安省阿岗昆省立公园。在加西，则有号称"四季园"的维多利亚宝翠花园、温哥华女皇公园，以及号称"世界最大都市公园"的温哥华史丹利公园，等等。

不过照我个人的看法，这种"最佳赏枫地"之类的手册、指南，是写给客人们看的，加拿大本地人，以及我们这些在当地住久了的外乡人，是很少会专为赏枫，而特意跑到某个"胜地"去的。因为在我们看来，加拿大最美的枫叶，其实远在天边，近在眼前。

在大温哥华欣赏枫叶，其实根本不必舟车劳顿，倘住的是高层公寓、酒店，打开任何一扇朝向户外长窗的窗帘，楼宇之间，斑驳错落，点缀于各处绿地、丛林里，高矮建筑间的，随处都是火红的枫树；倘住的是独立屋、半独立屋，则屋圈之间，房前房后，举目所及，想看不见一株挺拔火红的枫树，还真不是件容易的事。

温哥华虽是百万人口的大都市，却是由许多小城组成的城市群，城与城之间，有森林，原野，湖泊，河流，海湾，即便到了初冬，也因针叶林居多的关系而郁郁葱葱，衬以红枫、碧海、蓝天、白云，和远处隐约可见的雪山峰峦，风景说不出的别致。即便是城市内，也是花木葱茏，树木掩映，笔者所住的小城素里市，号称"公园之都"，不大的城市里有公园六百多座，占地五千六百英亩，此外还有十五个高尔夫球场和十二英亩人工湖，从住处往任何一个方向走半小时，都能见到一个甚至几个公园，而在"枫叶之国"的金秋，又有哪一座公园，少得了火红的枫叶？

其实所谓"公园"，也不过街角的一片绿地，几圈花圃，供老人们晒晒太阳，孩子们在草地上打打滚，年轻人或在免费的球场上出出汗，或静静坐在草地上聊聊天看看书罢，而无处不在的枫树，便静静陪伴在一侧，不时飘下一片红叶在人们肩头、脚下。

明白当地人何以不会特意寻什么"赏枫胜地"、或特意逛什么公园了吧？公园不过是精致些的绿地，"胜地"则不过是精致些的公园罢了，既然随处可见，举步可及，又何必兴师动众，特意去寻？

事实上，小公园也是公园，更美的枫叶，或许也并不在这些公园里，而是在去公园的路上。笔者居所前不远，横贯素里市和附近兰里市的菲沙路，是一条串联着几十座公园和数座高尔夫球场的主干道，到了 10 月末，风景便渐渐的好了，夹道几十里俱是枫树。更妙的在于并非纯是红枫，而是一株黄、一株红地交错着，在某些路段，上下坡有 30° 以上，从车窗望出去，红如火，黄如金，甬道蜿蜒，说不出的别致。

即便是叫不上名字的社区小路，或居处前后的无名小树林，红枫也随处可见，踩着遍地红色、黄色、绿色和杂色的落叶，在高纬度地区特有的斜阳下漫步的感受，是匆匆过客们所很难去体味的。

笔者来自中国的"枫叶之都"南京，在中国，已算得绿树成荫、绿地遍布的花园城市，但公园也仍然是"一本正经"的多，随意闲适的少，要赏红枫，则更得专程爬一趟秋栖霞。移居加拿大后，才入乡随俗，领悟到最美的枫叶，其实本应是身边的那一片。

在加拿大并非枫叶如此，景物也好，人们的游兴也罢，何尝不是都在讲究"身边的最好"？

在这里要泛舟，通常不是去公园买票，而是约几个好友，租一辆拖车，拖上条能塞进车库的摩托艇，一路驱驰到某个天然湖或人工湖畔；这里的郊游，不论是远足野营，还是随意小聚，也都是寻一风景好处，支起折叠桌、遮阳伞、小帐篷，甚至可拆卸式的秋千架，大人们忙碌着烧烤，打着棒球或玩着飞碟，孩子们则聚作一团，追逐嬉闹。或许，一个年轻的国度里，"名胜古迹"的理念尚不足以深入人心；或许，在千家万户的前院、后院都草木葱茏宛如一个个公园，即便大城市的住宅院中也随时能见到野生小动物的加拿大，"身边的景色是最美"，才会被如此多的人视作理所当然吧？

笔者的独立屋是新买的十年新二手屋，前一任主人（华人和西人混血家庭）打理得很精心，房前屋后，不但有当地随处可见的月季花、松柏、广玉兰、蓝莓、庭院葡萄和苹果树，有专门种植番茄用的玻璃暖房，还有极富中国特色的桂花树和中国灯笼花，一年四季，几乎每个月都有鲜花绽放，草丛中不时便开放一朵，给人意外的惊喜。

　　后院葡萄架下，不知何时搭了两个燕窝，已有小燕从这里飞上漫长的旅途，后院门两侧高耸的人造鸟屋，更吸引过多种不知名的鸟儿驻足。搬来不过一年多，在后院中亲眼目睹的"客人"，除了鸟儿，还有野兔，浣熊和松鼠等，而一些院子更大，或住在不远处山上的朋友，更曾在自家院中、树上"接待"过黑熊、美洲狮、美洲豹和野鹿等"大家伙"。

　　正如一位朋友所言，年轻的国度，年轻的都市里，树木、森林、大小动物远比人类的历史更悠久，说到底，它们才是这些风景的主人。人们只消在营造自己世界的同时，尽量不去打扰它们，不去毁灭它们的世界，身边的枫叶就会自然而然成为眼中最美的枫叶，身边的风景也就会自然而然成为心中最美的风景。

　　其实在我心中，最美的"身边风景"原本并非加西路边的枫树，而是石头城南京，夏日里蔽日的林荫，和树皮斑驳的法国梧桐，自幼便不知为何总也骑不好自行车的我，总憧憬着有一天，骑一辆半新不旧的"永久 −28"，带着个大大咧咧的知己，在浓荫遮蔽下，摇摇晃晃地穿越高低起伏的南京城。只可惜，如今的南京城林荫尚有一些，却未必都在身边；即便在，也未必美；即便在且美，也未必是记忆中那素面朝天、散漫随意的一种了——那些或缺头断臂，或消失无觅的法国梧桐，竟等不及我练好那总也练不好的骑自行车。

在加拿大"最有历史"的城市——说法语的魁北克老城，和小尚普兰老街一位古董店老板攀谈时，他曾感慨"有名胜古迹是荣耀，有身边风景是幸福"，既荣耀且幸福固然好，倘二者不可得兼，则荣耀需俟天赐，幸福人人可得，因为身边的风景，其实只需珍惜，便能拥有。

在加拿大，最美的枫叶，其实就在你身边最近的一颗枫树上。其实这道理并非加拿大人所专有，在任何一个国度，一个城市，最美的一棵树，往往就是离你最近的那一棵——前提是你的视野里还有树。

太平天国的上帝和上帝的太平天国

研究太平天国，就不能不研究太平天国的宗教，而恰是这个宗教问题，一百多年来始终众说纷纭：太平天国的"上帝"，到底是哪一个上帝？

是不是基督教

太平天国的拜上帝教，是不是基督教的分支？这个问题早在当年就已争论得一头雾水。

曾国藩在《讨粤匪檄》中称，太平天国"窃天主教之余绪"，虽然出语模棱，但大体上认为上帝教就是基督教；在金田起义前夕，冯云山因紫荆山秀才王大作兄弟告官"传播邪教"而向官府呈交辩护状和"十天条"，以基督教自居，而浔州知府顾元凯、桂平知县贾柱在读了这些材料后，驳回王氏兄弟控诉，仅以"无业游荡"为由将冯云山递解回广东花县原籍。很显然，这个判决是建立在认定冯云山信奉的上帝教是正统基督教基础上的，因为冯自辩的理由，是两广总督衙门已奉命解除基督教传播的禁令。太平天国灭亡后，一些持保守派外立场的清朝官员（如闹出贵州教案的提督田兴恕），也在不同场合将上帝教和基督教混为一谈。

但持相反立场者也并非没有。

比如吴煦和李鸿章，这两个先后在上海带兵、当时级别不算很高的清朝官员，在英法联军逼得咸丰逃到热河且一病不起，中枢要员普遍担心"同教之谊"的太平军和洋人勾结之际，十分清楚地指出，二者"实非一家"——上帝教跟基督教实在不是一码事；比这更早，奉曾国藩之命编纂情报总汇《贼情汇纂》的芝麻小官张德坚，在他这本以翔实著称的情报集里粗枝大叶、却大差不差地指出，西洋基督教和当年利玛窦传来的天主教"一脉相承"，至少在西方世界是有意义的，而上帝教只是借用了基督教的躯壳，"亦彼之罪人也"，也就是说，上帝教非但和天主教、基督教不是一码事，甚至彼此还会对立。

至于西方，则明显分为前期和后期。

早期的西方官员和传教士尽管对太平天国本身褒贬不一，但大多认为这是基督徒发动的一场宗教战争，相信太平军信奉的是基督教，或因语言和文化隔阂，而在传播中有些走样的基督教。一开始，大多数人相信，太平军的领导核心，是普鲁士人郭士立1844年建立的"汉会"（又称福汉会）成员，有传说称洪秀全、冯云山均是会众，还有人举出洪秀全称上帝为"皇上帝"，和郭士立译本圣经一模一样，以证明上帝教就是郭士立的"莫拉维亚"派新教；随着太平天国方面一再询问并公开寻找美国"南部浸会"派新教传教士罗孝全，西方人渐渐知道，拜上帝教真正的源流，是南部浸会这支清教徒色彩很浓的新教分支，由罗孝全等人主持而在广东本土化的传教团体"粤东施醮圣会"。尽管一些和太平军接触过的传教士和官员，已敏感地嗅到异端气息，如英国翻译官密迪乐首先发现太平天国把"圣神风"称号给了杨秀清（圣神风是圣灵的当时译法，是所谓"三位一体"的一个位格，简单地说，"圣神风"也是上帝），而英国巴色教会的传教士们则发现，拜上帝教不认同三位一体，把上帝和耶稣当成真正的父子，而不是比喻，也说不清什么是"耶稣救赎"和"末日审判"，但他们多认为这要么是太平军"知识面不够"、对圣经理解有误，要么是野心家杨秀清故意偷换概念篡夺权力，尚没有对上帝教本身提出质疑。当时不仅许多传教士兴奋不已，英国圣公会香港主教乔治·斯密斯甚至在弥撒中公开为太平天国祝福。

随着杨秀清的死、洪秀全的专权，以及太平军占领苏南，外国人有更多机会直接接触太平军和他们的宗教，许多传教士抱着兴奋的心情进入太平军辖区，试图直接传教，或"改造上帝教"，但他们很快就失望了：1861年3月24日，英国传教士艾约瑟在天京街头传教，当他问围观的太平军官兵"谁是圣灵"时，官兵们脱口而出"东王"（杨秀清），这令他感到"大多数太平军对基督教是很无知的"。而洪秀全的老师、前面提到的罗孝全兴冲冲赶到天京，来见他的学生，想借此便利自己的传教，结果见到的却是一个高高在上的帝王，这个帝王诱骗他下跪，封他做自己的官员，还在诏书上胡言乱语，试图说服他相信上帝有妻子、儿媳，还有一大堆儿子，其中大儿子是耶稣，二儿子则是他洪秀全，而洪秀全的长子洪天贵福，则又是耶稣的干儿子，他们全家是上帝特意派遣下凡"统治万国"的。郁闷的罗孝全在 1862 年 1 月 20 日，天历辛酉十一年十二月初十，也就是洪秀全的生日不告而别，结束了他在太平天国为期十五个月的"官员生涯"，从此一百八十度大转弯，转而抨击上帝教是异端邪说，洪秀全所受启示不是来自上帝，而是来自魔鬼。曾热情歌颂太平天国及其上帝教、身为洪秀全老师的罗孝全如是说，无疑比任何说辞都更有说服力，自此"上帝教是异端邪说"成为西方基督教世界的"政治正确"，除了密迪乐、呤唎等少数人仍执着为之辩解，哪怕一些对太平天国仍抱一些同情态度的西方人（如英国牧师杨笃信），也不认同上帝教的基督教属性了。

如今时过境迁，在西方宗教界，关于上帝教属性的争论又开始热烈起来，一些新派宗教学研究者，如美国的托马斯·H.赖利就认为，上帝教是一种源出基督教的"新宗教"，开始重新重视上帝教的基督教元素。

那么，上帝教到底是不是基督教？

洪秀全最早的宗教认识，来源于一套偶然获得的传教手册《劝世良言》，这本由粗通文墨、印刷工出身的中国传教士梁发所编的小册子大量引用中国经史中的例子宣传基督教，令读书人出身的洪秀全产生强烈共鸣，而屡次考试落第的刺激，不仅让他做了个朦朦胧胧的怪梦，也让他产生了愤世嫉俗、用宗教改造世界的想法，因此他自行受洗，和冯云山、李敬芳、洪仁玕等人开始传教。

这时他传的"教"，基督教色彩较浓，教义则来自《劝世良言》，目的则是"劝人学好"，改造不公平的世界，尚无造反、称王的念头，说是"基督教异端"也不为过，至于其中粗疏之处，则的确是由于《劝世良言》本身就是套粗浅鄙陋的小册子。1847 年 3 月，洪秀全、洪仁玕来到了广州，进入罗孝全的教堂学习，他曾对罗孝全叙述过自己的异梦，得到了积极鼓励。很显然，此时他的异梦并不"异端"，否则很难想象，恪守基督教原教旨理念的罗孝全，会认为这些怪梦"都是来自圣经的"，而不是把他们当成疯子。后来洪秀全还试图申请受洗，成为传教士，因故未成，这些都表明，直到此时，洪秀全还是个"准基督徒"。

然而上帝教并非洪秀全，而是冯云山在洪秀全一无所知的情况下，在广西山区自行创立的，当然，上帝教信奉上帝、不拜"邪神"，以"洪先生"为导师，其教义来自《劝世良言》，但冯很早就试图用宗教动员起事，这一点，在1847年8月，洪秀全重返广西与冯云山会晤后，被洪认可和发挥，各种离经叛道的说法，如"洪秀全是上帝次子耶稣胞弟"、"上帝派洪秀全下凡斩邪留正、做天下万国之主"，尤其是杨秀清、萧朝贵"代天父天兄下凡"，则在此后陆续被推出，成为上帝教的鲜明特征。

当然，洪秀全也的确带来许多新的、"正确"的宗教知识，如大量有关耶稣的传说（《劝世良言》提耶稣较少），摩西十诫（后来成为太平军人人会背的"十天条"），以及新旧约圣经等等，但更多的则是自己的"发明创造"。这种"发明创造"到了后期，即他本人掌握话语权后变本加厉，以至于凡是自己喜欢的《圣经》条文就说是真理，不喜欢的就说《圣经》记错了，并用自己创作的新神话取而代之。原本新约、旧约被称为"新遗诏"、"旧遗诏"，洪秀全为了自己修改方便，索性将"新遗诏"改名为"前遗诏"，而把自己写的那些东西，以及杨秀清、萧朝贵"下凡"的那些言语，起了个"真约"的名字，意思是这三种文字都是至高无上的，倘若相互冲突，就以最新的（也就是他自己的）文字为准。

很显然，这已经不是基督教，而是沿用基督教某些典籍、术语的新宗教，正如基督教沿用了犹太教的《旧约》但并非犹太教，伊斯兰教《可兰经》也借鉴了《旧约》中的叙述框架，但同样不是犹太教变种一样，上帝教也不是基督教的分支。至于外国传教士态度的前后剧变，原因有二：首先，洪秀全的异端色彩在前期被包揽大权的杨秀清更加离谱的异端色彩所掩盖，令许多人误以为离经叛道的只是杨秀清，一旦杨消失，洪秀全亲政，就会拨乱反正；其次，早先由于清方封锁和交通不便，外国传教士难以直接访问太平军辖区，即使访问也只能走马观花，加上洪秀全"创作"较少，产生了"美丽误会"，后期太平军占领江浙，外国人往来方便，加上洪秀全摆脱了杨秀清的钳制，创作欲望勃发，极端时达到每天一篇或几篇"天话"的地步，且"诏多普刻"，大量印发散布，惟恐别人看不见，如此一来，真相还能掩盖么？

上帝教异端知多少

洪氏上帝教其实从一开始，就带有浓厚的异端色彩。

前面提到，许多外国宗教界人士至今仍以为，洪秀全是郭士立的学生，除了郭士立的汉会在桂平、平南等地有分支外，最有力的证据，便是那个"皇上帝"的用法。但实际上，郭士立译本《圣经》问世于1847年，而"皇上帝"早在1845年洪秀全的《原道醒世训》中即已出现。

洪秀全真正的基督教启蒙，来自于《劝世良言》，这部浅薄传教作品最突出的两大特点，一是大量引用中国经史格言，以打动中国读书人；二是极力驳斥"拜上帝是从番"，强调上帝不仅是外国的，也是中国的上帝。这种论调既迎合了洪秀全的自尊心，也让文化程度比梁发高得多的洪秀全产生灵感：上帝是中国的。

《尚书》、《诗经》里"上帝是皇"、"皇矣上帝"、"惟皇上帝"之类提法比比皆是，而中国在周朝以前的确是崇拜一个名叫"天"或"上帝"的最高神，只是到了周朝，这个神被淡化，战国至秦汉，又出现五德终始说，上帝被一分为五，其后道教、佛教相继兴起，"上帝"或者"天"的概念也变得愈益模糊。洪秀全从《劝世良言》得到启示，在最早的一系列传教作品中大肆发扬，为自己的舶来宗教寻找"土产"依据，并进而指出，正因为世人渐渐遗忘了上帝，社会才会变得如此不公平，要恢复"清平好世界"，惟有重新回到上帝怀抱。

这种"上帝中国说"到了洪秀全"谋天下"时，就成为号召反清的利器：自古上帝人人可以崇拜，但可恶的清廷却要垄断祭天权；祭拜上帝明明是"修好炼正"，清廷却称这是"从番"、"邪教"，要加以镇压，惟有推翻这个王朝，把"天国"建立在人间，才能"恢复上帝之纲常"，这样一来，起兵就带有浓厚"圣战"色彩，杨秀清、萧朝贵在起兵后连衔发布三篇檄文，便公然以"谁非上帝子孙"号召汉族民众起来响应。

然而随着太平军的处处得势，曾刻意比附古代经史，以论证"拜上帝不是从番"的洪秀全，进而开始不满"自三代而拜上帝"这个自己发明的说法：他是上帝次子、天生真主，理应是从古至今，天下惟一的君主，除他之外，只有自己的"代代幼主"能称"君王"二字，"前朝"理应从历史记载中被抹煞，最好的办法，莫过于连历史记载一并抹煞。在这个逻辑主使下，自1854年起，他早期作品中的古人、古训几乎全被删除，仅存的一些帝王，也被"撤职查办"：唐太宗变成唐太侯，梁惠王则成了"梁惠相"，至于"一切古书"，最好烧个干净，实在烧不过来的也不许诵读，甚至连《旧约》里的外国国王也被"撤职"，只剩下一个麦基洗德王——因为他认为那就是他自己。

他的第二个异端，是"下凡"。

最初的下凡者是他自己，按照他的说法，在 1837 年，他在考试落榜后大病一场，做了一场大梦，梦里朦朦胧胧看见上帝、天使等等，乒乒乓乓闹了一番，病好后他批阅以前从考场领到带回来的一本基督教小册子《劝世良言》，发现梦里的那些居然都能在这本书中找到答案，从此便认定自己受上帝启示和委托，要用基督教精神拯救这个堕落的世界。这当然是胡说八道：他看到《劝世良言》是在做梦后六年，这个梦未必是假的，但梦里的内容则未必是真的。随着他从"洪先生"变成天王，这个"天梦"自然也越来越玄乎，甚至到了他逢人便说"朕是太平天子"的地步——若真这么夸张，恐怕不用等鸦片战争打响，他就会被文字狱的罗网罩住，落得个身首异处、甚至满门抄斩的下场了。

紧接着，一系列的"托梦者"登场，其中有堂弟洪仁玕、亲戚（被讹传为亲妹妹）王宣娇，内容无非是给洪秀全这个"太平天子"当捧哏。然后，专业神汉萧朝贵和情报大师杨秀清隆重登场，用"代天父天兄传言"的办法，把大权从洪秀全、冯云山手里夺走。

杨秀清、萧朝贵有人马也有野心，想趁这个时候上位；洪秀全也正希望找到个合适的契机，把自己由教主"洪先生"升格为"太平天王大道君王全"，"天父天兄"需要"天王"的承认才能"正名"，而"天王"也需要"天父天兄"的证明才好"正位"，如此一来，为时长达八年的"天父天兄下凡时代"就此拉开序幕。洪秀全说了什么别人不相信的话，只需拉出"天父天兄"证明，别人就由不得不信；"天父天兄"也受到别人质疑、挑战，但只要拉出天王证明，别人便无话可说——天王可是天父的儿子、天兄的弟弟啊，哪儿有儿子、弟弟不认得爹爹、哥哥的道理？

　　权力一旦获得，任何人都不舍得轻易丢弃，杨秀清也好，萧朝贵也好，当他们发现"天父天兄"可以让他们对洪秀全以下所有人发号施令，人事安排，军政调动，生杀予夺，都可以手到擒来，萧朝贵可以打自己名义上哥哥的屁股，可以逼洪秀全拍自己马屁，可以把素有积怨的养父母杀了立威；杨秀清更可以冲进天王宫殿索要两名女官，以天父名义打洪秀全屁股，再变回"弟弟"杨秀清上朝赔罪……而"真命天子"洪秀全反倒成了配角——谁让您辈儿小呢？

　　天京事变后，"下凡"的主角又变回洪秀全本人。这期间他经常写一些颁布给全国人民的诏书，诏书里通篇都是从天上听来的"天话"。这些"天话"有的很抽象，横看竖看不知道在说什么；有的很具体，如有一道诏书说苏州是东王、西王和南王三位死者在天父天兄的保佑下打下来的（而不是将军们打下来的）；有的很实在，如"今上帝圣旨，大员妻不止"，就直截了当地告诉天下人，只要在太平天国当了大官，想要几个媳妇都行；还有的则很有浪漫主义色彩，如有一道诏书说，他在梦里赤手空拳，打死四只老虎，两只恶狗……据说他最多时几乎每天都要"升天"一次，并根据"升天"感受写一篇诏旨，内容固然五花八门，但中心思想是完全一样的，就是希望天下人相信，自己和自己的子子孙孙都是天生的"太平天子"，太平天国也会这样"爷哥朕幼、一统江山万万年"。

　　除了他，他身边的女性亲属也常常沾光"升天"，比如母亲李氏、妻子赖莲英、女官陈三妹等，她们的共同特点，是都在天王宫殿里居住，是否"通天"、怎样"通天"，都得由洪秀全审核通过。说白了，她们不过是洪秀全为证明自己的确"通天"而强拉的目击证人罢了。

洪秀全的第三个、也是最重要的异端，是虚构了一个上帝的小家庭。

按照《圣经》的说法，上帝是每个人灵魂之父，是"魂爷"，所有人都是上帝精神上的子女，而君王则是"长子"、"能子"，但这种学说可以保证洪秀全做个教主，却无法让他和他的后代成为君权神授、天人合一的帝王。因此他不得不将自己进一步神话，说成上帝的嫡亲儿子、耶稣的同母胞弟；既然上帝要生嫡子，那就必须有"天妈"，于是玛利亚就成了上帝的正房；有正房自然还得有偏房，有嫡子就意味着还可能有庶子，于是上帝也自然妻妾成群；上帝有妻有妾，"太子"耶稣打着光棍也不合适，因此"天嫂"以及耶稣和"天嫂"的三子二女便出现了……在早期，为了笼络心腹，冯云山、杨秀清、韦昌辉、石达开都被含糊承认为上帝的儿子、耶稣和洪秀全的弟弟，而萧朝贵则被称为"帝婿"，因为他的妻子杨宣娇（王宣娇）被认作耶稣的妹妹。等这些元勋死的死、走的走，洪秀全便顺水推舟地将"天弟"名单缩编到只剩死去的杨秀清一人，代之以过继给耶稣、兼祧耶稣和洪秀全的"真天命幼主"、幼天王洪天贵福，这还不算，他还把第五子洪天佑过继给杨秀清，成为幼天王，这样，原本的两个通天人物杨、萧，如今一个是洪秀全亲儿子，另一个（幼西王萧有和）是洪秀全外甥，"下凡权"就此"收归洪有"。说穿了，这些煞费苦心的神话目的只有一个——"保爷哥朕幼（即上帝、耶稣、洪秀全父子）江山万万年也"。

以上帝的名义

太平天国许多荒唐的政策，都是以上帝名义推行的。

焚书、捣毁寺庙和古建筑，是"斩邪留正"、"去除偶像"、

"只留真话正话"；拆散家庭，让夫妇长期分居，哪怕夫妇相会也会被"斩首不留"，打的是摩西十诫中第七条"不得奸淫"的旗号，声称上帝安排大家先打江山，打下江山后才能夫妇团聚；在古今中外书籍、记载中删除国家、帝王的名称、称号，是因为上帝只派了他洪秀全下凡当天王，其他胆敢称王的都是僭妄、叛逆，别说活着的要打倒，便是死了一千年，也得"降级降衔"；剥夺民众私有权，把土地归公，财产收归圣库，让民众过供给制的军事生活，理由是"一切皆上帝所产上帝所赐"，自然该由上帝的亲儿子统一调配使用；他本人和高官们占有大量妻妾，"新约"、"旧约"上都找不到"背书"，他就把牙一咬，给批示了一句"今上帝圣旨，大员妻不止"：上帝不是没在《圣经》上说么？没关系，他跟我这亲儿子说了也一样；太平天国刑罚严苛，看戏、读古书、穿红黄色的外衣，甚至管长兄叫"大哥"，都可能被"斩首不留"，而这一切严刑苛法，根据的同样是"天法"——"上帝圣旨，天法杀妖杀有罪不能免也"。

当时中国还是农耕社会，在广西、湖南等边远地区，降僮、跳神之类迷信十分普遍，洪秀全以神压人，效果卓著，后来做了"总理大臣"、"总司令"的忠王李秀成，在金田起义时还是个搭末班车的小卒，他后来回忆当时情形时称，洪秀全等人宣扬，倘不信上帝教，就会"蛇虎伤人"，李秀成等"而何敢不怕乎"，可见"天话"之威力。

即便到了文化发达的江南，"天父天兄"的一套还是有其效用。杨秀清精明强干，"天意不知如何化作此人"，个人能力突出加上谍报网发达，使他往往能"料事如神"、"洞查肺腑"，让人不由自主地相信，他的确就是上帝的化身。

即便到了"人心冷淡"的后期，相信"天父天兄"的太平军人依然不少，1862年曾有外国人到苏州、无锡等地访问，和太平军下层官兵谈话时发现，他们普遍对"天父权能"十分敬畏，许多人也的确相信，洪秀全就是"天生真主坐山河"。甚至到了"乙丑十月"，也就是1866年底，流落到广东嘉应州（今梅州）的太平军余部汪海洋部一位普通士兵，在目睹某些战友扰民害民的劣迹后气愤不已，在程江乡长滩村一户民宅的厅堂墙壁上写下"劝尔回头早行善，免得天父降灾殃"的词句，并保留至今，这表明，"天话"在最后期也仍然有一定作用（1866年底已是天京陷落后两年半）。

但毋庸讳言，随着"天父杀天兄"即天京事变，上帝教的神话已濒于破产：无所不能、无所不知的上帝居然不知道谋害阴谋；"上帝次子"居然把替亲爹传话的亲弟弟杀掉；上帝的若干亲生儿子居然在天京城内自相残杀……尽管事后洪秀全绞尽脑汁试图补救，但已变得越来越无法自圆其说了。

就算是早期，太平军首要中真相信"天父天兄"的恐怕也不多。

杨秀清、萧朝贵是"通天人物"，能替天父天兄传言，但这本身就是对上帝、耶稣最大的嘲讽。萧朝贵的"天兄下凡"，完全是广西神汉的障眼法，而杨秀清这个"人人佩服"的"天父代言人"，在设法推翻洪秀全借上帝名义推出的不当政策时，居然敢说"约书（圣经）有错记"，要求太平天国暂缓出版圣经。很显然，他们信教是假，借宗教兴风作浪是真。

冯云山是上帝教创始人，但他的宗教知识都来自于洪秀全，他固然虔诚相信上帝，但所相信的，其实是"洪秀全版上帝"。

韦昌辉和石达开留下的文字中，很少关于宗教活动的记载，石达开一听说"天父下凡"就吓得浑身流汗，而在治理地方时"不甚附会俚教邪说"，后来出走后，所部渐渐放弃了上帝教的习惯，可以说，这两位名分不定的"上帝之子"，对上帝教至少

164

没什么兴趣。

后期的主要领袖陈玉成和李秀成，前者对宗教兴趣不大，留下的片言只语对上帝教几无提及；后者曾经和外国传教士花兰芷、杨笃信等讨论过基督教，这些传教士记载称，忠王"态度友善，允诺自由传教"，但本人"对基督教不甚感兴趣"，这几位外国传教士中不少对李秀成颇抱好感，当不会歪曲，李秀成被俘后留下的供词，也的确对洪秀全"信天不信人"啧有烦言。

甚至于未参加金田起义，而是去香港当了好几年正宗传教士的洪仁玕，当初信誓旦旦领着外国传教士赠送的路费，表示要"改造上帝教"为正宗基督教，到了天京后却迅速蜕变，成了一个令传教士老朋友们十分失望的"多妻主义者"，并津津乐道、不厌其烦地宣扬洪秀全的那一套，宣传甚至编造洪秀全父子的各种神异祥瑞。固然，在《资政新篇》里他谈到政教分离，并阐述了若干符合正统基督教义的宗教改革思路，但当洪秀全明确表示自己的意见后，洪仁玕首先想到的，显然是自己姓洪、是洪秀全的首辅大臣，而非自己是个肩负"改造上帝教"使命的正宗基督徒。被俘后他同样写下许多文字，却同样绝少谈及宗教问题，绝命辞悲壮动人，却"取法文天丞相（文天祥）"，而不是向上帝祷告。

那么洪秀全呢？他真的相信自己编造的那一套么？

他敢于篡改圣经，编造"真约"，连篇累牍地炮制"爷哥朕幼"的神话、梦话，肆无忌惮地抹煞历史和古人，修改自己的旧言论、旧文章，这表明他的"上帝"有借用色彩，若不是明知借用，而是纯粹痴迷，他一个"次子"、"亲弟"，又如何敢在"天父天兄"头上动土？

但他的执着、执拗，和哪怕在熟人面前也照样坚持己见的姿态，表明他的"借用"不仅仅是假借这么简单，而是既有借用，也有信仰。异梦内容固然不断掺水，但异梦本身未必是假的，他也的确真诚相信，自己不是一般人，而是上帝派遣下凡拯救世界的。早期势如破竹的巨大胜利，和一朝权在手后的予取予求，更加深了他自己头脑中的救世主情结，且随着时光的流逝，哪些是"真信仰"，哪些是自己的假托，他也未必分得清楚，假话重复一千遍，不但听众中会出现信徒，往往连自己也不由得相信，自己说的那些就是真的。

直到生命最后一刻，弥留之际的洪秀全还要大家安心，说自己即刻升天，去请天兵天将解救天京。可显然大家早已不敢再相信。1864 年 6 月 2 日凌晨，洪秀全病逝，7 月 19 日天京城陷落，此后几个月内相继被俘的太平天国军政大员或硬或软，或言辞不屈或哀哀求饶，但几乎都不再乞求"天父看顾"，记载中"至死喃喃天父不已"的，就只剩下贪鄙庸碌、为文武大臣所不齿的洪秀全文盲二哥（按照洪秀全的说法是"肉兄"）、王次兄洪仁达一人了。

天海萧寥聚日稀

上次见到家师还是去年 4 月的事情，当时他很高兴，说了很多的话。

但背后，师母拉着我的手，低声埋怨道：

"唉，今年春节你没来，他难过了好久。"

我默然，的确，从 87 年毕业始，这是我第一次没有在春节去拜望他，虽然，我是不得已。

"我这学生最特别了，在校时春节没来过一次，毕业了却年年不拉，哈哈，哈哈。"

对不起，师父，明年春节看来我又回不去了。

师父给我打的第一个作文分数只有六十分：

"你的这篇东西五脏俱全，乍一看没任何问题，却不是用心之作，所以只配这个分数。"

我偷偷吐了吐舌头：这老头，居然知道我的心思。

师父那时回校不过两年，名声却已经很大，据说很多年轻的老师都曾是他的学生。

他本来是教大学的，58 年反右，他正讲析《兵车行》，不知是无意还是有心，说到"新鬼烦怨旧鬼哭"时反复吟诵了几遍，据说还叹了一口气，结果就因为这口气，被学生大义灭师，告成右派，发配到苏北农村，一去就是十七年。

十七年后，他回来了，教大学变成了教中学，他的脾气仿佛更大了些。

虽然脾气大，但他人缘却是甚好，从名流到校工，似乎都说得上话，甚至好多年后，苏北农村那些老乡还会跑到学校来，嘻嘻哈哈地和他聊上半天。

家师讲课几乎不持课本，内容更似乎完全与教程无关，而是自说自话的一大套，但他教过的班级总是成绩最好的，从高考分数直到五花八门的竞赛。

我的作文成绩也直线上升，家师常常把好的作文当众念一遍，我的最多，但分数往往并不是最高。

"你的字实在太难看了，所以每次我要先扣你五分。"毕业多年后的一个春节，家师端着酒杯，微醺着对我道。

家师的古文功底精湛，引经据典，口若悬河，耳濡目染，他的学生们都见怪不怪，慕名而来旁听的教委官儿们却是头疼不已。记得有一回公共课，正害眼病伏案打盹儿的我被家师用教鞭敲醒，懵懵懂懂地摸上讲台，将黑板上一篇长长的《逍遥游》句读完成，一笔不错，然后粉笔一扔，下台继续打盹儿。事后教委的老爷们在报上把我们师生的傲慢大肆抨击了一番，家师却为自己的这番杰作得意了十几年之久。

相处久了才知道，家师原先学的却是新闻，中学更是在日本学的财会，后来在上海当记者，骂国民党，很是恣意。师母每谈及他当年风度，眼中总是光彩异常。顺便说一句，师母原是大家闺秀，弹得一手好钢琴，按她自己的话说，稀里糊涂嫁给了家师这个穷鬼，结果苦了大半辈子。

其实家师身材高大，风度翩翩，或长衫围巾，或西服革履，仪容甚是可观，依稀可以想见当年的风采。他虽习国学却甚开通，从京剧到流行歌曲，都能登台当众，唱得字正腔圆。99年春节，他酒后兴起，欲歌《在水一方》，却气虚不能终曲，只好由我代劳，四目相顾，不免黯然神伤。

师母和家师几十年来都互相以表字相称，幸福满足之感，溢乎言表，当初和小师妹每闻及此，都是相对一笑，心许不已，如今小师妹和我已隔大西洋而居，久不谋面，二老却依旧在南京的蜗居里，日复一日朝朝夕夕地互相呼唤着对方的表字。

我成为家师的入室弟子是源于诗词，那还是86年的时候，一时技痒，步了家师抄在别处黑板上的一首满庭芳，从此便得青眼相顾。被称为入室弟子的，除我之外，似乎还有四个，我却是最后的那一个。

"这孩子，古文和诗词都不是我教的，他本来就会。"家师常常这么说。

这话倒也没错，不过我很清楚，没有家师，我的诗词不会有今天的进境，甚至根本不会一直写到今天。

在我来非洲前的最后一周，我把《有所诗》寄给了他，那上面都署的网名，但我知道，家师一眼就能看出，哪几首是我的涂鸦。

家师近体出自名门，七律犹佳，词则相对逊色一些，我之学诗十年而后敢言会填词，大约也因为此罢；他作品据说甚多，只是不事收辑，十数年后，怕是要散失殆尽了的。

家师已是七十许人，精力却颇为旺盛，授课补习，终年不休。几个子女中颇有家资富厚者，劝其休息，总是碰壁："我又不是没用之人，凭什么躺下不干？"

他惟一的小恙在肝脏，因此虽酒量颇豪，却不敢多饮，每次拜望，三五杯白酒辄止。只有两次例外。

第一次是93年，同历过苏北苦难的长子因为家庭琐事郁郁，竟盛年而患绝症，匆匆而逝，我闻讯赶去，向来注重仪容风度的家师竟满面涕泪，嚎啕不已，当日我陪他痛饮，直到他颓然沉醉，我也微醺方止。直到今日，他家中正堂，师兄的遗像灵位，仍如当日无异——师兄工诗词，以书法著称于金陵，儒雅温文，颇有古名士之风。

第二次则是95年春节，我和小师妹的变故倏忽发生在他眼前，第一次、也是惟一一次做媒的他一下子意兴萧索，对饮十余杯泸州老窖后，喃喃不止曰，今后再不保媒了。直到远赴重洋前，师妹还几次去看过家师，但我和她却再也没有谋面。

十几年了，师父的厅堂里学生聚了散，散了聚，不断变幻着面孔；十几年了，当年天真烂漫的小师妹早已飘摇万里之外，为人妻，为人母，当年一团稚气的妹妹被他一手辅导进了大学，偶然碰上我，总要怅然念叨着"真想有时间再见见你师父那个有趣的老头儿"；十几年了，春节拜师的面孔年年新，年年换，只有我差不多总是在相同的时间，带着相同的礼物，叩开那扇日益陈旧的小门。只是人数由一个变成两个，又由两个变成一个，终于又变成了两个。

光阴荏苒，别说其他同学，就连号称五大弟子的我们，也是天各一方，越来越难得登门了，其中有春风得意的，也有郁郁不得志的，但家师提起我们几个，总是一脸的骄傲。前不久在贝宁参加使馆招集的会议，偶然得知某个师兄"又高升了"，不知家师得知，是否会多吃一口饭？

现在就连坚持最久的我，也渐渐地不能按时去拜年了，几万里的路途，就连鸿雁，怕也望洋兴叹罢？

家师当然不会怪我，但除夕置酒，独少一人，怕是总要唏嘘几声的。

时值重阳，芷萍倡议写纪念老人的文章，雍容见我为俗务所累，迟迟不动笔，颇是腹谤了几句。动身在即，突然有感，匆匆写下这一篇文字，片光碎羽，以托敬思而已。文成，意尚不尽，复得一律如下：

不梦当初眉眼低？堂前桂子又芳菲，
两千里外生和死，三十年间是与非。
感世吁寒灯下酒，伤怀泪满旧时衣，
牵连惟此他乡纸，天海萧寥聚日稀。

癸未重阳书于西非贝宁国科托努市

汪丁丁

中国经济学家。主要研究与教学领域：发展经济学、制度经济学、宏观经济学、数理经济学、经济学哲学等。

博客：wang-dingding.blog.sohu.com

骆家辉的中国效应

德国总理默克尔在上海的俭朴作风，虽可引发中国官员们的自惭（甚至内疚），但毕竟，以我们民族的深层心理结构，我们不很在乎，因为她是日耳曼人。同理，首相布莱尔、总统克林顿和后来的小布什，各自都有"惊世骇俗"的行为。对国民而言，无非如"看杀头"一样，更何况现在是"消费主义"时代，祖辈的"人血馒头"和1950年代的"红歌"还算不上"后现代"消费呢。

大使骆家辉在中国的个人行为，称得上"社会事件"。因为，他是华人（心理距离很近）；其次，他到北京的时候，这里的官僚及其生活方式正处于一个或许最兴旺也最腐朽的时期，也是事物辩证发展的最高阶段或最后阶段；第三，让这些在奢华别墅和夜总会里趾高气昂的官僚们最不舒服的，与"80后"和"90后"一起成长和普及的微博及其他移动通信技术，正以不可遏制之势在中国最年轻也最有政治冲动的人群里迅速传播着的真相——其实仅仅是骆家辉的个人生活方式，它是这样一个真相，它足以使借助"宏观调控"在不到十年时间里迅速掌控了中国经济、政治、社会和文化的几乎全部领域的官僚们深感不安。这就是"一个使人感觉不方便的真相"（an inconvenient truth）包含着的力量。

民主，不再是"不符合中国国情"这样的抽象理由可以搪塞的了，它只不过是一种"个人生活方式"，街头巷议，博客微博，随意流传："你看看骆家辉，你再看看咱们 X 局长。"不错，民主，真的不是文字的和抽象的，从来都体现在日常生活。杜威描述过，民主首先是大众生活习惯的一部分，否则就是假的。谁接收的月饼最贵？这是一个极普通的日常生活问题。

骆家辉，难道他是美国中央情报局的阴谋？或"反华十诫"的一部分？或耶稣会控制世界的隐秘计划在几百年里的一个环节？很可笑吧？我确实认识一些相信着这些阴谋论的可爱的朋友。

世界在变小，因为，你相信是阴谋家的，突然就在你对面，眼神不能骗人，他让你怀疑阴谋论是否时代遥远，他让你提醒自己真相其实就是这样简单。注意，人类虽然骗术高超，但脑科学文献表明，我们探测表情和眼神的技能同样高超，以致来自大脑皮质的计划（例如一项"阴谋"）很难或根本不可能压制来自"杏仁核"的敏感性。眼神不能骗人，因为它不会。我们脑内的杏仁核系统，至少是在人类处于哺乳动物演化阶段的时候形成的，而我们的欺骗能力的超常发展则是"根块采集和狩猎"的演化阶段的事情。后者是几万年之内的事情，前者则是几百万年前的事情。所以，眼神不能骗人。所以，当 iPhone 让你和他面对面交谈时，你知道他不能继续骗你。所以，哪怕是最肮脏的官僚，在面对他自己女儿天真却格外敏感的目光时，也会真诚地忏悔，或坦白以往的罪恶。因为，他的眼神不会欺骗她。或者，他的大脑充其量是在"掩耳盗铃"自我欺骗而已。

回到主题，我常常解释，什么是"好的制度"？就是让坏人变成好人的制度。什么是"坏的制度"？就是让好人变成坏人的制度。这是哈耶克的思想。现在，我们询问，如果坏官员层出不穷（占官员总数的比例远远超过三分之一），是制度坏？还是官员坏？当然是制度坏。仍是哈耶克的看法，坏制度的特征之一是"素质逆淘汰"，越高层级的官员，素质越差。

那么，怎样从目前的坏制度变为较好的制度？毛主席教导我们：改造我们的社会，常常不是想好了再做，而是边做边学。关键是"做"而不是"说"。

光绪在京师大学堂的演说，陈述"心贼"，第一项就是"伪善"，第二项是"守旧"。凡要做改造制度工作的人，一定要警惕光绪指出的这两项心贼。守旧之一，就是不希望真有民主。人人可监督可指责可提出撤换的官，怎么舒服？谁还愿意做官？正是如此，我们需要这样的不舒服，而使那些清廉为政且有政治抱负的人，更觉舒服并且更努力获得高层职位。然后，我们记住休谟的思想，与其容忍单独一恶不如容忍两恶相争。对于政治抱负，在更好的制度里，一定面对其他政治抱负的竞争。

阴谋论为什么不正确？

印度智者克里希那穆提一语惊人："在有民族主义和爱国主义的地方，没有智慧。"因为，自我太渺小，很容易想象自我是更大的自我的一部分，于是有了民族主义和爱国主义的政治狂热。不仅如此，克里希那穆提更大胆指出，这里还包含着某种不可治愈的自卑情绪。我建议读者去读克里希那穆提的原作，因为对他的语言的任何转述都不能保持其原有的说服力。

不论如何，最近十年，我们中国人的民族主义和爱国主义情绪日益高涨。虽然，就我们的民族性和文化传统而言，春秋时代的老祖宗早已树立榜样，中国人的世界观自古就是天下主义的而不是民族主义的。诸如列宁这样的马克思主义经典作家也一再教导我们，民族是阶级的一翼，统治集团为了转移受压迫大众的视线，往往挑起民族仇视。所以，根据马克思主义经典作家的分析，国际争端反映的首先是国内关系的紧张化而非国际关系的紧张化；又根据马克思主义的基本态度，国家是阶级斗争的产物，它从来不是超阶级的，故而从来没有什么抽象的爱国主义。毛泽东也指出，世界上没有无缘无故的爱和恨。

马克思主义经典作家的观点，与诸如克里希那穆提这样的现代思想家的观点未必吻合。我引用这些观点，是因为中国现代政治学说的主流学派至今仍自认是马克思主义的。因此，读者若相信马克思主义，不妨对照上述观点反省目前民族主义和爱国主义情绪的深层原因。如果读者不相信马克思主义，例如，不相信中国社会存在着阶级和阶级斗争，或即使存在但不是社会演化的主要动力，那么，我推测，读者无法回避前面引述的克里希那穆提对民族主义和爱国主义的批评。

就理论而言，阴谋论的要害首先在于它缺乏政治智慧。其次，在统计学和基于统计学的科学视角下，它不正确。就实践而言，大国政治不应也不可能基于阴谋。因为，阴谋之成败取决于偶然因素，而大国的命运不应维系于偶然因素。固然，历史在转折关头常取决于细节，而细节包含着偶然因素。也恰恰因此，我们才格外关注"智慧"问题。

如果只懂得关于事物的知识或"理"，我们不可能有智慧。这里，我仍要引用金岳霖反复引用他自己关于"道"的体会之一：理有固然，势无必至。势，不服从必然律，因为有"几"。蓄势待发，将发而未发，曰几，与"机"相通。把握时机，因势利导，是一种智慧。凡事失败了就说别人有阴谋，或凡事解释不通的时候就说是阴谋，这是缺乏智慧的表现。

根据动物学家和心理学家的观察，人类似乎是惟一在欺骗能力方面获得超常发育的物种。不同于其他灵长目或哺乳动物的脑，人脑在数百万年的演化过程中形成的许多脑区，都与"信任"和"意图探测"有关。就大脑皮层而言，除了语言脑区，脑的信任和意图探测功能主要位于右半球，它们构成了行为经济学家所说的"社会脑"。

欺骗，可以定义为"故意掩盖行为意图"。所以，人类的意图探测能力的超常发育，意味着漫长的欺骗与反欺骗的斗争。今天占统治地位的人类，其先祖是一种身体纤细的古猿。作为灵长目，我们的种群惯性之一是"群性"，也就是"社会性"。根据许多人类学家和行为经济学家的考证，如果没有群性或群性较弱，纤细的南方古猿必会在严酷的生存竞争中消亡。所以，人类注定无法摆脱欺骗和被骗，因为人类不仅有显著的个性，还有显著的群性。

人类社会的创造性，主要基于群体允许的个性发展。人类社会的稳定性，主要基于群体在千差万别的个性之间协调劳动分工的能力。任一群体，有些时期发展迅速，有些时期停滞不前。究其原因，就在于创造性和稳定性之间的权衡关系。这一权衡关系，在人类社会演化的无数决定因素中占据主导位置。其余的关系，包括欺骗能力和防止欺骗的能力之间的权衡关系，都是从属于这一关系的。

阴谋的必要条件之一是欺骗，它通常意味着深谋远虑且设计周密的欺骗，也称为"骗局"。鉴于这一特征，阴谋要求保密。如果参与一项阴谋的人数太多，例如超过两百人，阴谋有没有可能成功呢？有可能，但必须有军事组织那样的纪律。两百人的群体如同一个人那样活动——饮食起居言谈举止，长期而言，代价太高以致几乎不可能。动物有个性和群性，不同于植物，动物个体的个性占据主导位置，否则就不成其为"动"物。所以，阿克顿勋爵有一句名言：你可能在一切时刻欺骗一些人，你也可能在一些时刻欺骗一切人，但你不可能在一切时刻欺骗一切人。

阴谋论者大多不懂科学或统计学原理，所以才相信有人——例如英国和美国的情报机构——在诸如货币和外交这类事关国计民生的重大政策上，居然可以在一切时刻欺骗一切人。阴谋论者，也有懂得科学和统计学的。许多年前我在中国科学院系统科学研究所读研究生，我那时的一位同学，后来无可挽救地相信美国中央情报局在他的某一颗牙齿里面植入窃听器。我在香港教书时，专程去拜访他。在一间很大的办公室里，他认真而谨慎地告诉我关于他那颗牙齿里藏有窃听器的阴谋。我推测他患有严重的心理障碍，否则绝不会相信这样的阴谋。

目前我国流行"美国阴谋"。更早些年，上世纪五十年代至七十年代，我国流行"英国阴谋"。如果查阅文献，我们不难发现，二十年代至三十年代流行过"俄国阴谋"，十九世纪九十年代至二十世纪二十年代流行过"日本阴谋"。关于阴谋论的资料显示，不仅中国，而且朝鲜和越南，在某些历史时期，都流行过关于强国（包括中国）如何操纵弱国内政的阴谋论。1919年"五四运动"爆发，是因为报界推测多年的日本与袁世凯之间的"密约"因凡尔赛和约而披露。虽然，这一事件充分表明阴谋不可持续，但是它被相信阴谋论的人当做阴谋普遍存在的一项证据。

今天，我们通过检索"阴谋论"文献知道，如果每一民族都有自己的特征——称为"民族性"，那么世界上有两个特别喜欢阴谋的民族——英国和日本。

与杜威不同，罗素崇拜中国文化，可是他列举过三项中国人的劣根性——"冷漠"、"贪婪"和"说谎"。姑且不论"民族性"或"劣根性"是否应被接受为正确的观念，目前流行的阴谋论并不指向英国和日本，而是指向美国。虽然，美国人始终被其他国家的公众认为是"最天真的"。这一事实暗示我们，让我们相信"美国阴谋"的，主要根据并不是民族性，而是中国和美国这两个大国之间的关系。既然如此，我们就应直接探讨大国政治与阴谋论之间的关系。

大国政治，是当代国际关系的核心议题。为什么国际政治专家通常不接受"阴谋论"的解释？因为，如前述，保密的代价太高。当人数众多时，阴谋很快就变成"阳谋"。大国之间于是从来就只有阳谋，公然派遣间谍、潜艇、卫星，以及传播本国主流意识形态的广播电视。这是国际惯例，大国政治的惯例。

假如某一大国的公民普遍相信阴谋论，那将怎样？我推测，当然，现在我们也可观测，一种可能是"人心惶惶"，因为我们周围很可能布满了外国利益的代理人；另一种可能是"大批判"——公开批判想象中的外国阴谋，这就被旁观者称为"妖魔化宣传"。

这两种可能性，都将极大地损害本国利益。除非我们计划返回闭关锁国的时代，否则，我们最好遵循国际政治的惯例，相信阳谋而不相信阴谋。阳谋，比拼的是政治智慧；阴谋，我不知道比拼的是什么，人心叵测，对本国政治也非常不利。

一个社会，如果长期宣传阴谋论，人心叵测，眼神里透着诡异，甚至在家庭内部，坦诚也不再是美德，一代复一代，沉积在深层心理结构中，成为一种"民族性格"，那就太糟糕了。因为，在心理学视角下，这意味着整个民族患了"受迫害妄想狂"。

其实，在十年"文革"中度过青春期的这一代中国人，已经十分普遍地表现出受迫害妄想狂（相互猜忌）的心理障碍。百年之后，史家若要直面这场旨在反对官僚政治的大规模社会运动的种种后果，不应忽略人性扭曲这一严重后果。

扭曲了人性之后，我们这一代人成家立业，继续扭曲我们后代的人性，如此相续永无了结。事实上，今天高校学生的许多心理问题，主要责任应由他们的父母承担。他们的父母，就是我的同龄人。

我最钦佩的一位朋友，也是我在跨学科教育事业中难得的一位同仁，顽固地相信西方帝国主义颠覆中国政府的阴谋论，并且努力向学生们宣传这样的阴谋论。这真令人痛心。承受着这一痛苦，我写了这篇文章。我知道，阴谋论在许多网站居于主导地位。我从未访问过"天涯社区"，但我听说那里是各种各样阴谋论的发源地。民粹主义——吴敬琏教授最近提醒读者——或许是当前最应警惕的思潮。政治腐败与民粹情绪，似乎总是形影不离。所以，执政党必须尽快提出政治民主化的可行方案。否则，晚清中国社会流行过的许多危险思潮都可能卷土重来。

在任何一个社会的任何一个历史阶段，权力从垄断状态到与更多民众分享的状态，这是"民主化"的实质。概言之，权力的分享，首先为了缓解群体之间的利益冲突。可是，理有固然，势无必至。如果当权者始终不能获得足够的政治智慧，来实现权力在更大范围内的分享，那么，上述的潜流就难免要演变为摧枯拉朽的社会革命。就我自己的态度而言，但凡可以和平演变，我绝不赞成暴力革命。我相信我周围多数朋友，以及多数中国人，都持这样的态度。社会运动起于偶然事件，若一连串偶然事件相互激发，则可能造成激变的形势，不再是偶然。

自由与自律

多数重要观念，都可以而且必须成对地讨论，否则就说不清楚。这个道理，最初由老子道明：天下皆知美之为美，斯恶已。……有无相生，难易相成……音声相和，前后相随。

自由与自律，构成了这样一对观念。只谈自由而不谈自律，则自由不成。另一方面，自由与不自由，当然也构成了一对观念。不自由，可以表述为"他律"，从而与"自律"构成需要澄清的一对观念。于是，我们有了三个相互联系的观念。

视观念为"要素"——elements，从两个到三个，甚或多于三个要素的时候，我们可以说，由一些要素生出了一些"原理"——principles，"三生万物"之理。这篇文章，简单而言就是讨论自由或经济自由的原理。

一个人的经济生活，现代经济学提供的是完全静态从而有严格的逻辑意义的定义：将有限数目的手段配置于无限数目的目标，为了幸福感的最大化。在现实世界里，他的手段，在他某一时期经济生活的开端，也是他的资源禀赋。他在这一时期的开端拥有的全部手段和目标，依照他在这一开端处的价值标准可以排成一个价值序列。许多目标的排序或许要在许多手段之上，否则，若某一目标的价值低于许多手段的价值，要为落实这样的目标而牺牲排序更高的手段吗？这就是一个需要优先回答的问题了。尽管有这类问题，我们却不能将手段与目标完全混为一谈。因为，毕竟存在一些事物，它们本身就是目标，而且它们一旦被当做实现其他目标的手段就丧失了它们作为目标的价值。

不论如何，假如某甲知道某乙也有一些手段和目标的价值排序，而且在乙的价值序列里有一些手段或目标的排序比它们在甲的价值序列里低了许多，这意味着甲可以用一些价值较低的手段或目标从乙那里换取上述价值更高的手段或目标。这样的交易还只是潜在的机会，它有待于乙是否知道并愿意从甲愿意在上述交易中放弃的那些手段或目标当中挑选一些比乙在上述交易中放弃的那些手段或目标价值更高的手段或目标。这一类经济活动，首先基于双方自愿，其次增加双方的幸福感，这也就是"交易"的经济学定义。

现在，假如存在交易机会于甲和乙之间，但受了其他方面的限制，这一潜在交易不能实现，我们就说，甲和乙的交易，或至少关于这一潜在交易，是不自由的。经济自由的重要内容之一，是交易的自由。

妨碍经济自由的，有哪些因素？例如，关于上述的潜在交易，可能存在某丙，以暴力或法律威胁甲或乙，不准许他们从事这项交易。我们说，这时不能交易是因为"他律"。又或者，甲或乙的内心存在某种反对这项交易的行为规范，我们说，这

我为自己的工作定了三句话：1.主题不原创；2.选择是态度；3.重在转换。——金锋

艺术家金锋的问题现场 2005－2012

秦桧夫妇站像 玻璃钢雕塑 2005

2005年4月，江西岳飞母亲墓前新塑了六尊跪像（仿照岳飞墓前的秦桧跪像），遭到网民指责：用古人跪像招揽游客，有失人性。秦桧夫妇站像通过站像暗示现实制度上的缺陷，这件作品遭到更汹涌的攻击。

我叫孙继祥 活雕塑

2006 一个流产了的方案

孙继祥，天津人，无腿残疾
人。他用几年时间独自修补
了一条500米长的路，给有腿
的人行走。

为老太王小六存档 装置、活雕塑 2007

王小六是江苏丹阳家喻户晓的人物，老人一生养育过近两百多个残疾弃婴。现在身边还有
三个。买断王小六家里所有实物，按实物类型分类，并按实物尺寸制作钢化玻璃箱，把实
物一一放置于箱中。王小六及三个长大弃婴王夕生、王国仙、王国平分别进入事前制作好
的玻璃箱中。

"非常地妖"的头像 雕塑泥稿 2008

用泥量4.5吨，头像高2.5米,加上底座为3.5米。作品保留了制作时的现场。作品在展出期间（20天），泥稿会自然收干开裂，或许部分泥块会掉落，这些现象都属于作品所关注的范畴。

鲁迅宴请知识界 行为现场 2009

作品参与者：杨旭（鲁迅扮演者）、摩罗、杨念群、吴稼祥、朱其、刘石增、刘军宁、陈明远、钱宏、袁剑
地点：上海多伦路 咸亨酒店

忏悔书 装置 2010

从网络下载贪官忏悔书一万多字，将文字刻于大理石上，并用这些大理石重新装修展厅地面。

招牌 墙面装置 2010

选取宪法中与公民有关的条款三十一条，用政府机关的招牌款式加以呈现。

希特勒123岁了 雕塑装置 2011

2012年，希特勒123岁了。作品由两部分组成，一是123岁的希特勒头像，头像材料为
玻璃钢上色，头像高150cm；另一部分是雕塑基座，基座是一个灯箱，灯箱四面是《我
的奋斗》中文。

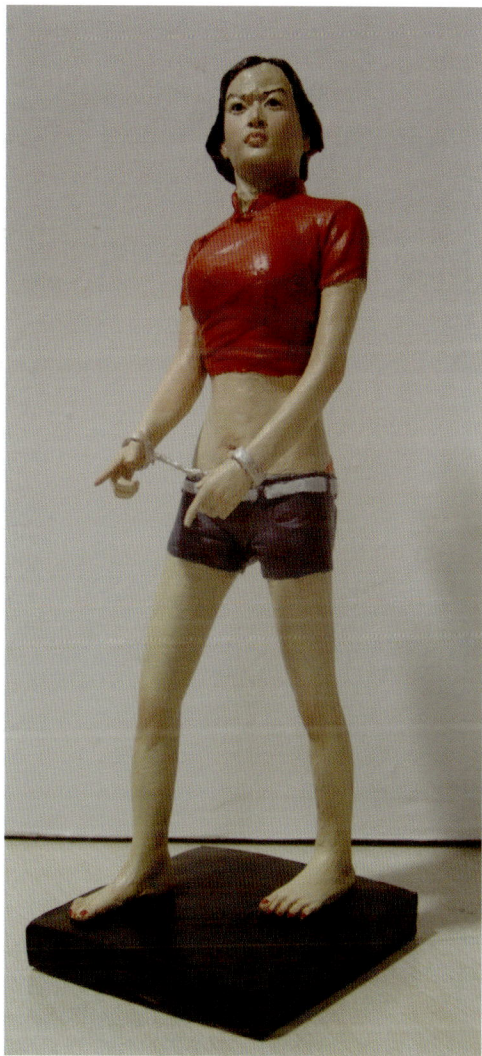

"游街女" 雕塑 2011

昂起了她的头颅，疑似烈女

墙面粉笔画 1949——2011 作品尺寸：14×6m 创作年代：2011

作品素材来自重庆唱红的网络图片，通过彩色粉笔放大到14×6m，其图像的性质好像在发生着变化，或许这样的变化在观众心里，也或许这样的变化一如历史的粉尘，在记忆中瞬间集合在了一起。

时不能交易是因为"自律"。因为他律而不能自由交易，这是经济不自由的常见情形。

潜在交易也可能因自律而不能实现。例如转基因食品，各国公众意见纷纭，至少有一些社区，坚决反对销售转基因食品。如果甲和乙的交易机会是关于转基因食品的，那么，在这些社区，他们不能交易的概率就会很高，可能基于他律，也可能基于自律。类似的交易，如狗肉或鲸鱼肉的买卖，人体器官或血液的买卖，色情广告或卖淫，毒品和高利贷，在一些社区可引发强烈反感，从而相关的交易难以实现。在这些情形中，我们其实很难区分他律与自律。如果甲和乙在情感上特别尊重本地的法律，那么，本地社区立法反对甲和乙的某类潜在交易，这样的法，可能会内置为甲和乙的自律。

上述交易机会之所以难以实现，归根结底是因为在甲和乙的交易活动之外，还有许多人；在他们的价值序列里，甲和乙的交易如果实现，将产生严重扰动，并且扰动的结果是相当程度地降低了许多人的幸福感。如果甲或乙充分知道这一情形，如果他们的自律较强，则交易不会实现。如果甲或乙不充分知道这一情形，或如果他们自律较弱，则交易可能实现，除非有足够强烈的他律。

自由是整体的事情。我记得，爱因斯坦在一封私人信件里，表达过这一深刻见解。我的朋友朱苏力，曾讨论过"黄碟案件"——那位农民在自己家里看色情影碟，怎么就被邻居报"案"而且还被拘押了呢？经济自由，不能例外，也是整体的事情。因为上述价值序列的扰动及其后果，关键性地取决于在多数人的价值序列里，自由——自己的和他人的，被排序在什么位置上。

自由有一种整体性质，还可以用下面的情形来描述：都市交通拥挤，相当程度上，是由于抢行的汽车互不相让。2011年3月14日《南方人物周刊》专访香港并发表封面文章"香港为什么"——为什么比内地有好得多的交通、住房、医疗和教育？其中，关于交通的报道和分析表明，每一名司机的自律性，是"港人出行自由"的重要前提。可见，自律与自由构成一对辩证统一范畴。

"自律"和"他律"，我认为没有很好的英译。坚持查找，不妨接受"autonomy"和"heteronomy"，但它们的涵义不如它们在汉语的道德哲学传统里的涵义来得深切。其中，autonomy是"自由"的古代表达，通常译作"自为"。可是，"自为"与"自在"构成另一对重要范畴，它们分别对应着英文里涵义更复杂的单词或短语。由此也可见，自由这一观念有两方面的内涵，其一是"自主决策"（autonomy），其二是"自我节制"（还是autonomy）。这是古典自由主义者们理解和阐释的自由。

经济自由，按照上述的古典自由主义阐释，包含自主决策与自我节制这两方面的内涵。没有自我节制，经济"自由"的结果之一，是充斥着我们生活的有毒的食品、服装、住房装修和汽车尾气。然后，不假思索，在旧的思维方式影响下，为了补救"自由"市场的问题，我们又启用政府干预机制，广泛地干预市场经济。可是，面对这样众多的毫无自我节制的消费者和厂商，我们需要多么庞大的政府才可能有效地抑制"毒品"损害呢？根据中国最近几年的经验（教训），我推测，我们需要一个庞大到足以扼杀市场经济全部活力的政府。最近十年中国社会的情形十分荒唐，为了补救市场机制之弊端，我们重建政府机制并容忍它的弊端，当然，我们为庞大的政府支付了庞大的费用，以致，当我们最后估算得失的时候发现，由于市场机制和政府机制的效益相互冲销，二者的总费用大大超过了市场机制和政府机制单独存在时的费用之和。这一图景，民众概括为"辛辛苦苦三十年，一夜回到改革前"。

关于市场或政府的有效性，制度学派早有定论。十多年前我在为巴泽尔《产权的经济分析》中译本撰写的序言里，介绍过关于三种监督方式的产权理论。任何契约，在任何社会里，其有效性无非依赖于三种监督方式以及它们的组合成本是否最低。"第一方"监督就是自我监督（自律），"第二方"监督就是契约利益相关者相互之间的监督（他律），"第三方"监督就是与契约利益无涉的外部人员或机构的监督（他律）。根据这一理论，巴泽尔构想了他的国家学说（巴泽尔《国家理论》）。制度经济学的洞见在于，每一具体社会情境里，总存在这三种监督方式的某些组合，使得总的监督成本最小。

在一个道德完全缺乏自律的社会情境里，第一方监督几乎消失。这时，为了有效地防止有毒产品的蔓延，必须借助于第二方和第三方监督。中国经验（教训）意味着，任一种监督方式存在某些阈值，当这种监督方式弱化到这一阈值之下时，其他两种监督必须支付极高代价，才可能替代这一监督方式。

仍以都市的交通状况为例，关于北京和香港的马路和汽车的统计数据表明，无论如何，北京的交通不应比香港的更拥堵。但事实是香港的交通状况比北京的更好，因为香港的司机们普遍比北京的司机们表现出更强的自我节制。自由，从来就是整体的性质。

经济自由，如果没有自律，势必沦为经济的不自由。为了我们自己和孩子们的基本安全，我们依靠越来越庞大的政府来干预越来越无自律的市场，结果是经济自由的完全消失。因为政府是一种第三方监督机制，它对第一方监督机制的替代是有限度的，特别是，当第一方监督弱化到某一阈值之下的时候，第三方监督替代第一方监督的成本可能趋于无穷大，也就是说，我们可能必须返回到中央计划时代。

读者或许认为第二方监督成本较低？我承认这是一个好问题。苏联解体之后，第三方监督几乎完全消失，只有第一方和第二方监督。我记忆里，大约十年左右的时间，在俄罗斯境内，最有效率的银行是黑帮的银行。这就是第二方监督的有效性，黑帮开设银行，你借钱能不还吗？有感于俄罗斯的经验，我当时写过一篇评论中国发展趋势的短文"中国社会的黑帮化"，颇引发了一些朋友的忧思。

中国社会确实在黑帮化，东北和广东或许更典型，在任何城市，只要你相信警察不会在你呼救时出现，你最好顺带着相信自己生活在一个正在黑帮化的社会里。中国社会黑帮化，不是因为政府缺失，恰好相反，是因为政府不仅存在而且太庞大；惟其太庞大，所以官僚化太严重，以致警察不愿意在办案之后填写那些随时可导致自己奖金扣除的复杂表格。与其让官僚机构的电脑决定扣除自己多少奖金，不如只出勤而不办案。那么，市民的安全呢？对不起，你最好不与任何人结仇，否则，你最好向黑帮求救。

所以，当政府特别庞大时，你甚至常常要考虑采取暴力手段推翻它，如果你无法承受纳税之痛和迅速攀升的税收负担的话。官僚政治无一例外，希克斯指出，最终会导致自己财政来源的枯竭从而全面瓦解。

王建勋

中国政法大学副教授，法学学者，研究领域为宪法学、比较宪法、西方宪政文化、法律英语等。

博客：wangjianxunblog.blog.sohu.com

坏人伦之法早该修掉

《刑事诉讼法》正在进行第二次大修，据悉，拟修改的一项重要内容是，赋予被告人近亲属拒绝作证的权利。如果修法成功的话，这将是一个重要的证据规则变革，因为它意味着摈弃了实行多年的鼓励"大义灭亲"刑事司法政策。

也许有人不以为然，认为"大义灭亲"的"壮举"值得赞赏，认为为了"大家"而牺牲"小家"、为了"大我"而牺牲"小我"的做法值得提倡。其实，"大义灭亲"的观念和行为害莫大焉，无论对于个人、家庭还是整个社会而言。"大义灭亲"的核心在于鼓励亲属之间相互检举、揭发和指控。而这不仅会破坏亲属之间的情感伦理关系，而且会对家庭的维系构成直接的威胁。

众所周知，家庭是社会的基本细胞，大多数人都生活在家庭之中。它扮演着极其重要的教育与社会化角色，大多数人首先是在家庭里接受真善美的教育，学习做人的基本道理，获得并修行仁爱、信任、同情心、正义感等优良品质。可以说，绝大部分人都是在家庭里修读道德哲学的第一课。这对于人的社会化和品格培育非常重要。因此，古往今来，各个社会无不尊重和保护家庭的伦理教化功能，捍卫家庭成员之间的信任关系，为人们留下最后一个安身立命的"庇护所"。

在很大程度上讲，家庭得以维系的重要纽带在于亲属之间的信任乃至忠诚。尽管整个社会的运转离不开一定程度的信任，但家庭的存在和维系却需要较高程度的信任，否则很容易破裂。一旦一个家庭没有了信任，基本上就名存实亡。从这个意义上说，任何外来的破坏家庭成员之间信任关系的力量都应当被阻止，任何潜在的破坏亲属之间互相忠诚的做法都应当被摒弃。这当然意味着，"大义灭亲"不是值得鼓励的"善"，而是应当抛弃的"恶"，因为一旦"灭亲"，一旦摧毁家庭，"大义"就成了无源之水，不复存在。

正如孟德斯鸠所言："妻子怎能告发她的丈夫呢？儿子怎能告发他的父亲呢？为了要对一种罪恶的行为进行报复，法律竟规定出一种更为罪恶的法律……为了保存风纪，反而破坏人性，而人性正是风纪的泉源。"

鉴于此种危害，历史上的中国以及古今的西方并不鼓励"大义灭亲"，相反，它们多豁免近亲属间作证的义务，允许乃至鼓励亲属之间互相隐瞒犯罪，反对乃至禁止亲属间相互举报和作证。中国历史上"亲亲相隐"的思想和法律原则由来已久。孔子曰："父为子隐，子为父隐，直在其中矣。"西汉时，法律上便有"亲亲得相首匿"的规定，后得各朝之确认。

唐律对"亲亲相隐"原则作了具体规定："诸同居，若大功以上亲、及外祖父母、外孙，若孙之妇、夫之兄弟、及兄弟妻，有罪相为隐……"唐律还规定，控告应相隐的亲属，应当处刑。唐以后的刑律还禁止命令得相容隐的亲属作证。即使以严苛著称的《大明律》，亦有"同居亲属有罪得互相容隐"、"弟不证兄，妻不证夫……"的规定。

同样，古希腊的宗教和伦理反对子告父罪，罗马法上甚至规定亲属之间相互告发将丧失继承权。当今世界各国和地区的法律一般不鼓励家庭成员举报自己的亲属，甚至赋予配偶等近亲属拒绝作证的权利。港澳台法律规定的亲属拒绝作证权更加宽泛，比如，台湾《刑事诉讼法典》第180条规定："证人有以下情形之一者，得拒绝证言：1）现为或曾为被告或自诉人之配偶、五亲等内之血亲，三亲等内之姻亲或家长、家属者；2）与被告或自诉人有婚约者……"

其实，"大义灭亲"在中国成为一种流行的观念，是"文革"后的产物。在"文革"时，为了打击"敌人"、开展阶级斗争，刑事政策不断鼓励人们之间（包括亲属之间）的相互检举和揭发，甚至相互斗争。这一做法在"文革"时期发展至顶峰，以致夫妻之间、父母子女之间关系紧张、划清界限乃至互相攻击者不在少数。

毋庸置疑，"大义灭亲"违背人性与情理，阻碍法治社会的建立，实应尽快摈弃。

吴 树

　　文化学者、作家、记者、国家高级电视编导。中国电视艺术家、电影家协会会员。

博客：mengmiancike.blog.sohu.com

中国是文物大国吗？

　　据联合国教科文组织提供的数据：流失海外的中国文物总量远远超出了国内馆藏文物的总和；另有数据证实：中国博物馆现有文物收藏总量，不足美国一家博物馆系统的十分之一；记者调查到：有四家中国海关一天内共查出走私文物一万五千五百件……

　　记者曾经向数百位被采访者问了同一个问题："中国是文物大国吗？"绝大多数人都不假思索地对此作出了肯定的回答。理由不外乎是：中国幅员辽阔、地大物博，又有着数千年的文明史，光是那沃土之下几十尺厚的文化堆积层，就足以清清楚楚地演绎出整个人类的来龙去脉。可是，在理智的层面上，寄生于任何概念之上的自信，往往不及公认的现实来得直观与清醒。假若我们可以暂且抛弃一些空洞的教科书曾经灌输给我们的一些空泛的说辞，改用更加科学的眼光客观地对这个问题进行数据分析，我们会心跳、心虚，会得出一些我们难以接受的结论。

一般说来，博物馆以及馆藏文物的数量及质量，再加上开放水平，是衡量一个国家文物实力的鲜明标志。我们不妨就此先作一个数据上的比较：

在博物馆的数量上，我们没有优势可言。据国家文物局可靠数据：止于二十世纪末，法国每 1 万人拥有 1 座博物馆，德国和荷兰每 1.6 万人拥有 1 座博物馆，日本每 14 万人拥有 1 座博物馆，而中国是平均 60 万人才拥有 1 座博物馆。

从馆藏文物的数量上比较，我们更缺少一个文物大国所应有的优势。据我国文物部门自 2003 年开始的文物普查数据显示：截止到 2005 年 12 月 31 日，在我们所拥有的·2300 座博物馆里，国家登记在册的文物总数 1200 多万件，其中一级文物的总数近 11 万件。中国最大的博物院故宫两岸共有藏品 210 万件（北京 150 万件，台北 65 万件），约占全国馆藏文物总数的 1/10 出头，其中一级文物约占全国总数的 1/6。国外的情况怎样呢？记者也收集了一组数据：

美国现有博物馆 8000 座，其中，仅 1964 年建立的美国国立历史博物馆收藏的文物多达 1700 多万件，美国自然历史博物馆的藏品 8000 多万件，美国斯密森博物院系统收藏文物藏品更是多达 1.3 亿件。这个只有二百余年历史的移民国家，仅此三家博物馆的文物藏量竟是中国全国文物总数的 10.8 倍。

法国现有博物馆近 5000 座，馆藏文物约 2 亿余件，将近是我国馆藏文物的 20 倍。仅卢浮宫、奥赛博物馆和蓬皮杜国家文化艺术中心 3 家博物馆藏品就有 200 多万件。

英国现有博物馆 3000 余座，馆藏文物约 1.8 亿件，是我国馆藏文物的 15 倍。仅大英博物馆一家现有馆藏文物就有 700 万件，是我国文物总数的一半有余。

第一次读到这一组数据时，记者曾暗自神伤：我泱泱中华，上下八千余年，纵横近千万公里。我们的祖先曾用不断进化的优质大脑，为人类贡献了无数发明与创造，给后代留下了无数精神与物质财富，他们的英名千古流传，他们的遗迹万古流芳。可遗憾的是，这一切，也许只能让我们的子孙从教科书里读到，而无法从博物馆里的实物中充分领略。这种尴尬，就如同在相当长的一段时期，我们只能无趣地生活在"四大发明"的烛光底下欣赏富国的傲慢与偏见一样。

是我们的家底子太薄，祖宗没给我们留下多少遗产吗？非也！九百六十万平方公里土地，随便用"洛阳铲"朝哪儿打，哪儿就能冒出文物。是我们恋旧惜物、吝啬挖掘吗？非也！近三十年来，国家考古挖掘加上民间盗墓所出土的文物，哪一年没有几十万件？那么，我们的文物上哪儿去了？我们再来看一组数字：

据联合国教科文组织的不完全统计：在全世界47个国家200多家博物馆的藏品中，有中国文物164万件，而民间收藏的中国文物大约是馆藏数量的10倍以上。换句话说，按照最保守的统计，流失海外的中国文物至少在1700万件以上，远远超出我国本土博物馆藏品总量。一大批浓缩着中华民族数千年文明历史、本可以炫耀于世的文物精灵，百年来，只能静静地屈居异邦，冷艳凄美地向世人诉述着它们曾经有过的辉煌和屈辱。

除此之外，近年来风靡世界的中国文物市场，也正以惊人的速度在全球迅速扩张膨胀。记者通过互联网对国内外多家媒体所报道的数据作过粗略统计：仅美、英、法、日、韩、菲六国，每年都有数百万件中国文物上市买卖，或曰"中国文物街"、或曰"中国文物楼"。毫不夸张地说：单从文物数量上看，疯狂的文物走私，使得我们几乎每年都要失去一座故宫。

人们习惯于把丧失国土主权的人称做亡国奴、把轻薄自己生命的人称做亡命徒、把守不住祖上财产的人叫做败家子。文物，是一个国家、一个民族不死的记忆，它用物资的形式储存着不同时代的人文信息，传承着国家、民族生生不息的基因密码。一旦我们彻底失去了这种记忆，又与失去国土、失去家产、失去生命与灵魂有何区别呢？

究竟是谁，将我们捆绑在"文化亡国奴"的耻辱柱上？

北京城里的盗墓贼

两年前，记者在北京报国寺认识了一个人称"刘秀才"的小伙子，来自安徽农村，外表文质彬彬，会讲一口流利的英语，而且精通易经，能够熟练地推算阴阳八卦，时常帮人看看八字、测个风水什么的。至于古玩方面他更是声名显赫了，虽说他没拿什么职称，没专家头衔，但他对于古玩的鉴赏能力在圈内却是无人不知，许多人都说他看东西比故宫的专家还"毒"。尽管如此，他帮人看东西从不收钱，而且还经常帮助一些熟人介绍买主或卖主，成交了自己也分文不取，所以深得圈内人看重。

刘秀才在北京开了两家古玩店，主要客户是香港人和台湾人。我是在报国寺的古玩店里认识他的，记得第一次是看中了他店里一只宋代耀州窑梅瓶。他如数家珍般向我介绍了宋代瓷器的基本特征与演变过程，并教我如何识辨出土瓷器的"土锈"

和"沁"色的真伪，怎样"新里看旧、旧里看新"。那以后，我从他手上买过几次东西，而且经行家上眼基本上都到代，没有新仿品。三来两去，我和刘秀才也就成为朋友了，他劝我别上地摊儿上去烧钱，说现在想要在地摊上买到真正到代的文物，简直是沙里淘金。我问他上哪里可以买到真货，他笑笑说："你有空可多来我这里转转。"我开玩笑说："你的东西莫非是自己从墓里掏出来的？"他又笑笑："那倒不会。反正你喜欢收藏，我这店面又是合法的，有了东西我给您打电话，有兴趣您就买，没兴趣也可以看看，又不花钱，上博物馆看得买门票，还不让您上手（摸）呢！"

有一天，刘秀才打电话给我，让我跟他一起去看东西。不一会儿，他开车带我顺着东四环来到朝阳区一个名叫雅园的地方。那地方是个都市里的村庄，在一个被圈起来待改造的大院子内，分布着几排欲拆未拆的破烂平房。我们刚从车里出来，就围上来几个操着外地口音的年轻女子，向我们推销各种自行车，那情形有点像电影《巴黎圣母院》里的地下通道。刘秀才将她们喝开，然后告诉我，她们卖的自行车都是偷来的。接着，他领我顺着弯弯曲曲的胡同走进一间矮小的平房，里面很黑，就搁了一张单人床、一张桌子和一个木架子。架子上乱七八糟地摆放了几十种中西药材，我琢磨这一定是家黑诊所。

过了一会儿，进来一个长着络腮胡子的矮个子男人，手里拎着一只黑色塑料包。来人狐疑地打量着我，迟迟没敢掏出包里装的东西。刘秀才向那人介绍我是他的朋友，是个藏家。那人这才放心地打开包，亮出一件瓷器。我一看心里怦怦跳：那是一只带款的明代嘉靖年青花龙凤纹方盒，尽管烧制工艺粗糙了一些，但品相完整，已属难得。

不知道是好东西见得太多了还是故意装怠慢，刘秀才只是朝那件东西随便瞟一眼，淡漠地说："就出这一件？"那人又看看我，从口袋里摸出一块"子冈"款白玉牌："出是出了几件，昨天晚上就给人拿走了。"

刘秀才眼也没抬，接过玉牌子看了看："到不了明代，清仿，玉质一般，你看这儿受沁太重，黑不溜秋的，多少钱？"

"这您是行家，您看着给几个辛苦钱就行了。那瓷盒他们说是官窑器……"络腮胡子卑微地附和着。

"什么官窑？你这爪子还刨得出官窑器？民仿官的，仿得还不错。开个价吧！"刘秀才一面说一面将玉牌递给我："送给您当件小玩意儿！"

络腮胡子脸憋得通红，结结巴巴地说："哥儿几个有搞得时间长的，他们都说是官窑器，最低得卖五万……"

"什么，五万？有种送拍卖公司去呵，还能卖二十万呢是不是？看不出你还真长见识了呢，还官窑！"刘秀才拿过我手上的玉牌丢还给他，对我说："咱们走吧！"

"别别别，您别上火呵，咱们谁跟谁？您给个价，还是您说了算，俺能混到今天不都托您的福，不是您照应，俺还呆在局子里吃大锅饭呢！"

络腮胡子手忙脚乱地将玉牌双手送到我手上："您是我大哥的朋友，就是俺爷们儿。这牌子就算俺大哥送您的了……您可别说钱，说钱跟您急！"

刘秀才颇为得意地朝我瞟了一眼，对那人说："这不就行了，做人要厚道，别听风就是雨。这样吧，给你一万，够了吧？"

"这……您就再放个屁，添点儿吧？"络腮胡子低头哈腰地媚笑着。

"加两千，到顶了。打包吧！"刘秀才不容置疑地说，那语调已经没有回旋的余地。

"好的好的，就一万二，谢谢您老了！"

趁络腮胡子打包的工夫，我打量了一眼房子，见门角落里倚着几把卷口铲和两根丈来长的不锈钢条子。"洛阳铲？"我心一动话就溜出口了。这洛阳铲是盗墓贼的专用工具，民国十二年，由洛阳邙山马坡村一个姓李的盗墓贼无意中发现后使用并推广。这种铲子铲口卷起像窝型瓦，吃土后可以取样出来，有利于盗墓贼判断地底下有无墓穴，听说现在连国家考古队都使用这玩意儿干活。

络腮胡子看看我又看看刘秀才，尴尬地笑笑，支吾道："是老乡搁这儿的……"

刘秀才见我还朝门后打量，便索性过去取出一根不锈钢条子："勘探用的，另外还有一个把柄，往下摁，钻上木头或砖头就表示有墓穴了，先用洛阳铲，打不到底再用这个。全凭手感判断地底下墓穴的位置。您坐坐，我解手去，昨天吃坏了东西闹肚子。"

"你们搞一个墓得多长时间？"刘秀才走后，我问络腮胡子。

"没个准，要是赶在冬天，黑夜长，一般的小墓个把晚上就搞定了！"他见我面露狐疑，一面继续打包一面补充说："您是秀才的朋友不是外人，俺也不忌讳您。现在都使炸药，嘣一下就炸开了，洞口外小内大，万一当晚搞不干净，搂一把草就把洞口给盖住了，第二天夜里接着干！"

"不会连墓里的东西都给炸烂了？"

"不会，先探好坑的深浅，然后再称好炸药的重量，把面上的土给掀开了就中。里面的情况不一样，俺们老家那边都用青砖砌，北京这边儿用柏木棺材多，木材好，很多都没烂呢！"

"你们怎么知道哪儿有墓？"

"不难，有秀才呵！"络腮胡子停下手里的活儿朝门外看看，努努嘴："他可神呢！会看风水，管它现代古代，风水都一样，哪块地方做阴宅好，哪块地方就指定出东西！"说着他又朝外看看，小声对我说："那小爷学问大着呢，这一铲子打下去拉出土来，带沙的，清代墓；带石灰的，明代墓；带出五花夯土的是战国墓；撞上大砖头，准是大买卖，王爷妃子就睡在里头。探准有墓了，再用新洛阳铲（洛阳铲经常改进更新，以适应盗墓贼的需要）或是这种加长钢管在墓的四周打几个点，计算好墓室的准确位子，免得下手时毁坏了墓里的宝贝。这一折腾，墓葬图就出来了，上面画的怎样，打下去就是咋样，真他妈就好像使了透视镜一样！"

"秀才经常跟你们一块儿干吗？"

"人家现在才不当老鼠打洞呢，顶多给看看风水、定定盘子、指指路子……"话没讲完，刘秀才蹲完茅坑回到房里。他皱起眉头看了络腮胡子一眼，装着若无其事地付过钱，领着我出门去。

回到车上，本来我还想多问点什么，可是刘秀才却摆出关门状，便见好就收了。

两天后，我独自一人带了录音机到雅园想再找络腮胡子聊聊，可那里已是人去楼空，矮房子里已经住上一个新来的东北人。后来我向刘秀才打听，他说也不知道络腮胡子去哪儿了，还说这些人都是东一枪西一炮的，怕出事。另外他还告诉我，最近很多地方的盗墓贼都集中到北京郊区，所谓灯下黑，这一段北京文物黑市上的明清货突然多起来，就是这批人搞的。我深知他的用意，让我知道他有真货，但又不让我掌握他染指黑道的真凭实据。古玩行的水太深太浑，故事陷阱随处可听，没抓到现场，单凭你讲一两个屡见不鲜的故事，谁能给谁定罪呢？

不久，刘秀才等几位盗墓团伙落入法网。另一位熟悉的小贩告诉我，近五六年，有十几伙分别来自外省的盗墓贼云集北京，在郊区安营扎寨，开始了新一轮的"北京挖宝"行动。那人还说：在北京找墓很容易，只要找到了老树林子，那里面指定就有墓葬。不过大部分多是明清和民国时期民窑烧造的青花瓷罐，还有一些玉制鼻烟壶、挂件和金银器。这些墓葬大多都被人挖过，现在打开只能找到一些遗漏之物。那个小贩乐呵呵地说："自己的祖坟挖光了，只好转移战场来挖北京人的祖坟，都琢磨能在皇城根挖到个皇亲贵族的墓，只要挖到一只官窑瓷器卖了，就可以回老家盖几幢房子、讨一门媳妇！"

"有那么好卖吗？"我问他。

"怎么会不好卖呀？有些大老板深更半夜接到电话，就带上钱直接开车赶到墓地去看货！看好了当场付钞！"

那人还告诉我新近发生的一件令人发指的真实事件。在北京东郊一个建筑工地上，几名河南籍盗墓贼掏出一具衣着完整、面容鲜活的清代七品县令僵尸，他们将其连人带物塞进轿车后箱，打算带回住处再找买主。谁知道僵尸出土后很快就开始腐烂，轿车后箱淌出来的尸水发出恶臭，出院门时被保安拦下盘查。打开后箱，围观者见状狂吐不止。保安见发生了命案赶忙报警，盗墓贼被抓进公安局。

记者通过观察发现：北京很多建筑工地上的确有许多盗墓贼成群结队地守候在那里，行内术语叫"蹲坑"（盗墓则叫"溜槽"）。这些人往往一出动就有几十个，没动静时由一两个人负责看守挖土机，其余的盗墓贼在一旁打扑克、下象棋，只要挖土机勾出了棺材板，看守者便通知同伙们上前干活掏墓。他们对工地管理人员和挖土机司机一是收买，二是威胁，如遇严重干涉又收买无效，便大打出手，打完就跑。

五岳散人

真名姚博，满族，无党派，自由撰稿人。

博客：wuyuesanren.blog.sohu.com

为啥我们是下等消费者？

　　早就有传言称，很多进口商品其实是分等级的，据说日本人把最好的汽车卖到欧美，自己留着二流的使用，然后给咱这里的都是三流货色。在其他领域里很多也是如此，花了钱也得不到应该得到的品质与服务——当然，有时候这也很难说，因为如果这事儿是真的，很多时候人家三流产品也比咱这里的一流产品要好一些，但这个区别与歧视还是让人相当不爽。

　　不但如此，在除了汽车这种"大件儿"之外，更多的商品在国内都会出毛病。在北京市消费者协会日前进行的一项比较试验中，ZARA、万宝路、暇步士等知名服装品牌上了质量黑榜。这也是 ZARA 自 2009 年 8 月以来，第七次上质量黑榜。而记者则从 ZARA 方面了解到，ZARA 并未采取针对问题产品的退换货处理。

　　您看，国际大品牌入驻中国现在不是新鲜事儿了，这个ZARA 开店的时候，时尚界的男女们都跟打了鸡血似的，大清早就在那里排队。本着"人傻、钱多、速来"的精神，不到咱这里淘金都不好意思说是国际品牌。只是进来的东西虽然被貌似时尚、实际土鳖的人奉为国际流行品位，实际上背后的质量以及其他根本是西贝货。

只要看看这次这些国际品牌出的事儿就明白了：标称产自摩洛哥的 ZARA 休闲裤样品其纤维含量存在虚标。其中，吊牌标称棉含量为 75%，实测为 68.2%，标称羊毛含量为 20%，实测仅为 10.6%。除了虚标成分外，ZARA、亿都川、G2000、万宝路等十六件样品存在着容易掉色的问题。此外，金鳄、布来恩 BRUIN、G2000 和威明 W&M 休闲裤样品分别被检出甲醛含量和 pH 值超标。

掉色咱就不说了，这个有可能是工艺问题。但虚假标称含量与有害物质，则是在任何国家都属于要严控的问题，虽然有可能并不会造成多大伤害，最多是穿着不那么吸汗与温暖，或者有点儿皮肤过敏，但毕竟是某种伤害，而造成这种伤害的企业，往往会被课以重罚，从此一蹶不振的情况都是存在过的。

由于工作的关系，我有时候也到这些品牌的发源地去看看，发现这些东西还真是有所不同。不知道是人家那地方空气透明度比较高，还是另外有原因。但这里有个小小的逻辑问题我不是很能理解。

如果说这是十几年前，咱这里很多法律法规都没有健全的时候出现的事情，人家利用你法律的漏洞不达标也就罢了。但您也看出来了，这种抽检证明，咱这里这些年法律法规上的进步不算小，基本的架构与标准还是有的，不然就不会检查出这么多不合格的产品。

可是，就拿这个 ZARA 来说吧，居然有七次上了黑名单，而人家就是能够不退货、不说话、不负责地硬挺着，咱就是拿它没办法。以我对国外法律的了解，真要有这么个公司能上这么多次黑榜的话，罚款都够它倒闭三次的了。

这就是说，所有的武器都在那里放着，结果都成了摆设。这种情况下，企业确实也没啥好怕的，新"三不"政策执行情况良好。话说原本我们这里法制不够健全的原因是法律法规的制订不到位，现在大约可以说这些东西算是都到位了，轮到执行不到位了。

关于执行不力或者说有法不依就没啥可说的了，该归咎于什么地方也不言自明，消费者成为二等消费者自然也是题中应有之义。其实这里是有一个链条的：国际大品牌是被恭迎进入的，而出了问题自然也有引进的单位去进行摆平，长此以往，人家脾气自然也就见长了。如果一个品牌在其他地方从来不敢侮辱消费者、而就是在咱这里长成了怪胎，那恐怕就真不是品种的问题，而是土壤环境的问题了。

笑 蜀

《南方周末》专栏评论作者。

博客：xiaoshublog.blog.sohu.com

关注就是力量，围观改变中国

哈尔滨水价听证会上，市民代表刘天晓因得不到发言机会而大怒，当场扔了水瓶，这只水瓶旋即引来媒体对听证会问题几乎铺天盖地的追踪和报道，犹如千万只水瓶共舞，一时颇为壮观。

听证会猫腻重重其实早已众所周知。这反映了当下的一个困境。政务公开是大方向，但总是上有政策下有对策。你规定必须招投标吧，他有围标来化解；你规定必须听证吧，整个听证完全他自己主导，找来的听证代表实际上都是内部人，圈内听证，结果不望可知。权力通吃，强者通吃，一些通行有效的制约程序，到了我们这里似乎总会变味，不仅不能有效制约，反而徒然给人家作了包装，让人家可以进而披上公开透明的堂皇大氅，既赢了里子也赚了面子。

难怪公众提到政务公开就往往气不打一处来。

于是我们总看到一种苦笑，总听到一种声音，"有什么用呢？什么都不会改变"。言论的无力与无助，良知的无力与无助，似乎是普遍现象。世界上的道理本来简单，翻来覆去就那么几条。道理早已经说尽，不是不明白，而是特殊利益太大，道理的阳光难以阻遏特殊利益的诱惑。但凡遭遇特殊利益，道理往往只能甘拜下风。

但是，现实真如此苍白么？前途真如此黯淡么？那么一切的奋斗还有何意义？

这正是我们不能苟同的。我们的不苟同当然同样有成千上万个理由，而且每个理由也都有证据的坚实支撑。就说听证会吧，市民代表刘天晓的那只水瓶，不是马上引来媒体追问么？那只砸向地面的水瓶看起来对谁都没有杀伤力，但它引来的媒体追问，却吸引着亿万人的围观。关注就是力量，围观就是压力。这不，就在前几天，国家发改委，一直被认为是中央政府最强势的一个部委，不就专门为听证会问题发表系列文章，就公众质疑一一做出解释和说明么？你可以对他们的解释和说明不满意，因为他们的解释和说明确实往往捉襟见肘。但这不重要，重要的是，围观起作用了，他们不能再视围观为无物，他们必须回应围观。这样的回应是不能轻视的，它意味着权力的傲慢终于还是有所克制，更重要的是，他们的回应开启了民意跟政府互动的进程，可以引来公众的进一步质疑，发现更深层的问题。发改委对听证会问题的回应，就马上引来了公众对听证会程序的追问，客观上是把听证会问题的公共讨论推向了更高层次。

又岂止一个听证会问题。厦门PX事件中，散步的市民不就真的遇上了可说服的市长么？广州番禺垃圾焚烧风波中，散步的业主不也真的遇上了可说服的区委书记么？这两个事件不都实现了政府跟民众几近完美的双赢么？而起决定作用的，不正是言论的作用、良知的作用么？类似事件，我们还可以举出很多很多。

　　这正体现了我们时代跟过去最大的不同。过去我们最多只能耳语，只能牢骚。但耳语不能改变中国，牢骚不能改变中国。即便那些作恶者，私底下也未必不是充满着耳语和牢骚，但耳语完了牢骚完了，回过头想作恶照样作恶，再多的耳语和牢骚对他们都不会有任何掣肘。而今天最大的进步，正在于我们可以不止于耳语和牢骚，可以超越耳语和牢骚。一个公共舆论场早已经在中国着陆，汇聚着巨量的民间意见，整合着巨量的民间智力资源，实际上是一个可以让亿万人同时围观，让亿万人同时参与，让亿万人默默做出判断和选择的空间，即一个可以让良知默默地、和平地、渐进地起作用的空间。每次鼠标点击都是一个响亮的鼓点，这鼓点正从四面八方传来，汇成我们时代最壮观的交响。

　　中国太大，中国太复杂，无论历史问题的累积，还是现实政治幅员的广阔以及政治变数的无穷组合与升级，都是举世无双。这样大而复杂的实体，在今天已经没有任何单一的力量能够一下改变。但各种力量形成合力，例如，亿万人的围观，亿万人的目光聚焦，就能聚成世界上最大规模的探照灯，就能一点点穿透特殊利益的高墙，一点点照亮我们的现实，一点点照出我们的未来。别无选择。我们的敌人不是我们身外的黑暗，而是自己内心的黑暗，那就是我们的容易失望，我们的沮丧，我们的缺乏信心、耐心和细心，我们的缺乏坚韧，轻言放弃，乃至自暴自弃。当遭遇不公的时候，不要只抱怨命运，而需要反躬自问：你像市民代表刘天晓那样扔过水瓶么？围观的亿万双眼睛中，常常有你的那双眼睛么？

许石林

作者，著有《损品新三国》等。

博客：szxushilin.blog.sohu.com

拾慧志·成

科举制其实是个伟大的创举，它使出身下层的士子有了上进的通道，使王朝有了人才吐故纳新的机制。但是，任何制度都要操作得好，如操作不当，久则生弊。唐朝，科举让两个读书人受挫，一个是黄巢，一个是李振。这两个人科举不成，一是他们的文章的确不行；二是很可能科举执行者量材标准有失偏颇，让应该获得上进机会的人，遭受沮蔽，堵塞了人才之路。黄巢生气了，问题很严重，挥刀造反，四方响应，天街踏尽公卿骨，使唐朝一下子陷入极度病衰时期，无药可治，王道衰微，藩镇割据，神州瓯裂。

其实要是当时有人在旁有力辅佐黄巢，不让他和朱温闹翻，黄巢说不定能成事儿。可惜黄巢目光短浅，朱温被围困在同州（今天陕西大荔），黄巢不救，于是朱温降唐，转而攻巢。也可能黄巢为人不如朱温那么凶悍奸险，所以最后败在朱温手里。朱温是借着黄巢起来的，以其勇猛善战，为黄巢把唐朝打得奄奄一息，最后却倒向唐朝，把黄巢收拾了。总之，黄巢发狠忙活了一辈子，替朱温忙活了。收拾了黄巢，朱温把名字改成了朱全忠，向唐朝表示全心全意地忠诚，简直就是没有唐朝就没有朱温，从造反的贼寇陡然变成了唐朝最忠诚的忠臣，许多唐朝的文臣和读书人很不相信，但嘴里不敢说。

朱温的父祖都是乡下读书人，教书谋生，日子过得很清苦。朱温很看不起自己父祖那样苦哈哈地生活，也从小就仇恨读书和读书人。这小子极端聪明，城府极深，胃口极大，朱温替唐朝灭了黄巢，文弱的唐朝将能给朱温的荣耀都给了，口袋都翻底儿给朱温看了，但朱温觉得不够，他想当皇帝。正在此时，另一个因为科举受挫的读书人李振站出来，他要复仇，他对朱温说：现在挡在您面前阻碍您当皇帝的人，都是朝中那些读书人出身的官员，这些人平时自诩是所谓清流，你别看他们现在不作声，但内心里很鄙视你们这些出生入死打仗的藩镇武将，我看把他们杀了扔到黄河里去，让他们这些清流变成浊流！看谁敢再鄙视您。朱温一听，笑而从之，一下子把三十多个读书人出身的文官杀死扔到白马驿（今河南滑县）附近的黄河里去了，史称"白马之祸"。朱温扫清了自己当皇帝路上的清流文官障碍，轻而易举地当了皇帝，改国号梁，即大梁皇帝，开始了历史上最混乱血腥的五代时期。

朱温当了皇帝，怕人笑话，名字也不叫朱全忠了，又改名朱晃，结果他这个皇帝真的一晃就过去了——朱皇帝其实很注意抓经济，富国强兵，也取得了很显著的成效。但是政策很偏，即经济再好，也改变不了他仇恨读书人、仇智恨学的习惯。他当了皇帝后，参照前朝，觉得应该像个样子，也不懂装懂地提出发展文化，弄几个读书人出来装装门面，希望他们写写歌颂皇帝和祖国的歌曲啥的，比如他邀请其时已经隐居山林的司空图出来当官。司空图看透了朱温的本性，不敢不出山，但是伴君如伴虎，更何况朱温本身就是个虎、饥饿的变态虎！司空图在朝堂上故意走路跌跌撞撞地，把手里的牙笏都掉在地上了，问题很严重——这是严重的失仪。司空图被朱温斥退，正中下怀，又赶紧隐居去了。

朱温的皇帝当得很不像个皇帝，贼性不改，经常招呼一帮流氓出身的哥们弟兄饮酒啸聚。他的哥哥都看不下去了，趁着酒劲儿骂：朱三儿！你这个德性也配当皇帝！

其实那时候进入了一个聪明人的时代，也可以说是一个有智谋的人横行的时代，一个聪明、智慧而无道德的时代，许多人因为没有道德、没有文化而成事儿了。我在成都参观过前蜀皇帝王建的永陵，寝宫里有王建的石雕像，相貌看上去相当英伟。王建，也是个流氓无赖出身，因为他排行老八，人称"贼王八"。现在咱们骂人王八、王八蛋，就是从他那儿来的。"贼王八"王建因为其贼，在四川盆地成就大业，当起了皇帝。

朱温当皇帝，经济实力是有的，军队也是能战斗的，他为人也是很聪明机警的，他也是很勤政的。但是聪明人没有了仁义道德的约束，一味地逞他的聪明厉害，行使其雷霆手段，还是治不了国。何况他还很淫乱，把自己的儿媳妇睡了个遍，跟相貌出众的儿媳妇还睡出了感情。不到六年，朱温先是被割据在太原的李存勖重挫，后来被自己的儿子杀死，死得很惨，他儿子一刀戳到他肚子里，用力过猛，刀从后背出来了，穿了个透！

朱温以乱贼盗寇出身，成事儿当皇帝，人称其为梁太祖，但是一般人还是认为他是贼寇，是乱五代之首恶贼寇。

同为朱姓的另一位皇帝是明朝的朱棣，以造反起家，后来承继大明正统，其文治武功将明朝推向辉煌的永乐盛世。所以，人们仅在背后同情猜测被他赶下台的建文帝，对于朱棣的王道事功是很认可的。朱棣死后，明朝效法唐李世民，尊朱棣庙号为太宗，仅次于开国皇帝太祖朱元璋。后来明世宗时，追改太宗为成祖，又将朱棣的尊誉提拔了。史家对此无异议，因为朱棣的确是成就帝王大业、健行王道的有为皇帝。

同为朱姓皇帝，朱温以奸篡得逞，朱棣以反叛成功，在唐昭宗与建文帝看来，都是反贼盗寇，朱温肇"白马之祸"，朱棣诛方孝孺十族，均可谓酷烈凶残。朱温称帝，行盗贼之法，以至于国灭惨死，虽曰梁之太祖，而百代以下，仍称其为贼寇；朱棣以反叛起兵，夺位登基，大行王道，文治武功，大业卓著，百代以下，犹追誉其功德，越宗而祖。二朱为帝，天壤之殊，耐人寻味。古人云："德象天地谓之帝，仁义所在谓之王。"非虚语也。

元代无名氏的杂剧《犯长安》之《李傕定计》——李傕道："雄兵十万吾为首，昼夜兼程朝西走，这次是胜者为王败者为寇。夺了长安为董公报仇。"元代读书人不敢明说"成王败寇"这句话，因为其时蒙元狂飙治下，所行者非王道。故读书人内心鄙之，目蒙元为贼虏盗寇。既不愿意屈身服侍之，又不能公开言明，于是转而经营舞台，借戏中人物之口向社会道破天机。

孙中山《国民党第一次代表大会之演讲》："中国历史上有一习惯，所谓成则为王，败则为寇，但控文明国家，不是如此。"孙中山先生此言或可有补充阐发之处：自古贼寇起事，事成而行王道者，即改贼寇之心为王者之心，故曰成王。也可以说，惟贼寇行王道者能成事，即事以王而成，故曰成王；又贼寇之性不改，以贼寇而侥幸成事者，自古鲜有，有亦必奄忽而成，倏然而败。反过来，即先为王者，后弃王道而行贼寇之道，人必以贼寇视之，其必然以贼寇而亡败。

过年闲居，忽思十多年前春节，华山脚下一农场，华县皮影戏艺人为我们几个人演出的专场折子戏。夜幕下，天穹如墨，只有华山顶上偶尔闪烁的灯光，更增添了天地间的寂静空旷。其中有一场武打戏《狼虎峪》，说的是随黄巢举旗反唐的朱温投唐反戈击巢，狙杀于狼虎峪，黄巢兵败自杀的事。剧中黄巢与朱温对打，锣鼓铿锵激烈，老艺人潘京乐那沙哑苍劲的嗓子猛地迸出："朱温呀！朱温！我把你个反贼……"

听得人浑身一振。

拾慧志·警

南朝宋张兴世，战功卓著，封征房将军，官当得很大。朝廷因为他有功劳，也照顾他父亲，他父亲是个农民，朝廷给了这个农民一个待遇：给事中。即每月领一份"给事中"这样官职的薪水——过去朝廷封赏官员的家属亲戚，是明赏，这样高调赏赐一个有功之臣的家人，就为的是给天下人做榜样：你们也要这样好好做事，为朝廷立功，将来自己当大官不说，家人也能沾光。这样赏赐有个好处，即朝廷的负担在明处，这个账能算清。这样设计制度，最大的优点，在于近人情。后来北宋真宗所做的劝人读书歌："书中自有黄金屋，书中自有颜如玉"等等，说的都是很近人情的话，没有大忽悠、没有装。朝廷这样明赏，比起那个天天叫嚷官员子弟不得经商牟利要有效。那种自己当裸官，天天公开说大话，不怕风大闪了舌头，其实子女亲戚在背后发财发得不清不楚，才是朝廷最大的危害。

当然，赏赐有一套规矩，不是滥赏，赏赐其实是一种管理，不能让你们自己利用职权去谋利益。同时相应的，也有惩罚规矩，如犯错，也同样被株连。

张兴世几次要把他的父亲接到大城市襄阳去住，他父亲不愿意离开老家，说：我就是个农民，我喜欢这儿的生活，你不要难为我了。你要是有孝心的话，给我弄一只鼓角，我下地干活休息的时候，坐在田埂上没事儿吹着玩儿。张兴世为难了，说：这鼓角是皇帝家行军时用的，不是您这样的农村老汉玩儿的。他父亲说：那就算了。张兴世有一次回老家给先人扫墓，他的级别高，随从很多，衣着灿然，声势很大，连襄阳电视台等各大媒体都跟着，预备现场直播。他的父亲见状，大惊失色：儿子，你的声势太大了，太高调了，咱家先人哪儿见过这阵势啊？会把他们吓着的。张兴世听父亲这样说，赶紧将随从队伍减少到剩下几个人，衣服简素。他父亲才安心。

一个农民竟有这样的见识！父子各守法宪，相互警戒，他拿那份"给事中"的钱，朝廷一点也不冤枉。

同样是南朝宋，何尚之这个人很有本事，也有胆魄，那年宋文帝在建康即今南京用民工挖了玄武湖，何尚之没有阻拦、劝谏。文帝又想在玄武湖中修建传说中的蓬莱、方文、瀛洲三座仙山，以彰显朝廷"俺们有钱咧"、"天天都是好日子"等国家强盛形象。何尚之急了，力谏阻挡，认为朝廷扩挖玄武湖已经太让百姓受累了，现在又搞这个形象工程，非常不好。在他的劝谏下，宋文帝只好停了这个工程。当时也有不少官员是极力支持以讨好皇帝的，通过全国最大的通讯社"宋新社"，专家们说这项工程建成以后可保建康城和刘宋王朝抵御万年不遇的洪水；过了一段时间，又说抵御千年不遇的洪水；再过了一段时间又说能抵御百年不遇的洪水。何尚之发火了：你们说话到底有谱没谱啊？谁也回答不了这个质问，群议遂寝。何尚之不惜得罪人，以警戒皇帝和百官。

何尚之这样做事，是有家教的——他当了吏部侍郎，官级虽不太大，但是那是管官的官，一下子门庭若市，非常热闹。有一年夏天他休假，前来送他上船的官员非常多，多得他都认识不全，个个都跟他在江边合影留念。到了老家，他的父亲何叔度问他：听说你这次回来，官员们倾朝相送，把码头都堵了。是吗？

何尚之说：是的，没办法，都是同事，来了大概有几百人吧！

何叔度微微一笑，说：从前殷浩做豫章定省，送他赴任的亲戚朋友非常多，多得也是把码头都堵了；后来殷浩给罢官流放到东阳去，他的船停靠在征虏亭码头好多天，连一个亲戚朋友都没有来看他。你这次回老家休假，那么多人送你，其实那不是送你，那是送吏部郎官，跟你本人没有关系！知道吗？

何尚之被父亲这样一说，立即警醒了。回来路上那种衣锦还乡、不免洋洋得意的心情一下子清静下来。

父亲在家教子，以人物事理警戒之，在古人是很普遍的。不单是南朝，同时期被北方少数民族控制的北朝，也不乏这样的清明之士——

宋隐是今山西介休人，祖辈也做官，到了他这一辈，命运很不好，北方地区落入混乱无法纪的少数民族政权手中，十分不稳定。宋隐为人谨慎，做事踏实低调，先后被几代后燕皇帝赏识任用，这是很不容易的。他如履薄冰地过日子，常警戒儿子宋经：你今后在家要忠顺父兄，到了外面做事当官，要像对待兄弟一样对待老百姓。这样就不会有太大的过错。如果运气好，我看你做官可以做一个地方官，我送给你两个字：忠清——

忠于职守，不做违背原则犯法乱纪的事儿；清正廉洁，不要让老百姓背后骂你。这样的话，你安分守己，不用那么辛苦追求当更大的官。我了解你，担心你在当今世上，没有当大官的命，没有那个命而非要追求那个位子，就很容易给我们全家带来灾祸。你一定要记住我的话，如果因为官场得意、仕途顺利而忘记我给你讲的话，你就是不孝！我死后当了鬼，你烧给我的纸钱我都不会收的。

朋友之间也这样相互警戒，推心置腹——

北魏外戚冯聿，他的爸爸叫冯熙，他的姑姑就是北魏的冯太后。冯太后和弟弟冯熙年轻的时候经历战乱失散多年，后来寻找到了，所以情感特别好，对娘家的照顾也特别细致。可能是因为弟弟流落在他乡，挨过饿，明明吃饱了睡觉的，可是做梦却常常给饿醒，所以给冯熙封"肥如侯"，又封昌黎王。冯熙享受荣华富贵，他的三个女儿都嫁给了北魏孝文帝，一个当了皇后，后被废，又将他的第二个女儿立为皇后，三女儿被封左昭仪。冯熙的大孙子也就是冯聿的侄子还娶了长乐公主为妻，拜将军、封南平王。冯家当官的特别多，冯聿不算官最大的，但也有这些头衔："给事黄门侍郎太中大夫征虏将军兖州刺史信都伯"。冯熙死后，孝文帝一再为他追加荣誉，还亲自给他写了墓志，这荣耀谁比得了？——总之冯家从"屌丝"很快就成为"高富帅"了，极其显赫荣耀。

人在得意的时候，一般不会有危机意识，一般人也不给人家提醒有潜在的危机，说人家不爱听的话，人家还以为你羡慕嫉妒恨、扫人家的兴呢。所以，一般人都是顺情说好话，让得意的人更得意、更高兴，让得意的人一见到你就能兑现他的成功、得意。

但是，冯聿和另外一个官员崔光同一个部门上班，崔光经常对冯聿说：老冯啊！你们家现在富贵太盛了，一定会衰落的！

冯聿听了果然不高兴，说：老崔，你怎么回事儿？我们冯家跟你关系不错，你怎么老是咒我们家呢？

崔光说：这不是咒，我是以自古以来的事理推论，谁也逃脱不了这个宿命。提醒一下你老哥嘛！

也有上司警戒下属的——

北周长孙俭当荆州都督，刚一到任，老百姓就上访告状，告郑县县长泉璨。长孙俭召开荆州干部大会，在会上做了重要讲话之后，他将调查泉璨的事儿公布于众，之后自己脱去上衣，跪在主席台上，让人用荆条抽打自己。抽打完了，他说：做一州行政长官，有教育各级干部的职责。现在泉璨同志犯了错误，责任首先要由州委一把手我来承担，是我没有教育好泉璨同志。

有人插话说：泉璨又不是您提拔的，您是刚刚到任，怎么能负这个责任？要负，也是您的前任负责嘛。您怎么一上任就给自己头上引爆一个地雷？

长孙俭说：我是荆州刺史，我就该负这个责任！这不是我长孙俭负责任，这是荆州刺史在负责任。这就是官场游戏规则！不能到了该由你这个职位负责任的时候，你就说当时我还没有来，我不了解情况。不能这么说！人跟职位不能分开来说，除非你不当这个官。否则，咱们解决问题就永远没有办法，永远找不到问题的源头和依据。咱们有的干部，在一个地方当官，做了很多错事、坏事，但是他的错误在他离任的时候还不一定能全面地充分地显现出来，他一拍屁股走了、升职了或退休了，他犯下的错误和政策失误就永远没有人追究了，后来继任者也不承担，这叫什么规矩？难道没人承担这事儿就完了？难道当官就永远正确，倒霉的只有国家和老百姓吗？这就是腐败！是最大的腐败！

全场响起了热烈的掌声——长孙俭自严如此，"阖城无不肃励"。

父子之间、朋友之间、上下级之间警戒，皇帝有没有人给他警戒？皇帝有没有内心所忌惮的？有。拿最著名的荒淫无道昏君隋炀帝说事儿——

隋炀帝住在显仁宫，他命令所有的侍卫没有他的旨意不得离开岗位，不值班的时候就在营房呆着。可是，有一次卫士长让一个没上班的侍卫外出办了点事儿。隋炀帝知道了，大怒，命人将卫士长押送到大理寺，并指示：杀头。大理寺少卿源师对隋炀帝从容奏道："陛下您指示杀了卫士长，臣奉命执行就是。这也不用多讨论，谁爱说啥说啥。可是，这个案子既然交给我们大理寺审讯，我们就应该按照朝廷的法律来审问定罪。您现在给大理寺指示杀了卫士长，臣等谨尊圣旨。容臣斗胆问一句：今后如果还有卫士犯了同样的错误，您是亲自下指示呢？还是让我们大理寺审讯定刑？您亲自下指示那还用我们审讯干什么？交给我们审讯，可是按照法律衡量，不一定是杀头，今天咱们要不要把法律改了？如果让大理寺今后审问定刑，可是您今天的旨意又成为一个典型先例，怎么办？请皇上明察。"隋炀帝被这样一问，警醒了，挥挥手，放了那个卫士长。

从前皇帝临朝，有左右史官，记录其言行。每当臣下奏事，与皇帝对答，每一句话都有记录，这也是皇帝非常忌惮的制度。皇帝也是很害怕自己的错误被史官记录在案的。皇权独断，独断就只能由一人负责。所谓集体负责，到了时过境迁，同样一个事件，没有权威的第一档案，各人都拿自己的日记说事儿，真伪难辨，一句集体负责，最后必然是谁也不负责。所以，大理寺少卿源师这样奏事讲对，自然是借助了皇帝独断负责这一制度，让隋炀帝有所警醒和忌惮，不能因气使权，乱了规矩法度。皇权至高无上，但是，掌握权力恣意使用权力不算厉害，谁都会；掌握权力而不轻易使用权力、听人劝说，时刻警醒，那才算厉害。

拾慧志·死

楼下开了间茶馆，主人是位大姐，招呼我路过品茶。喝茶闲聊间，问大姐贵姓，大姐说姓罗，老家是中原人——客家人自我介绍喜欢说自己祖上中原、郡望何处。我开玩笑说：那您就应该是隋唐罗成的后人。罗姐笑了：说不准。旁边有人搭话：罗成？他死得很惨哟！此人大约看过《隋唐演义》。罗姐正用公道杯分茶水，正色道：你认为人家死得惨，可人家不这么认为，人家家里人也不这么认为，我跟你说古人啊一辈子求的就是一个好死，就是死得有意义、有价值、值！

举座闻之肃然，敛色而敬。

日前在北京拜谒文天祥祠，小院寂寥，秋风瑟瑟，落木萧萧，思文丞相之死，令人感奋——其时元兵凶猛南下，攻下临安，俘年仅五岁的恭帝及谢太皇太后等，押解北上。文天祥与张世杰、陆秀夫等效北宋靖康事，先后拥立宋宗室两个小王为帝，即端宗与少帝。崖山决战，宋败。见大势已去，陆秀夫对八岁的少帝说：德佑皇帝（恭帝）被俘押往元大都，受尽侮辱，皇帝您不能再落入敌人手中了，"义无再辱"，臣必须和您一起死！言罢背负少帝蹈海。张世杰领军战斗至最后一刻，亦无憾而死，他的外甥投降元军，曾经来劝降，被他骂回去了。文天祥被俘押解至元大都，元帝一直想统战他，因为虽然天下被快马弯刀拿下，但血雨腥风之中，仍未完全安定，如果能有一个宋丞相文天祥主动投降，再委以元朝丞相之职，那就是整个华夏大地被征服的绝妙形象代言人，胜过百万蒙古骑兵艰苦征战。但是，元主失算了，文天祥誓不为所动。元丞相孛罗亲自劝文天祥，许以富贵尊荣，文嗤之以鼻。孛罗怒而讥讽：你们立了两个小皇帝，不是没有成功吗？文天祥说：立皇帝是为了保存社稷，有皇帝在一日，为臣的就尽一日责任，管什么成功不成功呢！孛罗冷笑：明知不能成功，还费这些功夫干什么吗？文天祥答：你们哪里懂我华夏仁义之道：就像父母得了重病，虽然不一定救得好，但是做儿女的怎么能不为父母延医问药？尽儿女之义罢了，如果真是救不了，那就是天命。今天我文天祥就等着一死，不要再废话了！其气凛然，挫折胡虏嚣张之气，感撼千古士子之心。

当时为宋室殉死者，单是崖山一役，就有百姓官属数十万人，海上漂浮的尸体绵延数十里。元兵攻占一城，见城无虚井，皆被自杀殉国者的尸体填满，其状甚骇。衡州被元军攻击甚急，将破，知州尹谷却回家从容为两个儿子举行冠礼。守军将领斥责：此危急时刻，你还有心思行此迂阔之事？尹谷从容答：我正要让我的儿子以成人的身份去地下见自己的先人。礼成，举家自焚而死。潭州知州李芾抗敌，受伤力竭，郑重委托一仆：我应当死，家人也不能受侮辱，我命令你把我的家人都杀了，最后杀了我。元军攻入福州，抓住知军事陈文龙，逼文龙投降，文龙不惧，摸着自己的肚子说：这里装了一肚子节义文章，你们就别逼了，没用！陈文龙被杀，他的母亲很欣慰：我能跟我儿子一起死，又何恨哉！

像这样震撼人心的死，举不胜举。

谢枋得在宋亡后，隐藏在山中，侍奉老母，直到母亲去世。元帝此时虽用武力取得整个中华，但是急需能治理国家的人才，就想起用汉族读书人和前朝的官员。有个叫魏天佑的投降官员诱降谢枋得，以讨好元主，被谢凛然斥骂。魏被骂急了，讥讽谢：封疆大吏当誓死保卫自己的疆域，你为什么没有在你任职的安仁被攻陷的时候就去死？谢鄙而耻笑之：春秋时程婴、公孙杵臼皆忠于赵，一个死于十五年前，一个死于十五年后，千古之下，谁不知道他们都是有名的忠臣？王莽篡汉十四年后，龚胜不买王莽的账，终于饿死，谁不知道他是千古忠臣？骂得魏无语而退。元帝命将谢枋得送到大都，谢枋得到了大都，先问被元军先前俘虏的宋恭帝和谢太皇太后的坟墓所在方向，对着那个方向大哭行礼，表示自己绝不投降蒙元。他在遗书中说：元朝新建立，你们搞你们的，我是宋朝孤臣，就只有一死了。我当初为什么不死，原因是我有九十三岁高龄的老母亲在堂，今年二月，我的母亲去世了，我安葬了她，现在我没有什么事了，可以死了。

元朝许给宋朝那些大臣以富贵，希望他们能投降。但是，文天祥、张世杰、陆秀夫、谢枋得等，宁愿死，也不接受。他们就等着一个死，而投降是莫大的屈辱，受辱而富贵，士君子不屑。

谢枋得其实早在二十多年前，观察社会、以天象人事推理，觉得大宋朝的气数快尽了，他估计宋在二十年后会灭亡。但他为什么还要出来做大宋朝的官、辅佐宋朝的皇帝呢？这就是古代士君子的气度，明知不可为而为之。因为社稷一日在，就需要有人延续文明、宣扬仁义、服务黎庶，这是读书人的使命。后人评价说：但信大义于天下，而不以成败利钝论。

士君子以死殉道，在古代不是话题，但在今天却是个不容易理解的话题。今人尚利，古人尚义。图利者，有奶便是娘；尚义者，仁义不合不如去死。而天下之利无不以屈从妥协而得之，以至于有所谓"妥协的艺术"之说、"成功有赖情商"之说等等，生存至上，故今日天下无不屈之心了。

　　当初赵匡胤取后周而代之，后周负责保卫京城的副将韩通，明知势不力敌赵匡胤的大军，仍欲强力抗阻，被军校王彦升拦截并杀了全家。后赵匡胤坐稳江山，反而追谥表彰厚葬韩通，治王彦升擅杀之罪，后经群臣劝阻，给王彦升一个很重的处分，基本上是彻底封杀了。为什么？因为一个朝廷，尽管在取得政权的时候，要靠杀戮和招降等方式，但维持政权，却需要人有不屈之心。即国家的正气要靠不屈之心来扛顶。读书人、士君子有自身各种各样的毛病，汉武帝说："士或有负俗之累而立功名。"就是能谅解他们的毛病和缺点，在关键的时候，用他们的大义不屈之心。招降纳叛，许以富贵，是为了减少取得政权的代价和成本，而国家涵养尊重士人不屈之心，让士人受国恩，即是增加别人取代江山的代价和成本。所以，一旦江山大定，必须施仁义于天下，使人归心向化。即便嗜血好杀的蒙元，在随后的治理中，也广招天下士子而用之，意在化夷为夏，变血腥为书香。无奈其征战杀伐的惯性很大，一时难以扭转。虽有此心，但因为起初杀人太多，将天下士子搜刮杀尽，将文弱的宋朝文明几乎连根拔起，后人有"崖山之后，再无中华"之恨，亦传说东瀛得知元灭宋，"举国茹素"，哀悼这个当时世界上最先进的人类文明死于野蛮的马刀。元朝因为不以仁义养士，或者说还来不及养士，当它也需要人扛顶的时候，自然无人应答，故奄忽而亡。

　　胡林翼平太平天国，历尽艰苦，他在给弟弟的信中说：这大清朝怎么了？"十年之间，四次造反。贼胜则举国庆贺，贡献不绝；贼败则士子掩袖而泣，农夫辍耒而叹。"胡林翼深深感到：读书人、老百姓，被大清朝伤心伤透了，极其失望，不管造反的是什么人，都将自己寻求变化的愿望寄托在造反者身上，不管社会出现什么乱子，在读书人和老百姓看来，横竖都是朝廷的错。人心大失，各怀不靖之志，平居造谣，借故生乱，城管执法错打一个人，也被夸大成很大的局部事件。当此际，哪怕百姓所心仪的造反者根本就成不了气候，也根本不如现行朝廷，但也没有办法，造反象征了变革的希望。老百姓像蒙着眼睛急猴猴嫁人的剩女一样，即便所托非人、跳火坑，那是以后的事儿，眼下匆忙间跟流氓私奔了也行，恨不能让造反者得逞。

　　一个朝廷，最悲催的就是没有一群倔强不知变通的读书人为之死扛硬顶，使其在将倾未倾之际获得不屈之心的扶持担当。尽管这不屈之心最后很可能抵抗不了天命。但因为有一群人愿意为你去死，所以你死的时候不会死得太难看。简单地说，就是有了文天祥这样的人为你去死，你死得体面。

许小年

中欧国际工商学院经济学和金融学教授，曾任职美林证券亚太高级经济学家，世界银行顾问。曾获"孙冶方经济科学奖"。

博客：xuxiaonian.blog.sohu.com

旧危机的新阶段

正值欧洲政府债务危机愈演愈烈之际，标准普尔8月5日宣布，将美国政府债券评级降为AA+，美债近百年来第一次失去AAA评级。消息传来，市场情绪急转直下，在浓重的悲观气氛中，研究机构纷纷提高了世界经济年内重陷衰退的概率估计，有人认为欧元难保，美国的经济霸权也行将结束。

世人过于悲观了吗？否，是先前过于乐观了。这不是二次探底，而是一次探底的继续。

V-型反弹如南柯一梦

以克鲁格曼为代表的凯恩斯主义者曾欢呼，美联储于危急时刻干预金融市场，使全球金融体系免于崩溃，美国政府超常规的财政开支则防止了1930年代"大萧条"的重演。在执行了极度扩张性的货币和财政政策后，中国经济于短时间内强劲反弹。世界两个最大经济体的表现似乎验证了凯恩斯的见解，惊魂甫定的人们欣喜地发现，百年不遇的金融危机不过如此，政府弹指一挥，便烟消云散了。

笔者那时就撰文指出（"复苏之道"，《财经》，2009年6月8日），这次金融危机不是一般的经济景气循环，而是全球经济结构严重失衡的结果。美联储执行了错误的货币政策，2001年至2006年的低利率带来了流动性的泛滥，美国的家庭和金融机构过度借债，大量的资金涌入房地产市场，制造了战后历史上最大的资产泡沫。泡沫于2007年破灭，引发金融海啸。

既然过度借债是危机的起因，经济复苏的前提就是债务的削减，即我们所说的"去杠杆化"。判断经济复苏与否，不看GDP增长速度或者趋势，而要看去杠杆化的进程，在去杠杆化未完成之前，任何反弹都注定是昙花一现。

去杠杆化意味着衰退，但没有衰退便没有可持续复苏。在去杠杆化的过程中，家庭要偿还贷款，为此不得不节衣缩食，消费需求因此而疲软。在去杠杆化的过程中，企业和金融机构要降低负债，不得不缩小投资与经营规模，产出下降，失业率上升。

当债务人无力偿还而违约时，贷款变成银行的不良资产，银行必须动用拨备和资本金予以核销。若坏账数量超出其承受能力时，银行就要寻求外部融资。巴菲特最近入股美洲银行，美国政府在金融危机期间注资花旗银行，都是这方面案例。然而政府救援并不等于债务的消失，而只是债务的转移，从金融系统转移到政府，体现为政府债务的增加。

眼下形势的严峻在于政府的债台高筑。欧洲各国多年执行凯恩斯主义的赤字政策，福利开支超出财政能够支持的范围。金融危机期间，为了救助大型金融机构和大型企业，政府再度借债，如最后一根稻草，终于压垮了财政，金融危机就此转变为政府债务危机。更为糟糕的是，银行持有政府债券的价值因评级下调而大幅缩水，银行倒闭的风险陡增，投资者纷纷抛售银行股票，政府本来作为救援者出现，反而因自身的债务将银行拖入泥潭。

银行系统对于经济就像血液系统对于人体，血液流通不畅的肌体不可能健康，而银行要想恢复正常功能，企业、家庭、政府以及银行自身的负债率都必须降下来，这就又回到了复苏的关键——去杠杆化。

面对这样的局势，奥巴马政府再次祭出凯恩斯主义的政策，减税，政府投资基础设施以创造就业；美联储也在议论第三轮量化宽松（QE3）。这些政策对于去杠杆化并无多少帮助，市场理所当然地反应冷淡。减税虽可暂缓债务人的现金压力，但不具备可持续性，且相当于私人部门的债务转到公共部门，整个国家的负债率并未因此而下降。中央银行的减息本来可以降低还款负担，但在基准利率已经为零的情况下，数量松宽仅仅视为通胀和资产泡沫积蓄能量。

货币政策失效的背后是基础货币转化为信贷的困难。当家庭和企业为高负债所困扰时，不敢再借新债，银行也担心产生更多坏账，对放贷格外谨慎。2008年年中，美国商业银行的贷款增长率还是11%左右，一年后就变成了零增长和负增长。2011年初，贷款增长率恢复到正的2%，进入二季度又转为−2%。美联储投放的基础货币没有转化为实体经济中的信贷，而是以超额储备的形式沉淀在银行系统内。

财政与货币政策的失灵并非新鲜事，泡沫经济破灭后，日本政府也执行了扩张性的财政政策，赤字多年超过GDP的10%，政府债务余额对GDP的比率从1980年代末的60%上升到2010年的190%，政府已无进一步举债的能力。至于零利率和数量松宽的货币政策，更是日本央行的发明，日本经济今日之状况，已清晰无误地宣告了这些政策的失败。笔者并不认为美国和欧洲将重蹈日本的覆辙，而是强调微观层面上结构调整的重要性。去杠杆化若不到位，政策性刺激带来的只是短暂的亢奋，随后必定是更大的动荡与失望。

复苏难道没有希望了吗？有，希望在于刮骨疗毒般的去杠杆化。负债过高的家庭只能破产，银行收回作为抵押品的房子，在市场上拍卖还债，这当然会引起房价的进一步下跌，更多的家庭和银行可能因此而倒闭。去杠杆化要求政府在衰退期间增加税收，减少开支，与经典的凯恩斯主义政策正好相反，其后果当然是更深的衰退，但舍此别无复苏之路。

天下没有免费的午餐

这好像是个悲观的命定论，其实讲的不过是最基本的经济学原理，也是最基本的常识——天下没有免费的午餐。赤字政策的实质为寅吃卯粮，向子孙后代借钱而已。借钱总归要还，击鼓传花，欧债五国的当代人不幸赶上了最后一棒。超发货币则是制造通胀，稀释所有持币者的购买力，向当代人征收"铸币税"，而中央银行的铸币税征收能力最终要受到物价水平的限制。极端的凯恩斯主义者试图使人们相信，天下确有免费的午餐，政府可以无中生有地创造财富。正宗的凯恩斯主义者承认，宏观政策不能创造财富，但可以削峰填谷，减少经济的波动，因此仍然是有意义的。

由于极端凯恩斯主义充斥西方和东方的主流媒体，知识界和民间信奉此道者大有人在，我们有必要在这里指出，宏观政策刺激经济增长之说纯属迷信，没有任何理论可以证明这一点。

战后世界各国的经济表现也告诉我们，高速增长和宏观政策基本无关。从早期的日本和西德，七八十年代的亚洲"四小龙"，到改革开放后的中国，经济增长的动力是战后重建的高投资、全球化、市场化改革和技术进步，即使东亚充满争议的"产业政策"，也不属于凯恩斯财政和货币政策的范畴。

我们并不完全否认正宗凯恩斯主义的理论，增加财政开支可以增加当期总需求从而增加当期 GDP，但其作用远小于凯恩斯声称的乘数效应，即 1 元政府开支可带来多于 1 元的 GDP 增加。根据凯恩斯的计算，乘数等于 $1/(1-MPC)$，MPC 为边际消费倾向，定义为当期新增消费对当期新增收入之比。如果 MPC 等于 0.8，则乘数为 5，1 元政府开支可增加 5 元的 GDP。然而弗里德曼和莫迪安里尼分别证明，当期消费和终身收入而不是当期收入有关，这意味着 MPC 是个很小的数，凯恩斯乘数的数值接近 1。实证研究发现，乘数的确约等于 1，财政开支不能创造财富，而只是一种跨期置换。当债务到期时，政府增加税收以兑付国债，而加税会减少未来几代人的收入、消费和 GDP，赤字政策因此相当于透支未来财富以解当下的燃眉之急。

这样的透支不是简单的拆东墙补西墙，它会引起严重的债务问题。国债是当代人向子孙后代借钱，但债务人和债权人处于不平等的地位，子孙后代的发言权小得多，甚至因尚未成年或尚未出生而没有发言权，当代人可以轻易地得到他们想要的借款。这也是凯恩斯主义之所以流行的一个原因，它迎合了当代民众和政治家取得"免费午餐"的投机心理。如果每一代人都是短期行为，债务越积越多，一旦达到财政偿还能力的极限，债务危机就爆发了。今日之希腊、爱尔兰、葡萄牙、西班牙、意大利都是赤字政策的受害者，美国国债的评级下调更是给世人敲响了警钟：借钱买来的繁荣再也无法维持下去了！

借钱不可持续，印钱亦不可取。如果印钱能解决问题，这个世界上根本就不会有经济问题，因为印钞的成本几乎为零，哪里即将出现问题，撒一把钞票就可化险为夷。手中一部印钞机，从此可保天下太平？这个简单而强有力的逻辑，不知何故，公众和学术界长期不愿接受，人们总以为多印几张纸币，新的财富就可以被创造出来。

这并不是说，市场经济不需要货币。市场经济是交易的经济，货币的作用是降低交易成本，货币的数量因此与交易量相当即可。弗里德曼曾建议，货币增长每年 3% ~ 5% 左右，大致等于 GDP 的增长速度。货币供应量与 GDP 同步变化，价格水平保持稳定，既无通胀，亦无通缩。

社会上流行的说法却是货币超发有益论，可以降低贷款利率，刺激企业的投资和家庭的买房，带动经济增长。短期来看的确如此，但正如奥地利学派所指出的，人为操纵利率所获得的短期繁荣有着巨大的成本，如同这次金融危机和上一世纪"大萧条"那样惨重的成本。为了说明这一点，我们在下面介绍奥地利学派的经济周期理论，并将其与凯恩斯学派进行比较。

结构性经济周期理论

奥地利学派的代表人物哈耶克认为，货币超发和低利率是引起经济周期震荡的元凶。为了说明这一点，设想一个充分就业的经济。在这个经济中，初始的市场利率等于"自然利息率"，也就是社会总投资等于总储蓄时的利率。充分就业意味着生产要素如土地、资本和劳动力的充分利用，社会上没有闲置资源。现在为了刺激经济增长，中央银行增发货币，降低利率。资金成本的降低刺激企业增加投资，经济在需求的拉动下进入繁荣。在传统的经济学教科书中，故事到此结束，两个重要的问题被有意或无意地忽略了。

第一个问题是资源约束。企业增加投资，对投资品如钢铁的需求上升，钢铁行业需要更多的资源，建更多的高炉以增加钢铁产量。但如我们已经假设的，社会上并不存在闲置资源，只能从消费品如服装部门转移出来。这就引起消费品生产的下降，供应短缺，消费物价上涨。当通货膨胀超过了社会的可承受度时，中央银行会加息以抑制投资需求，对钢铁的需求下降，资源回流消费品部门。

然而回流过程并不完全可逆，由于资本具有专用性，炼钢的电炉不能用来缝制牛仔裤，仅部分通用设备和人员转移到消费品部门。前期低利率下的投资高峰造成钢铁业产能过剩，供大于求，价格下跌，企业亏损和倒闭，投资品部门率先进入衰退。钢铁业的萎缩最终也会影响服装生产，因为钢铁是制造缝纫机的原材料，衰退于是从投资品扩展到整个经济。

第二个也许更为严重的问题是投资机会。低成本资金供应充裕，企业和个人急于寻找新的投资机会，如果在实体经济中找不到，资金极有可能进入资产市场如股市和楼市。因短期内股票和房屋的供应不变，新进入资金引起价格上涨，立即产生不菲的"投资收益"。高收益吸引更多的资金流入，更多的资金进一步推动资产价格上涨，资金—资产价格—预期收益之间如此反复循环，资产泡沫不断膨胀，直到破灭的那一天。

这一概念模型意味着金融和经济危机或以实体经济的通胀为先导，或以资产泡沫为预兆，随着金融业的发展，后者的概率越来越大。上一世纪早期，道琼斯工业指数从1921年的66点涨至1929年崩盘前的300点以上，年平均增长速度为同期

GDP 的 3 倍多。在长达十年的减息周期中，日经指数从 1982 年的 7000 点，大涨至 1989 年底的 39000 点，此后不久，泡沫破灭，日本经济陷入二十年的衰退。从 1980 年代中开始直到 1997 年亚洲金融危机，泰国的银行贷款以年平均 25% 的速度增长，股票价格指数相应从 1986 年底的 200 点上涨 6 倍，达 1996 年中的 1300 点。这次全球金融危机则源于美国的房地产泡沫，2002 年房地产价格指数还只是 97，五年之后的 2007 年就翻番到 201，年回报率达 15%，除了新兴的技术行业，实体经济中哪里能找到这样的轻松赚钱机会？

泡沫虽壮观，终有破灭之时，刺破泡沫的往往是中央银行自己。担心通胀或者过高的资产价格，央行紧缩银根，灾难随即到来。日本央行于 1989 年五次加息，股市、楼市双双倒下。美联储从 2004 年中到 2006 年中，连续十七次加息，次按违约率随还债成本上升，投资者恐慌性抛售以次按为基础的债券 CDO，拉开了金融危机的序幕。

与哈耶克的"政府失灵"形成对照，凯恩斯认为萧条源于私人部门的开支意愿不足，特别是企业主对未来的前景感到悲观，用凯恩斯的话讲，受"动物精神"的支配而减少投资，引发了经济衰退。需要注意的是，私人部门开支不足意味着较小的 MPC 从而较小的乘数，但凯恩斯在计算乘数时，又悄悄地换上了正常状态下的 MPC，这是凯恩斯理论体系中的一个明显的自相矛盾。

企业和消费者的悲观情绪又是从哪里来的呢？凯恩斯也许会说，1929 年的股票市场崩盘改变了市场气氛。那么，股票市场为什么崩盘了呢？凯恩斯除了再次求助于投资者的"动物精神"，不可能给出其他回答，但这只不过是循环论证而已。与他同时代的哈耶克则说：因为中央银行超发货币，市场利率偏离了"自然利息率"，跨期资源配置出了问题。从上面提到的战后资产泡沫与金融危机的历史可知，奥地利学派的经济周期理论更符合事实，因而更具有说服力。

暂且不论哪一派学说能够更好地解释经济周期，在经济已进入衰退后，失业率上升，社会上存在着闲置资源，如果政府的财政状况良好，为什么不可以增加财政支出，刺激需求呢？遗憾的是，当今的欧美政府已经没有那样的财力了。即使仍有余力，赤字政策不过是用今天的政府开支替代明天的私人部门开支，用效率低下的官僚主义和贪腐替代企业和消费者的精打细算。

在衰退的经济中，货币政策能否有所作为？倘若哈耶克是正确的，危机的起因是利率过低，增加货币供应无异于饮鸩止渴，除了暂时托住资产价格，延缓去杠杆化的过程，就是维持扭曲性利率，为下一轮资产泡沫积蓄能量。

本文的分析给出一个暗淡的前景，在今后的三五年中，欧美经济将继续在痛苦的去杠杆化中挣扎，削减政府债务是最后也最为困难的一步。即使在去杠杆化完成之后，经济增长也不可能恢复到危机之前的水平，因为危机前的繁荣部分地由信贷的过度供应支撑。除此之外，人们能做的就是让市场决定利率，不再自作聪明地操作货币政策。至于新的经济景气，完全依赖新增长点的出现，新增长点来自创新，而哺育创新的是市场竞争和企业的活力，与宏观政策无关。

对于这样的前景，当代人没有什么可以抱怨的，他们的父辈以借债的方式透支了他们原本可享受的繁荣。萧条是对透支的偿还，人类生来是机会主义者，而上帝永远是公平的。

雪 珥

澳大利亚华人，职业商人，非职业历史拾荒者；专攻中国近代改革史，文化部恭王府管理中心特聘研究员，多家报刊专栏作家。

博客：snow-swords.blog.sohu.com

另类爱国：林则徐种鸦片

爱国的鸦片

在一连串的不幸消息之外，有一个小小的好消息或许能令直隶总督李鸿章高兴：经过多年的国产化替代努力，大清国自行种植、自行生产、自行消费的鸦片，正在加速夺回被进口鸦片占领的市场。

作为北方最大的鸦片集散中心，天津海关的统计数据表明，1875 年的鸦片进口量，仅占天津口岸所有进口商品总量的 21.5%，与 1870 年李鸿章刚刚上任的 30.4% 相比，下降了三成左右。这意味着，国产鸦片夺回了近三成的市场。

尽管华北在 1876—1879 年遭遇了百年难遇的"丁戊奇荒"，并对全国经济造成巨大的影响，但鸦片市场的国产化进程逆风起飞。到 1879 年，全国鸦片的国产化程度竟达到 80.12%（台北中央研究院王良行：《清末对外贸易的关联效果》）。三年后（1882 年），大清国的鸦片就完全实现了自给自足，成为第一个实现国产替代的行业，并且开始出口创汇。

吞云吐雾的大清烟民们，用他们那赢弱的臂膀，扛起了大清国"鸦片财政"的重担，不惜以自己的健康和生命为代价，拉动了大清国 GDP 的迅速增长。

这是一种什么样的精神？

林则徐种鸦片

作为地方官，承担着发展经济的现实压力，有关道义的清谈就只能是扯淡……

在大清国的舞台上，没有什么东西能如同鸦片那样，成为爱国主义的最好道具。

第一个赢得满堂喝彩的，是林则徐。虎门销烟的汩汩石灰水——没有硝烟，因为点火焚烟无异于聚众吸毒——奠定了他自此之后"高、大、全"的爱国者形象。在他那光辉形象的阴影里，蜷缩着一个猥琐的"卖国贼"，他的名字叫许乃济。

许贼被钉上历史的耻辱柱，是因为他竟敢提出：既然吸毒无法禁绝，不如准许民众种植鸦片，以国产毒品对抗进口毒品，至少还能挽回经济上的利权。在他提交给道光皇帝的报告中，抱怨说政府的禁令导致"内地遂无人敢种，夷人益得居奇，而利数全归外洋矣"。如果"内地之种日多，夷人之利日减，迨至无利可牟，外洋之来者自不禁而绝"。

这种反动言论，理所当然地受到了道光皇帝和林则徐等人义正词严的斥责，许乃济也受到了严厉的纪律处分，并在次年（1839 年）郁郁而终。成了过街老鼠的许乃济，却在遥远的英国得到了一个知音。一位大胡子犹太思想家称赞他是"中国最有名的政治家之一"，并嘲讽禁烟派们为"天朝的野人"，这个大胡子的名字日后响彻中国——卡尔·马克思。

吊诡的是，成为英雄的林则徐，在鸦片战争之后，却越来越向许乃济的想法靠拢。1847年，江西抚州的代理市长（署知府）文海致信当时担任陕西省省长（"巡抚"）的林则徐，请教如何提升GDP、发展地方经济，并防止白银外流。

鸦片战争一声炮响，给中国送来了一个拉动内需的好产业。各地在发展经济的过程中，都纷纷看中了最为有利可图的鸦片贸易，将鸦片种植作为新的经济增长点。林省长与时俱进，其回信令文市长大跌眼镜："鄙意亦以内地栽种罂粟于事无妨。所恨者内地之嗜洋烟而不嗜土烟，若内地果有一种芙蓉（阿芙蓉，指鸦片），胜于洋贩，则孰不愿买贱而食？无如知此味者，无不舍近图远，不能使如绍兴之美醴，湖广之锭烟，内地自相流通，如人一身血脉贯注，何碍之有？"林则徐甚至称赞文海："尊意曲折详尽，洵为仁人君子之用心。"他担心的只是消费者是否能接受国产货："第恐此种食烟之人未必回心向内耳！"

显然，此时的林则徐，所反对的并非吸食鸦片，而是进口鸦片。作为地方官，承担着发展经济的现实压力，有关道义的清谈就只能是扯淡。对于鸦片贸易合法化，那位坐在大英图书馆里磨地板的伟人也说："如果中国政府使（鸦片）贸易合法化……这意味着英国国库遭到严重的损失……英国的鸦片贸易会缩小到寻常贸易的规模，并且很快就会成为亏本生意。"

没有直接的资料表明，在林则徐当政期间，陕西是否已经将鸦片的种植列入支柱产业之一，但从林则徐这样的人物都敢于公开鼓吹鸦片种植，可以确认当时鸦片已经至少成为地方官员们的新宠。尽管中央要到1874年才明确放开，但大清国的传统历来是"看见红灯绕着走"，上有政策、下有对策。对于地方官们摸着石头过河的大胆尝试，看在白花花的税收银子面上，中央也乐得装聋作哑。何况，种植鸦片毕竟是地方官们的把柄，抓在手上，需要的时候就能轻易地收拾他们。

地方政府喜爱鸦片，因为能征收超出粮食二十倍的税收，"州县因之添设陋规，私收鸦片烟土税，亦数倍于常赋"（郭嵩焘），这对于地方财政是极大的诱惑，也极大地支撑着公款吃喝、公车消费等。随着国产鸦片的产量提升，鸦片吸食者的队伍也日益庞大，鸦片馆如同雨后春笋般在城乡涌现，极大地带动了各地第三产业的发展。

农民喜爱鸦片，因为"种植罂粟花，取浆熬烟，其利十倍于种稻"，"鸦片之利，数倍于农。小民无知，孰不弃农而趋利乎？"（《筹办夷务始末》道光十六年九月壬午）。"种罂粟一亩所出，视农田数倍，力又复减省"（郭嵩焘）。

根据后世学者测算，一亩罂粟地大概能收获五十两鸦片，一两鸦片约值大洋一元，一元大洋可以买四十斤左右大米，一亩鸦片就能换来两千斤大米。亩产千斤的粮田，到哪里去寻找呢？即使扣除了各种成本、缴纳了各种税费，鸦片的收成也大大高于粮食，令农民足以达到温饱有余。

这是一个极为现实的选择，还有什么产业能如同鸦片那样，令地方政府和农民们同步地达到和谐兴奋呢？

在官心所向、民心所向之下，加上第二次鸦片战争之后，进口鸦片被明确合法化，鸦片的种植区域，从云贵川等地，迅速扩展到全国。尽管种植鸦片依然妾身不明，但作为已被广泛接受的财政"二奶"，美丽动人的罂粟花在全国到处开放。

待到罂粟烂漫时

种植鸦片实际上已经成为大规模的公开行为。因此，人们开始呼吁应当将这位财政"二奶"尽快扶正。

大清国十八行省，处处罂粟盛开、鸦片飘香：

贵州鸦片质优价廉，成为抵抗洋货的先锋，畅销两广，开州（今开阳）、婺川（今务川）等地"开垦之地半种洋烟"，甚至带动了山区的彝族同胞脱贫致富；

云南鸦片的种植面积，高达全省三分之一的耕地，"出（昆明城）南门，绕过金马碧鸡坊，过迎恩堂，时暮春天气，罂粟盛开，满野缤纷，目遇成色。"（包家吉《滇游日记》）；

四川鸦片在"乡村篱落皆遍种之"，涪陵等地"皆以种罂粟为要务"，日常蔬菜不得不从外地调入，甚至"通市难觅菜油，日用则桐油，皆罂粟油也。"有学者估计，四川一省生产的鸦片，可能占了全国市场总额的40%；

福建闽北各地，"农民嗜利者，大半栽种罂粟为衣食之谋。近日有加无已，连畦接畛，几如丰台芍药，无处不花"；

浙江台州"田家春熟，概种罂粟，豆麦则十居一二，每五月后，罂粟收获，始下谷苗"；

陕西"种烟者多。秦川八百里，渭水贯其中内，渭南地尤肥饶，近亦遍地罂粟"；

山西"无处不种"，"晋民好种罂粟，最盛者二十余厅州县，其余多少不等，几于无县无之，旷土伤农，以致亩无栖粮，家无余粟。"

……

英国领事馆向伦敦报告说，著名汉学家和传教士理雅各（James Legge）从北京到镇江，发现"黄河和长江之间的土地上都布满了罂粟田"。英国外交官甚至向议会发出了警告："大量的罂粟种植在中国蔓延，中国政府正打着如意算盘，如果中国不能与英国政府言归于好或共同协商的话，中国就会无节制地种植罂粟，使鸦片价格下跌，他们这样做是以为他们能用自己的鸦片挤走进口鸦片。"

尽管法律依然禁止，种植鸦片实际上已经成为大规模的公开行为。因此，人们开始呼吁应当将这位财政"二奶"尽快扶正。

最著名的呼吁之一，来自 1872 年 6 月 4 日的《申报》。这篇发表在头版头条的文章，题为《抑弛自种鸦片烟土禁论》，罗列了开禁后的两大好处：

"中国之人既已喜吸此物，反不如大弛其禁，纵民耕种，令其足供民间吸食，国家可以岁收税银，每年可减二千数百万出口之银，不归于印度而尽存于中国，为计岂不美乎？"——这是为了减少外贸逆差，比较靠谱；

"重增其税，使其价日昂，不但贫民无计吸食，即富人之吸食既多，亦将各惜而不能畅所欲为，是不禁而自禁矣，未必非化国富民之一道也。"——这是通过税收杠杆抬高鸦片价格，让吸毒者们因为成本增大而停吸。显然，这点极不靠谱。

两年之后（1874），李鸿章也大声呼吁"暂弛各省罂粟之禁，而加重洋药之税厘，使外洋烟土既无厚利，自不进口"，如此则"不但夺洋商利权，并可增加税项"。他认为，国产鸦片替代了进口鸦片之后，今后全面禁烟就不大会受到列强的干预，比较易行。

在经过了多年的摸索之后，中央在这年追认了鸦片种植合法化的既成事实，国产鸦片再次得到飞速的发展。仅在山西一省，根据 1877 年统计，五百三十万亩的耕地中土质最好的六十万亩，全部用于种植鸦片。

"地利本属有限，多种一亩罂粟，即少收一亩五谷，人民因获利较重，往往以膏腴水田"，且"罂粟收将之际，正农功吃紧之时，人力尽驱于罂粟，而良田反荒芜而不置，人力之所以日驰也。"（曾国荃）

待到罂粟烂漫时，一场席卷华北的特大干旱袭来，历时三年，饿死千万，这就是"丁戊奇荒"（参阅本专栏此前数期）。长期忽视粮食生产、而注重鸦片种植的恶果立即体现出来。山西成为这次大饥荒最严重的灾区，山西巡抚曾国荃痛诉道："此次晋省荒歉，虽曰天灾，实由人事。自境内广种罂粟以来，民间蓄积渐耗，几无半岁之种，猝遇凶荒，遂至可无措乎。"继任山西巡抚张之洞也指出："丁戊奇荒，其祸实中于此"，"垣曲产烟最多，饿毙者亦最多。"左宗棠感慨说："上年奇灾乃鸦片之一大劫。"

媒体认为：丁戊奇荒是因"饥省之民不重五谷，贪眼前之厚利，不思久远之良谟，所以上天降此大灾，令彼饥黎饿殍载道"。（《万国公报》）而"山西一省，半因贸利而种罂粟，弃其稼穑之本业，顾目前之利而不顾后日之患，一遇凶年，家无积谷，顾此罂粟，不可以代米麦之用而果腹焉，则悔之无及矣。豫省本多务本之人，近年以来，亦渐流于游惰，罂粟之种虽不如晋，而其浆亦有流传于他处者，则亦不为少也。积久不返，天怒神怨，乃大降罚，旱魃为虐，以代斧钺，盖其所以惩之者，果矣"。（《申报》，1878 年 6 月 14 日）

作为亡羊补牢的措施，受灾各省纷纷开始查禁鸦片种植。山西要求"所有栽种罂粟者，责令甲长族长押令拔除，改种五谷；州县官吏私征罂粟亩税，立予参撤"。等张之洞到任后，在鸦片种植最红火的交城、代州两地，铲除了所有罂粟，到 1883 年前后，山西的鸦片已经基本禁绝。

几千万条生命换来的惨痛教训，其有效期并不长久。

当华北灾区的遍地死尸和饿殍被埋葬后，当断垣残壁被裱糊粉刷之后，人们又捡起了鸦片这一 GDP 利器和财政印钞机。1908 年，仅四川一省的鸦片产值就高达三千五百万两，超过当年从日本手里"赎回"辽东半岛的费用。其中的两千三百万两，就地完成了销售，极大地拉动了内需，也令四川遍地烟民。

一手毛瑟枪，一手大烟枪，以"双枪兵"著称的川军，成为这场鸦片爱国运动的最好写照……

杨恒均

著名时事评论家，网络作家与学者。著有"致命系列三部曲"，包括《致命弱点》《致命武器》和《致命追杀》。

博客：yanghengjun65.blog.sohu.com

十八岁的儿子要看三级片，我咋办？

新华社消息：国家广电总局说中国目前不宜推进电影分级制。国家相关部门对国外电影分级制进行了广泛的考察，得出了"在实践中还没有看到非常成功的经验"的结论。广电总局领导说，中国将会探索出一条有中国特色的管理办法。

看了这条消息，我是挺高兴的。我和一帮网友是希望国家尽快实行电影分级制，但"国家"始终保持沉默。这条新闻证实，"国家"其实也没闲着，做了大量工作，例如考察了实行电影分级制的国家（那可是好多国家啊），发现西方还存在很多难以有效控制的青少年观众等人群进入市场、影院、网络和网吧，观看并不适宜其观看的级别的电影的情况。

实事求是地说，这个考察报告的结论是符合事实的，虽然目前全世界绝大多数国家都实行了电影分级制，但至少在我看来，这个制度绝对称不上"非常成功"的，充其量是不得已而为之的制度，或者说是目前最不坏的一种选择。这个制度最近就让我挺烦恼的……

再过几个月，我的大儿子就要过十八岁生日了，这就是说，他从法律上即将成年，能够看定为 R 级（十八岁以下人士不得入场）的电影了。可是，他还在上高中，而且即将高考，再说，看他在父母面前的孩子样，我还真不想让他看那些连他老爸都顶不住的三级片……

这个不仅仅是我的烦恼，也不只是海外华人的烦恼，开放的西方父母们同样如此。例如在美国，一些刚刚满十八岁的女学生，刚过生日就向老师和家长"示威"似的走进三级片电影院，再看看那些还把她们当"小宝贝"的美国父母，满脸天就要塌下来的表情……

十八岁的孩子大摇大摆地走进限制级电影院，当然是因为有了电影分级制。电影分级不是规定，而是法律，任何电影院与音像制品提供人，向十八岁以下的孩子提供这类产品，抓住了就会被检控，甚至坐牢。而当这些孩子到了十八岁，无论是家长，还是老师，就同时失去了禁止她们接触这种产品的权力。

中国也好，西方也罢，可怜天下父母心，我想，绝大多数家长，只要能够延迟他们"孩子"接触这类产品的时间，总是很乐意去"独裁"的，而其中绝大多数人又忘记了自己当初是如何在十八岁前就朝思暮想、茶饭不思，并逮到机会就偷吃禁果的。

从某种意义上说，电影分级制不仅仅是保护未成年孩子的合法权益，同样也是保护成年人的合法权益。可以设想一下，如果没有立法规定一个十八岁的年龄门槛，绝大多数家长很可能用一切办法保持他们"孩子"的"纯洁性"到二十岁、二十五岁，或者直到结婚上床的那一天……当然，也有父母可能迫使孩子在未满十八岁的情况下就结婚……

以上只是从父母和孩子的关系来检视电影分级制，那么，如果提高到国家和国民的层面呢？国民中绝大部分人是成年人，他们看什么不看什么，是不是要国家这个家长来决定？国家是否又能以保护孩子的合法权益为借口而剥夺所有成年人的天生权利？更重要的是，剥夺了成年人的权利，就真能够保护未成年人的权益吗？

电影分级制明确肯定了限制级文化音像产品的存在，而既然这些东西存在，就一定会有漏洞，流向未成年的孩子。正如只要有切菜刀，就一定会有人拿它去砍人一样。目前国际上对电影影像的管理基本上分为两种，一种是绝大多数发达国家采用的分级制，一种是如中国、朝鲜和其他一些亚洲国家等一直在实行的：禁止任何限制级文化与电影影像制品。

完全禁止限制级电影，自然就不用分级了。按说，这种方式是对孩子们的最好保护，可是，如果告诉你，我从来没有在西方电影院里，看到屏幕上正上映血淋淋的电影（一般定为MV级：有暴力内容，十五岁儿童不宜观看），下面却坐着年龄不等的儿童，因为，无论是孩子还是家长，根本不知道那些电影是否适合他们观看；还因为，只要不分级，制造电影的成年人就会以跨越红线与突破禁区为神圣的使命……不分级造成的结果只能是：要么就是把成年人当孩子对待，要么就是把孩子当成年人对待。两种结果，都会造成社会法治沦陷、道德败坏。

不过，中国人才济济，有些事我也不能太武断。虽然我曾经说过，凡是世界大多国家实行过的法律与规章制度，我们吸收进来，一般都不会出大错，顶多有些不适应；而只要是那些中国首创，独具特色的东西，不但没有一个成功，最终大多沦为笑柄。然而，我还是希望，广电总局以及国家相关部门能够抱着认真负责的态度，探索出一条符合中国国情的，有别于世界各国的文化影像制品管理制度，既保护中国儿童的权益不受侵害，同时，也保护中国成年人的权利不被剥夺。

我们翘首以盼吧。

当批评知识分子成为一种时髦

打从我记事起，"知识分子"就是同"犯罪团伙"差不多意思的。直到今天，讽刺、批评和攻击知识分子还依然是一种时髦。这几天，我做了一些梳理，有了一些认识与想法。首先，对比古今中外的知识分子的遭遇，我得出了下面三个结论：

第一，过去一百多年，特别是过去六七十年里，中国流放、坐牢、杀头和自杀的知识分子比例竟然高出世界上任何一个国家的任何一个历史时期，甚至包括欧洲黑暗的中世纪。如果有人把整风、反右和"文革"中知识分子受难的比例算出来的话，估计要高出上个世纪中士兵的伤亡率；

第二，在中国社会各个阶层和群体中，没有任何一个比中国的知识分子为这个国家、民族和个体的自由与发展而遭受如此深的苦难，付出如此大的代价；

第三，相比世界各国，各个历史时期，中国知识分子在过去一百年尤其是过去七十年里面对的政治与社会环境之恶劣，几乎是无出其右的。

上面的结论当然不那么科学与学术，但这些基本的事实都是很容易对照出来的。在为国为民为自己的奋斗中，中国知识分子可谓没有功劳也有"苦"劳，可为什么始终抬不起头？或者总有人不许他们抬起头？

以前统治者要想折辱你，或者想转移一下"劳动人民"的视线，只要把你贴上"知识分子"的标签，就可以为所欲为。现在，不管是什么族群和团体（阶层），只要对现实不满了，或者自己的利益受损了，动不动就要拿知识分子撒气，什么被收买、犬儒、没有用、不敢站出来……仿佛这个国家是知识分子建立的，他们在管理和运转这个国家似的，你的苦难都是他们造成的——那么，知识分子作为整体遭受到比工人、农民、军人等大得多的苦难，又是谁造成的？

古今中外，一切极权专制和不民主的制度都是知识与知识分子的天敌，中国不但没有例外，而且有过之而无不及。所以，当血的事实摆在那里的时候，我们都不会否认统治者对知识分子的迫害。可中国知识分子境况之恶劣的一个突出特点却是：他们不但是统治者折磨的对象——这在很多国家出现过，包括苏联等，却也是广大的愚民和暴徒们羞辱的出气筒——这一点在其他国家还真不多见。

当人们用"忧国忧民"来定义与要求"知识分子"的时候，他们忽视了两个问题：第一个是对"知识分子"阶层的划分与定义。在当今中国，这个划分本身就是有政治目的的。知识分子不是石头缝里跳出来的，他们都是从社会各个阶层里产生的，充其量是更勤奋读书、喜欢钻研或者更会考试的一批人而已。在现在的西方国家，知识分子根本不成为一个阶层，他们产生于社会各个阶层，又存在于各个阶层之中。当今西方的各行各业几乎都是由有知识的人挑大梁。没有人会把经济危机、政治危机与社会问题归咎于知识分子头上。

从上面第一点，我们得到第二点：知识分子也是我们中的一员，也是人，有血有肉，有家有室，在这个恶劣的环境中，他们同农民、工人以及所有其他群体一样，应该先保证自己的生存权。而1942年后的中国知识分子，恰恰是生存权受到最大威胁的群体。"先天下之忧而忧，后天下之乐而乐"不只是用来要求和约束知识分子的座右铭。然而，看看中国知识分子的血泪历史，我们却可以说，世界上还真没有比中国知识分子更配享受这句赞誉的。

在这个国家的大多数时间里，知识分子在受苦受难，更多的时候是为国家和民族在受难。相比知识分子阶层来说，大多数人要么是保持了沉默，要么就是成了帮凶，这当然是因为被统治者愚弄的结果，但却不应该成为借口，更不应该至今还不思反省，把全部责任推给中国知识分子……

当我们质问知识分子为国家和民族做了什么的时候，最好先了解一下：这个国家和民族曾经对自己的知识分子做过了什么。

当我们为自己的处境抱怨，从而把怨气发在知识分子身上，当批评知识分子成为政治正确，成为一种时髦，当知识被践踏，知识分子长期遭受统治者与愚民折辱的时候，我们的"处境"难道不是自作自受……

杨佩昌

留德学者，德国经济政策领域的专家。

博客：yangpeichang2011.blog.sohu.com

德国遍地是雷锋

学习雷锋无可厚非，因为雷锋是一个利他主义的符号。如果大家都以雷锋为榜样，多做有利于他人的事情，那么这个社会或许就和谐了。

其实，德国遍地是"雷锋"。

一个中国留学生讲述自己在柏林迷路的经历：

记得那是一个冬天。柏林的冬天日短，早上近八时天才蒙蒙亮，我为了尽量不耽误上午的课，起个大早，披星戴月就出发了。

虽说我是第一次去延签证，但并不是第一次去德国的外国人局，依稀记得下车后走不多远就有一条大河，过了河上的大桥再向左走十来分钟就可见到外国人局的大楼。早上出门心急着忙，也没有想着带上地图，或再查询一下确切地址，心想凭记忆找那么个大办公楼会有什么问题？再说外国人局嘛，去的人一定挺多，到时候问问或跟着人走不就成了？

　　谁知道一下车就抓了瞎，出了地铁口，根本就没有看见记忆中的那条路！天还未亮，四顾无人，只好自己胡乱在几条路上走来走去，拼命回想当初的印象。可眼看着天色渐明，别说是外国人局，就连那条大河和大桥的影子也没有看见！

　　正在这时，忽然看到对面走来一位德国妇女，看打扮好像是办公室的工作人员，我赶忙去问这下车后所看到的唯一的行人。

　　那时，我的德语也就是往外蹦词的水平，可是我连蹦了三次"外国人局"这个词，这位女士还是一脸茫然。情急之下，我掏出了护照，指划了一阵她总算明白了，可是她很抱歉地告诉我，因为她是德国人，不需要去外国人局，所以也不知道外国人局在哪儿，而且她还告诉我，这附近也没有大河和大桥。

　　我又失望又焦急，签证就要到期，不能及时延签可是大事，而我现在没有外国人局的地址，问都没法问，也搞不清是在哪儿走错了。正当我垂头丧气准备往回走的时候，这位女士突然叫住了我，说："你能不能等几分钟，也许我能帮助你。"

　　她到停车场开来了她的车，请我坐上车后说："我想我们开到比较热闹的地方去，可能会碰到认识外国人局的人。"于是我们就上路了，也许是因为还太早，路上行人稀少，开了很远才问了两个人，却都是不知道的。我很不好意思继续麻烦她，便想下车自己接着去打听，可是她却执意不肯，带着我越开越远，到财政局、区政府等好几个有办公大楼的地方，让我认认是不是有我要找的外国人局，可惜都不对。最后，她把车开到了一个警察局，从值班警察那里她终于帮我找到了外国人局的详细地址，看着她拿到地址的高兴劲儿，好像是她自己要去外国人局办事一样！

拿到地址后我才知道，原来我不仅忘了还应该换乘，而且还记错了该下车的车站，提早好几站就下了车，所以才找不着了！

这样开着车一通找，我们已经离她上班的地方很远了，她抱歉地告诉我她还要赶回去上班，否则她一定要送我去外国人局的。不过，她还是把我送到一个地铁站，又对我详细讲了一遍路线才准备开车离去。

我再三对她表示感谢，她却说："这是应该的，如果我在你的国家迷了路，你和你的同胞也一定会这样帮助我的，对吗？"

我非常感动，可惜我的德语不好无法表达，只能望着远去的车，向这位素不相识的德国女士默默承诺：你助人为乐的行为就是我的榜样！

我也有过类似的经历。2007年4月的一天，我飞往法兰克福。航班提前抵达法兰克福，当时是早上五点四十，我无法及时通知德国企业领导学院，所以没有人来接。下飞机后本想给法兰克福的几个朋友打电话，可是觉得时间太早，担心影响别人休息，所以只好忍了。于是一人拖着行李在机场溜达，转了几圈觉得没有意思，于是决定自己乘火车前往目的地——伊德斯达。德国企业领导学院给我在那里预定了饭店。

当我抵达伊德斯达火车站后，刚想去看路牌，一个德国老太太就走过来问我要不要帮助。关键时刻总有人出手相助！我问她知不知道赫尔皇宫饭店，她说知道，而且陪我去找饭店。

她在路上问我从哪里来，听说我来自中国，德国老太太立即兴奋起来。她告诉我，五年前她去过北京、西安、上海、桂林等地方，那里如何的好，对欧洲人来讲简直是另外一个世界。就这样一边聊着一边把我送到目的地。原以为她只是顺道指路，后来发现她原路返回了。

在德国，像上面的德国女士这样的"活雷锋"并不少见，所以在德国即使迷了路，也不用太担心。2010年5月我率领一个中国企业家代表团访问威斯巴登的NLP创新学院，从卢森堡一路开车过来需要两个多小时，抵达威斯巴登郊区的一个小镇时已经到了吃饭时间。我下车走到一家餐馆，问能否安排十五个人吃饭。餐馆实在太小了，只能容纳十个人。餐馆老板问我是否可以加几张凳子，看我面有难色，他主动告诉我，离这里两公里的地方有一个大的餐馆，他可以带我们过去。于是他走到我们的车前告诉司机，让他跟车。餐馆老板是个三十岁左右的年轻人，胖墩墩的样子，他开着自己的车领我们到了目的地，然后自己开车回来。出于好奇，有个团员问人餐馆的老板，你们是否很熟悉，他回答说："我不认识他，但他可能认识我，因为这里是小镇最大的餐馆。"

这样的例子可以说不胜枚举，去过德国的人可能都会说出类似的故事。其实，当今的德国并没有刻意宣传，可是却为何雷锋遍地呢？

这恐怕得先从宗教找原因。德国是一个基督教国家（北部地区为新教，南部地区多为天主教），基督文化的核心是平等和博爱，让人追求真善美。通过长年累月的熏陶，人们自觉或不自觉地把帮助他人当做一件理所当然的事情。一般而言，温和的宗教也都大同小异。佛教也如此，信佛的人大都比较善良，也更乐于助人。

其实，中国有不少人信奉佛教，但国民素质却为何垂直下降呢？最有可能的原因是信佛的人还是太少，其次是中国的佛经被念歪了。宗教的本意是涤荡心灵，让精神找到依归，可是中国的佛教却被人为附加了很多功能，例如保佑自己长寿、平安、升官、发财、生子等。每年大年初一去雍和宫烧香的人需要排几个小时才能进得去。这些人都是为何而去呢？有多少人是单纯为了自己心灵，又有多少人是为了世俗目的？长寿、平安、升官、发财、生子是为了自己还是为素不相识的人？这种利己的宗教行为在人们脑子中潜移默化，造就了越来越多只考虑自己而不顾及他人的人群。

当然，我们也无法指责这样的做法。在中国长寿需要智慧，因为你必须与农药残留物、地沟油、毒奶粉、苏丹红等做斗争，在这个地方生活的人也蛮可怜的。平安的问题更是不好多说，多少人有安全感呢？而升官更是难上加难，如果没有钱去孝敬更大的官员，你连门都看不见。看看每年上百万的人参加公务员考试，你就知道在中国当官有多难。现在发财的机会也不是很容易，办一个公司要面对工商、税务、公安、卫生甚至城管等部门，如果你不会来事，恐怕生意就做不下去。至于生子就更不容易了：长期吃有毒食品，生育能力大大下降，长期的工作压力导致精神紧张，恐怕做爱的兴趣都大大下降了。由于计划生育，很多人希望生个儿子来传宗接代，所以只好求菩萨保佑了。

那么，为何德国的宗教信仰没有被附加上这么多世俗功能呢？因为那里不存在或很少存在上述问题。他们吃安全食品，可以长寿；他们治安情况不错，不必有过多的担心（也许有人会问：难道德国没有恶性案件吗？有，但太稀少了）。在德国当官没有油水可捞，所以也没有必要非得当官不可；做生意并不需要与那么多政府部门打交道，只要你照章纳税就可以了；至于生育问题就更不在话下了，想生多少就只管生，不仅没有人限制，而且国家还鼓励。

虽然德国并不要求人人学雷锋，但雷锋精神却遍地都是，这与官员的行为有很大关系。由于德国具有完善的监督机制，所以任何官员都别想贪，但凡伸手必被捉。官员的工资收入只能勉强养家糊口，要想出国旅游都囊中羞涩，甚至有的市长下班后还要去做兼职补贴家用。类似的例子在我的书籍《为什么德国民富国强》中有很多。

我在德国的一次艳遇

以本人有限的气象知识，感觉冬天来临了，只是不知道是短期还是长期的。在寒冷的冬天里谈论自由、高房价、贪官这些话题不太合适，也不很匹配。你要我聊房价很合理、油价并不高、大部分官员都很清廉，我又有点说不出口，所以只能聊点风花雪月的话题。

风花雪月里面的花字有动词、形容词和名词之分。如果作为动词，可以有花钱的说法。提到花钱，人们现在比较敏感，也比较害怕，钱太毛了。记得以前到餐馆吃饭，两个人简单吃顿饭一百元就可以搞定，现在可能挡不住。现在房价高得像高楼一样，普通老百姓一般都够不着。最近政府开始亲民起来了，搞了个房子"限购"政策（哎，我这个人就是不长记性，刚才说不谈高房价，怎么又聊了起来呢？）。某教授写了篇论文《论限购》，论证限购的合理性和合法性。我的经济学知识不多，不敢妄加评论，只是感觉有点不对劲。后来看了一个名为许小年的高人说了一句话："这文章要是写在限购令之前，还值得一辩。现在嘛，辩护面前无辩论，大家都省点时间吧。"我这才醍醐灌顶，明白哪儿不对劲了。的确，辩护面前无辩论。不过，您别怪专家教授，人家献一下媚有什么不好？说不定还可以更上一层楼呢。

我这个人不知道深浅，在该教授的微博上评论了一下："不能只是在需求调节上打转，而应从供给上想出路：一、成立非政府的土地收入管理基金，用于社保或低收入住房建设，这样就抑制了地方政府的卖地热情和冲动，从而降低土地成本；二、以税收手段来调节供给，让占有 N 套房产的人吐出来。这才是治本之道。"也没有见他回复（看他很能沉住气，任何人的评论都不回复，这才是经济学大家！），但我看了自己新浪的博客，在我写的限购文章《"摇号买车"与"限购住房"是好政策还是坏政策》里，看见这位先生来访过了，不过没有留下评论。我估计这位教授认为此文不值一驳。

谈论国内的话题比较乏味，还是真正聊点国外风花雪月的事情吧。继续谈花这个字。这个字可能还是形容词，比如花心。所谓花心就是"像花儿一样的心"，呵呵，不知道这么理解是否准确。老婆怕老公花心，男朋友怕女朋友花心，这年头谁都怕谁。记得我在德国的时候，真的遇到了一次艳遇。我就读的大学有一个来自北京的美女，绝对如假包换：漂亮的脸蛋、苗条的身材、硕大的后臀、高挺的前胸。如果哪个男人看到这样的美女不动心，只能解释他的功能不完整。

这位美女不仅漂亮，还超级有钱，而且也大方。只要是认识的人，都会请到中国餐馆大搓一顿，缓解思乡之苦。外国的中国餐馆不太厚道，价格比西式餐馆还贵，当然，就餐的也大部分是中国人。就因为过于慷慨，家里给的一年费用四万欧元（相当于四十万人民币）不到半年她就用完了。她不好向家里解释，所以开始在国外打主意。我们比较熟悉，她知道我是中国学生里最有钱的人，所以频繁来找我聊天。一天，她在我这里吃饭。她向我抱怨钱总不够花。我没有接话茬。于是，她半躺在我的床上，说："杨老师，我后背比较酸，你帮我按摩一下吧！"我知道她的意思，她想向我要钱（注意：不是借钱）。我非常警惕她的动机，于是告诉她，起来说话吧！有什么话好好说。我问她："你这么多钱干啥去了？"她回答："吃饭、买电器、买化妆品等，不知不觉就用完了。"我继续问："你这么有钱，父母是干什么的？"美女回答："爸爸在机关上班，是一个处级干部，妈妈是开公司的，主要是经营爸爸管辖下的一个业务。"哦，我明白了，原来如此。

这次没有搞成艳遇。后来听她的一个朋友转述："真的佩服杨老师，我都诱惑不了他。"呵呵，我这个人比较胆小，属于那种有贼心没有贼胆的人。

还是回到"花"这个字上。花也应该是名词。不过，最近有一种花成了敏感词，所以就不聊下去了，免得人家不高兴。就此打住。

杨支柱

人口学者，中国青年政治学院副教授。

博客：wtyzy2.blog.sohu.com

疯狂的"社会抚养费"滞纳金

今年以来，因为所谓"超生"而交不起"社会抚养费"及其滞纳金而被拘留的事件已经发生过很多起，个别地方甚至发展到拘留孩子父亲收不到钱就继续拘留孩子爷爷、外公甚至哺乳期妈妈的程度。

关于无证生育征收"社会抚养费"本身的不合理、不合法及征收金额上自由裁量权的荒谬，我以前已经谈过多次，不再重复。即使假定征收"社会抚养费"合法并且征收金额正确，征收"社会抚养费"滞纳金通常情况下仍然是疯狂的。

征收"社会抚养费"滞纳金的"依据"是国务院《社会抚养费征收管理办法》第八条："当事人未在规定的期限内缴纳社会抚养费的，自欠缴之日起每月加收欠缴社会抚养费的千分之二的滞纳金；仍不缴纳的，由作出征收决定的计划生育行政部门依法申请人民法院强制执行。"

无论是根据收费的通常含义，是根据前国家计生委主任张维庆在《中华人民共和国人口和计划生育法》起草说明中所做的立法解释，还是根据《中华人民共和国人口和计划生育法》改"准生证"为"生育服务证"等条款进行体系解释，"社会抚养费"都是对未经批准的"超生"孩子所享受的儿童福利的补偿。有些人喜欢说是对孩子所占用的"社会资源"的补偿，这是为多收费而故意用含义模糊的概念混淆视听。阳光、空气、人行道也是社会资源，但养狗也同样会使用这些免费资源，难道"超生"孩子根据中国法律连狗都不如？衣服、食物、玩具也是社会资源，但这是孩子父母花钱买来的，还拉动内需为经济增长做出了贡献，难道政府应该再收一次价款？

由于这些儿童福利是孩子成长过程中逐步享受的，以"社会抚养费"的名义一次性强制收取费用本身就极不合理。这种不合理主要表现在三个方面：

首先，一次性收取使所有"超生"家庭受到巨大的期限利益损失，也就是利息损失。考虑到通货膨胀因素，一次性预付十八年（权且以成年年龄计算，实际上就读公立大学的孩子享受教育福利的时间更长，仅仅本科毕业通常就享受到了二十二岁）的福利费用损失就更大了。尤其是对那些孩子不幸夭折或有幸出国上学的父母，一次性预付"社会抚养费"就更冤。2008年四川地震时国家计生委曾表示："超生"孩子死亡的，"社会抚养费"交了的不退，未交或部分未交的可不再交。古川先生要带孩子出国生活，也被迫一次性缴纳所谓"社会抚养费"。我就想不通，孩子明明到美国去享受儿童福利，这"社会抚养费"应该交给美国政府才对吧？

其次，一次性收取对于政府财政来说是一种寅吃卯粮的行为，实际上导致儿童福利的财政透支，不利于各种儿童福利的可持续发展。

再次，一次性收取巨额"社会抚养费"对于普通工薪阶层家庭和绝大多数农民家庭而言，会损害"超生"儿童及其兄弟姐妹的基本生活条件，使"超生"家庭的孩子的早期受教育水平甚至营养状况受到严重不利影响，把儿童福利变成了部分儿童的负福利，降低了人口质量。即便如此，还是有很多"超生"家庭无法一次性缴清，于是产生了所谓滞纳金问题。

确实，如果确立了一次性收取"社会抚养费"的原则，那么延期支付收取滞纳金就是必要的措施，否则谁愿意一次性缴清呢？即使不考虑通胀因素，仅仅以五年存款利息计算，那也等于多交了至少50%啊！

但是预付费收取滞纳金，是闻所未闻的。常见的预收费项目，譬如买电插卡消费，还有学生食堂的饭卡等等，都是卡里有剩余才能消费，但是谁听说过卡里剩余不够收滞纳金的吗？就算有预付的契约义务，没有预付也只是产生对方的不安抗辩权，只需按抗辩人的要求补足预付或提供相应的担保即可，不发生滞纳金义务啊。

上世纪中期，由于战争导致财政赤字严重，中华民国政府曾经预收税，有的地方预收了几十年，跟今天中华人民共和国预收"社会抚养费"有得一比。但是民国政府财政困难到垮台的时候，也没蛮不讲理到对不按时缴纳预收税征收滞纳金的地步。中国大陆如今GDP高速增长，政府财政收入的增长速度更是远高于GDP的增速，却要对未按其要求一次性支付"社会抚养"预付费的公民征收滞纳金！

如果水、电、煤气、通信、邮政、石油、铁路等垄断企业都向政府学习，要求用户先交三十年费用，不按要求预付的一律按月征收滞纳金，我们还能活得下去吗？

权衡利害的婚姻就是卖淫吗?

"权衡利害的婚姻就是卖淫"是恩格斯的观点。恩格斯在《家庭、私有制和国家的起源》中说:"权衡利害的婚姻,在两种场合都往往变为最粗鄙的卖淫——有时是双方的,而以妻子为最通常。妻子和普通的娼妓不同之处,只在于她不是像雇佣女工做计件工作那样出租自己的身体,而是把身体一次永远出卖为奴隶。"

恩格斯接着以更大的篇幅论述了无产者之间的婚姻因为没有财产方面的考虑,从而建立在爱情的基础上,是唯一道德的婚姻。除了提倡婚姻中的男女白手起家共同奋斗之外,我跟恩格斯的观点毫无共同之处。

建立在爱情基础上的婚姻并不能排除利害权衡。一方面,诚如马克思所说,"人是一切社会关系的总和",理智正常的成年人之间的相互吸引不可能如动物般仅是生理上的相互吸引,势必包含性格、名誉、责任感、学识、亲友的接纳程度等多方面的考虑;即使不直接考虑对方财富,但财富所决定的社会地位仍然会通过作用于上述因素间接发挥作用。另一方面,婚姻作为终身契约产生了相互的责任,因此光有相互吸引是不够的,进而必须有高度的相互信任,必须相信对方的责任感和承担责任的能力,而承担责任的能力在一个货币社会首先表现为挣钱的潜力。但是挣钱的潜力不同于财富本身,它不是身外之物而是人本身的性能，因此看重一个人将来挣钱的能力不但不会让对方感到你爱财不爱他（她），相反会感到你对他的肯定和信任，这样的利益权衡并不会成为爱情的刽子手。

即使是通常认为是为了钱而缔结的婚姻——穷姑娘嫁有钱人或穷小伙上门做富家女婿，至少在男权社会是显然不同于卖淫的，因为男权社会普遍实行的是统一财产制而不是共同财产制，妻子（包括上门女婿）跟孩子一样被要求服从家长对财产的管理，根本就没有跟家长做买卖的资格。从实质上看，贫穷的一方虽然因为跟富有的一方结婚而生活水平得到了极大的提高，但是只要把这些穷媳妇、穷女婿的家务劳动与消费换成包吃住还要拿工资的保姆就能明白，他们的消费远小于他们的贡献。世界上哪有倒贴钱的卖淫呢？那么贫富通婚谁占了便宜呢？孩子占了便宜——尽管富富通婚孩子会占更大的便宜。不过做父母的绝莫因此就对孩子神气起来，因为孩子将来养育他们的孩子的耗费又将远高于他们小时候对父母造成的耗费。正是因为这个缘故，人类拥有的总财富才能不断增长。

婚姻是男女以永久共同生活为目的的结合，有期限的婚约是无效的。夫妻对于对方的财产有用权益是各国通例，因此按婚姻本义完全没有必要把对方的财产变成共同财产或自己的财产。而卖淫的目的是钱而不是人，显然不具有终身性。无论一个人如何爱财或婚后生活水平得到了多大的提高，只要他（她）下定决心跟对方终身厮守，他（她）就没有改变对方财产所有权归属的必要性，他（她）的婚姻就并无卖淫色彩。"嫁汉嫁汉，穿衣吃饭"的坐享其成观念虽然不健康，但只要没有分割对方婚前财产走人的想法，依然不是卖淫。

跟恩格斯说的相反，婚姻能带上卖淫色彩，不是男女不平等和婚姻终身制的产物，而是确立男女平等原则和离婚制度后才有可能。因为男女平等，才有资格卖；因为可能离婚，才使某些人觉得有必要卖。移转对方财产的所有权以便离婚时多分得财产，显然是在上述两项前提下发生的，它使得被转移产权的财产成了同居的对价，酷似批发的卖淫。

虽然以对方财产的赠与作为结婚或继续维持婚姻关系的条件使婚姻疑似合法的、批发的卖淫，但有一种情况应该例外看待，那就是双方已经生育共同子女的情况下，为子女利益而要求改变财产归属。生育是婚姻的目的之一，也可以说是婚姻最重要的目的。但生育对于卖淫只能是意外，不可能是目的，在现代医学条件下甚至连意外生育完全可以避免。当一个人跟另一个人共同生养孩子时，他们通常是准备厮守终身的。即使后来过不下去了要离婚，父母任何一方也都有抚养子女的义务，而抚养费本身又没有一个确切的数字，而是根据家庭状况而千差万别。因此不论男女，只要确实是为共同子女的利益而不是为自己或自己单方子女的利益，即使以改变配偶的财产所有权归属作为维持婚姻的条件，也不具有卖淫色彩。

最后需要指出的是，所谓婚内卖淫其实是在诛心，也就是讽刺某些人抱着卖淫的想法对待婚姻。但是在法律上，婚姻就是婚姻，不能当卖淫对待，这不但因为所谓婚内卖淫没有传播性病的社会危害，也因为人皆有赠与的权利，外人无从得知这种夫妻间的赠与是赠与人主动的，还是为缔结或维持婚姻被迫答应的。家庭是个人权利的堡垒，政府权力轻易不应当介入。

叶匡政

著名诗人，学者，文化批评家。

博客：yekuangzheng.blog.sohu.com

从警察的起源谈起

近年的很多公共事件，都活跃着警察的身影。但在日常生活中，人们对警察的历史和作为却不大关心。一般人多认为，警察的任务就是维护公共安全和社会秩序、预防和制止犯罪活动。至于它是如何起源的、与社会和民众究竟是什么关系，多数人想得都很少。警察的权力变大，显然与这种文化心理有关。

先从警察的起源说起。记得过去读《尚书》，就留心过这个问题。在《舜典》中，舜曾任命皋陶为司法官。舜称之"士"，郑玄的注释是"士，察也，主察狱讼之事"。可见，在遥远的部落时代，就很重视狱讼之事。因皋陶是史书记载的最早的司法官，所以古代他被视为狱神，司法界也将他视为中国司法的鼻祖。关于他的传说很多，比如说他青脸鸟嘴，公正不阿。相传他不仅辅佐过尧、舜、禹三代君王，中国的最初的刑法和监狱都源自他的创造。民间还传说皋陶有一只獬豸，长得像麒麟，全身有黑色长毛，额上有一角，俗称独角兽。皋陶在办案时，獬豸往往也站在身边，獬豸很有智慧，不仅能听人言明是非，在人们纠纷很难解决时，还会将独角指向无理的一方。

这些虽无法考证，但表明中国很早就有了刑狱长官。在《舜典》中，舜对皋陶的职责说得也很清楚："汝为士，五刑有服，五服三就；五流有度，五度三居，惟明克允。"这里的五刑包括墨、劓、剕、宫和大辟，墨是在前额刻字涂墨，劓为割鼻，剕是砍脚，大辟为死刑。宫刑今人多懂，也就是司马迁所受之刑。可见那时刑法的残忍。为使民众戒畏，实施五刑所选择的地方也有不同，大刑在原野，中刑在市朝，小刑就在府堂，"五服三就"指的就是这个意思。"五度三居"则指五种流放之刑，根据罪行的轻重，需分别流放到四裔之外、九州之外和中国之外。既然有刑狱长官，肯定就有执行刑狱的下属，虽无名称，但他们肯定是中国最早的警察了。

在部落时代，首领是民众共同推选的，所以民众的舆论监督有很大的威力。那时虽谈不上司法公正，但首领有罪，同样得接受处罚。《尚书》有篇《五子之歌》，讲的就是这个故事。说的是夏朝开国君王夏启之子太康，身为夏王，却不理政事，放纵享乐。一次到洛水南岸去打猎，竟然百日未归。于是后羿在民众无法忍受之时，据守黄河边不允许他返回。部落时代，个人离开部落很难生存，一旦被赶出本氏族，等于判了此人死刑。《五子之歌》中的内容，就是夏启的另外五个儿子对太康行为的指责和反省。在远古中国，虽无对个人权利的约定，但首领显然也不具有超越民众的权力，人们依靠言论和习俗来维持部落的秩序。

对"警察"一词的来源，国内有过很多考据文章。古书中常出现"警察"两字，但显然与今天的概念不同。这两字在儒家文献中被提到，指的是一个人在内心的警惕与省察。此外，也有用来指称外部的警戒与预防。如《续资治通鉴长编》中，宋真宗的一份诏书就有这样的字句："宜令有司量定聚会日数，禁其夜集，官吏严加警察。"针对的就是在法门寺的庙会，要求官员加强治安管理。有学者考证，认为警察有"擒奸捕盗，庇护部民"的含义，大概是在五代和宋时期。秦汉以后，虽有太尉、中尉等各种尉官，但由于那时行政与司法、军事与行政不分，所以军警也是不分家的。到辽代，才出现与"警察"相关的治安机关，当时叫"警巡院"，有警巡吏等职，身着特定制服，掌管狱讼、警巡之事，元代承袭了这一制度。这些机构虽有了警察的意思，但与现代警察制度仍有很多不同。

如今人们看电视，常认为古代的捕快就是现今的警察，其实仍有很多不同。捕快是地方政府的衙役，过去所说的三班衙役，有皂班、快班和壮班。快班就是指捕快，是捕役和快手的合称，除了捕拿盗匪和擒贼外，也负责破案和催交租税。记得张鸣写过文章，说捕快属"贱民"之业，一旦家族有人做了这个职业，三代不能参加科举。捕快在当时仍属于政府的行政人员。现代汉语中的"警察"一词，来自日语对拉丁语的翻译。明治维新时代，日本用汉字翻译了很多政治语汇，像总统、政治、总理、干部等。清末西学东进时，这种有中西风味的日式翻译也传到了中国。清末有了租界后，因租界地都有"巡捕"，所以清政府也建立了"巡警部"。辛亥革命后，中国才有了现代警察的概念，有了专事治安的警察和警察部门。

中国当代警察的概念，主要还是来自西方。在大陆法系国家，警察是通行称谓。它源起于中世纪的法国，当时为维护封建领土的统治权及公共秩序，开始赋予警察以一般性的统治权。16世纪后，警察被人们用来指称用公权力维持一般社会秩序的职责。但随着国家内容的扩大，司法、军政、外交、财政等职能开始从警察概念中被抽离出去。近代国家，随着法治思想的普及，人权得到尊重，警察的权力被限定为只有保护民众权利和维持社会治安两大功能。中国当代的警察概念，基本沿用了这一法律认知。但与当代一些西方国家比，中国警察权的行使，却仍要宽泛很多。它既包括了刑事侦查权，可行使各类刑事强制手段，也有治安行政权，从治安拘留到劳动教养、从遣送上访到强制戒毒、从户籍管理到交通处罚等，多种刑事与行政权力集于一身。

在各种公权力中，警察权对维护统治的作用是不言而喻的，它对民众的强制手段也最直接。所以，现代社会有一个基本常识，认为警察权的大小与一个国家的法治文明程度是成反比的，也就是说警察权越小，国家的法治程度越高，反之同样成立。这是警察权与公民权的关系所决定的。警察权扩张，公民权就会受到限制；而公民权得到保障，也会对警察权形成制约；假如警察权被滥用，只会导致公民权的缺失。虽说保持一定限度的警察权，是现代国家对实现法治社会的共识，但如果超越了某种限度，就会构成对公民权的伤害与威胁。对警察来说"法无授权"即禁止，对公民来说"法无禁止"即自由，所以如何找到警察权和公民权的平衡点，并达成一种制度保障，也成为今天实现法治社会的一个重要环节。

现代民众之所以愿意将一部分自由和权利让渡给警察权，是因为警察权能保障公民权利和维护社会秩序。保障公民权利才是警察权存在的第一动因，只有把保障公民权作为确立警察权的核心，才可能实现警察权和公民权的统一。保障了公民权利，也就自然维护了社会秩序。也就是说要把维护社会秩序，看作是保障公民权利的结果，不能使两者对立起来。但在现实中，又并非如此。我们常常看到的是警察权对公民权的侵害：有的警察弄虚作假纵容包庇犯罪分子；有的警察对民众随意实行非法羁押和刑讯逼供；有的警察对民众实施敲诈勒索及收受贿赂；有的警察甚至与黑社会相互勾结、谋财害命。还有一些地方政府，在行政事务中越来越多地依赖警察权，不仅使警察权凌驾于其他司法权力之上，更是造成了民众与警察机关利益与情绪的对立。一旦民众合法权利受到警察权的侵害，也没有任何法律救济制度能帮助他们维护自己的权利，民众伸张正义就成为可望不可及的事。至今为止，警察因滥用职权而接受刑事处罚的案例，还极为少见。这显然与国家实现法治社会的目标是背道而驰的。

在社会转型期，警察权的扩张尤其值得警惕。如果过分依赖警察权来维护社会稳定，甚至因此纵容警察权对公民权的随意侵害，无异于饮鸩止渴。它不仅无助于培养一个良好的社会环境，而且极有可能造成普通民众和国家公权力的对立。不能把警察权当作是维护社会秩序的惟一手段，而要当作不得不使用的最后手段，这样才不会对本已孱弱的法治环境造成破坏。那些社会秩序良好的国家，警察权无一例外会受到严格约束，而公民权肯定得以充分保障。对公民权的敬畏和尊重，理应成为警察权行使的常态。如果常常让警察权处于与民众冲突的前沿，又得不到有效的制度监督和约束，社会前景让人难以想象。

我们知道，警察权的主要部分是对违法犯罪分子实现惩罚权与合法使用暴力的权力。而造成当下警察滥施惩罚权的一个重要原因，是目前的警察权基本是在一个自我决定和实施的权力空间中运行，并没有受到其他司法部门的制度性监督。目前的《警察法》，也只是原则性地规定警察在执行职务时，受到检察院、监察部门或上级警察机关及社会、公民的监督，至于如何监督以及监督的细则，及出现问题怎么办，均没有相关规定。

这使得在现实中，检察院及监察部门极少有对警察权的监督行为。社会和民众虽能进行舆论监督，但由于权力和信息的不对等，除非重大恶性事件，否则极难实施监督。

如何确立警察权行使的边界，不仅是规范现行警察体制的关键，也是民众探究中国警察文化的核心。其中最为首要的，就是要明确警察权行使的公共责任原则，也即只有对那些进行违法犯罪活动的嫌疑人，才能行使警察权，而对私人领域，警察权不得随意介入。其次就是要坚持警察权的程序原则，传唤、讯问、审查、逮捕、取证、处罚等都须严守法定程序，一旦违反程序，必须接受相应处罚。如果司法没有对警察权的制约机制，显然要警察权的法治化是不可能的。当然更重要的，还要保障公民的参与权、知情权和不合作的权利，对涉及民众重大利益的案件应当引入听证制度，通过公民权的行使，使警察权在一个合法的空间中运行。

目前警察制度存在的一些问题，已影响了民众对一些警察的信任，甚至伤害到了法律在社会的公信力。如何改革现行的警察体制，如何规范和制约警察权，来平衡它与公民权的关系，已成为迫切需要解决的社会问题。只有让警察制度先走上法治轨道，一个稳定的社会才有可能在我们身边降临。

我理想中的中国

我理想中的中国，首先是一个理性的中国。

它有理性的个人主义，发展个人的同时，也在促进社会的发展；它有理性的政府，在为公共利益服务时，追求有限与责任，追求法治与透明，这样自然会获得来自公众的信任与尊敬；它有理性的经济体，在追求利益的同时，也在促进社会的整体利益，追求信誉与人道，追求互利与合作；它有理性的公民群体，不仅具有成熟的个体理性，也有发达的公民组织，面对社会矛盾，公民会自发理性地进行反思，着手解决矛盾。

这个理性的中国，意味着凡是市场和社会可自我发展的领域，政府就会给予足够的自由空间。政府会主动完善依法行政的制度建设，主动要求来自社会和民众的监督，政府各级官员围绕着政府应承担的公共责任，通过保障民众的知情权和监督权，来主动培育自身的公信力。它还意味着政府、社会和民众在为共同目标做出各自的努力，政府会主动响应民众的呼吁，而民众也会放弃单纯的指责与抗争心态，以理性的自我反思，来协商解决自身与群体的利益。这个理性的中国，意味着不同的社会群体之间，都抱着一种合作共存的态度，来面对与处理各种社会问题和危机。

我理想中的中国，是一个宽容的中国。

它让宽容的政治文明，成为公共生活的法则，意味着政治不再是明争暗斗、貌合神离，而是肝胆相照、精诚合作；意味着社会能容忍各种反对的声音，而不用担心迫害和压制；意味着政府行为不再喜怒无常、变幻不定，而是更富有人性和温情，与民众保持良好的互动关系；意味着民众与执政者一同走上了共谋国事的舞台，每个人都可以通过参与公共事务，享受到从未有过的神圣和尊严。

这种宽容，还意味着民众对公共事务的参与从无序到有序、从消极到积极。这种宽容把互惠、协商当作公共事务的基础，在一种宽容的政治氛围中，制度创新会被每一个公民看作是一种共同的劳作。政治本来就是众人的事，这种共同劳作的神圣感，会成为民众对国家认同最坚实的基础。这种宽容，有助于形成权力的制衡，更易达成利益的均衡。有制衡，权力才不会失控；有均衡，才不构成有危害的利益冲突。这种宽容，还能够激发社会与民众的潜在活力，用蕴涵了自由和平等的文明秩序，代替那种暮气沉沉、万马齐喑的封闭秩序，用生机勃勃、欣欣向荣的理想主义，代替那意志消沉、唯利是图的功利主义。秩序有自由才不会丧失活力，自由因充满宽容而焕发生机，这才是国家文明的最高境界。

我理想中的中国，是一个公民的中国。

在这里，国家权力被视为由全体公民组成的共同体，公民意识成为共同体存在的前提。每个公民都是平等、自由的自然人，享有与生俱来的人权；每个公民通过关注公共事务和政府行为，既实现了对权力的制约，也实现了自身的政治参与和权利的保障。公民对公共事务的参与和承担，不仅成就了一个社会的共同福祉，也赋予了这个共同体发展的力量和生机。

这个公民的中国，意味着越来越多的公民，开始主动培养自己参与民主生活的技能与素质。当公民意识转化为每一个社会成员的自觉价值，人们不仅会去缔造一种普遍认同的公共秩序，也会彼此尊重各自的权利与义务，把对方视为拥有同等尊严的公民。即便信仰或种族不同，他们也会因共同利益而互相接纳和尊重，而不是盲目排斥。有了这种公民意识，人们会关注自我利益，但更关注一种能促进公共利益的自我利益。他们把公共领域看作是一个平等、协商的互惠空间，他们会对国家事务进行公共辩论，会对重大事件进行公民调查，会对弱势群体展开公共救援，会对政府决策发表公开主张。只有当国家基

本制度，是通过全体公民的共同参与而完成的变革，才能真正
获得民众的自觉认同和尊崇，社会制度和规范才能内化为每一
个公民自觉的选择。这种发自内心的认同，会成为一个法治社
会得以维系和运行的重要心理基础。

我理想中的中国，是一个文化的中国。

它所呈现的文化，是以良知、自由和真实为起点的文化，
是有信仰、有信念的文化，是有价值体系和哲学根基的文化，
是还原历史真相、铭记苦难、尊重人性的文化。这种文化有丰
富而多元的构架，既能让民众处理好个人与自我、与他人、与
群体的关系，也能处理好个人与自然、与历史、与政府、与国
家的关系。这种文化让每个公民个体，都生活在一个有渊源、
有传承的文化与价值共同体中，让他们从真实的历史经验中，
发现自己在当下行动的意义和光荣，让中国人在每时每刻都能
感受到那来自文化的慰藉。

这个文化的中国，意味着一切文化活动，都是为了达成民
众间的精神沟通和情感交流，它有广泛参与的制度基础，它的
目的是为了实现民众的文化自治，它不仅会去寻找文化中那些
令人激动和骄傲的部分，也不会忽略那些邪恶和苦难之处；这
个文化的中国，意味着时刻不忘历史对生命所承担的文化和道
德责任，尊重人们对历史真相的记忆，让历史记忆在公共空间
可以自由地展示、交流和反思。人们越是注重探究苦难和不幸
的根源，他们对良知和正义的感受就会越敏感。文化彰显的是
一个国家的内在精神，而精神的形成是复杂而缓慢的，它必须
时刻面对民众，它必然是自由而开放的，它肯定会不断借用他
国眼光来反思自己的文化。只有当民众能对国家自由地发表意
见，并相信自己的意见能真正影响国家的发展时，他们才会为
自己所生活的国家感到骄傲和自豪，这可以说是一个国家文化

的灵魂。

我理想中的中国，还有很多，它是自由的中国，是平等的中国，是正义的中国，是民主的中国，是和平的中国，是责任的中国，是自信的中国……我理想中的中国，它有一个核心，就是让每个中国人都能有一个"中国梦"。这个"中国梦"不仅带着个人前行，也带着中国永远前行。

袁伟时

知名学者，中山大学哲学系教授。著有《中国现代哲学史稿》《晚清大变局中的思潮与人物》等著作。

博客：yuanweishiblog.blog.sohu.com

辛亥革命：巨变与启示

辛亥革命百年之际，一个值得深思的问题是：辛亥革命究竟给中国人带来了什么？它是在什么样的情况下发生的，回望和梳理当时的历史细节，也许能更清楚地看到历史的必然性。

还原历史的本真，让历史的挫折转化为历史智慧，成了史家义不容辞的任务。这就是今天还要耗费气力洗刷油彩、剥落脂粉，直书成败得失的意义所在。

从剪辫子这件事说起

辫子是大清帝国臣民的标志。难看，不方便，不卫生。人们很容易以为辛亥革命后剪辫子才合法。错了！浙江宁波出生的龚祥瑞教授的自传《盲人奥里翁》中记载："辛亥革命那一年，在我出生的那一天（旧历六月初八），父亲头上留了四十多年的辫子竟被守城门的乡勇给剪去了。"六月初八即新历7月3日，武昌起义前三个多月，一个普通城市居民的辫子被强迫剪掉。这是不是宁波乡勇自作主张胡作非为呢？不是，这是朝廷允许、大臣带头推广的。

1911年1月3日香港《华字日报》登载多条来自北京的电讯：1月1日的北京电："资政院奏请剪发。奉旨刻下仍遵前旨。"也就是说，不准剪发。可是，同一天的电讯又说："陆军部决于明年正朔（正月初一，即1911年1月30日），各员皆剪发穿军服进署。"呵呵，练兵，打仗，拖条辫子多不方便！进入二十世纪以后，新军和军官学堂学生剪辫子已慢慢成风。到了辛亥年，连陆军领导机关的军官们也不愿再忍耐，要自行其是，把辫子废掉了。

出乎意料，第二天情况大变。

1月2日的北京专电说："庆王（首席军机大臣庆亲王奕劻）奏请降旨严禁剪发。摄政王谓各界风气所趋，任人自由。"同日上海电："上海慎食卫生会组织华服剪发会会长伍廷芳及会员一百五十人定十五日在张园剪发。"

这些电讯说明，即使小小的改革，统治阶层内部亦有分歧。归根到底，改革成败取决于内容是否合理，大众是否认同，两者缺一不可。两个条件齐备，即使遭掌权者粗暴镇压，终有一天会实现。

带头剪发的伍廷芳（1842—1922）是晚清官居二品的大员，1910年初，驻美公使任满回国后寓居上海。这一年9月，他上书清廷指出："内地居民，除官绅外，凡学生、士子、工、贾、商、农，其因求起居利便而剪去长发，所在皆有"，要求顺应民情，任官民剪去辫子。（《伍廷芳集》第360页，中华书局1993年北京版）。中国外交官、留学生拖条辫子，早就成为各国人民耻笑的对象，没有几个人愿意留着这个奇特的标记。伍廷芳更带头搞行为艺术，决定1911年1月15日在上海张园开剪辫子大会，有报道说，实际剪辫子的人数远远不止一百五十人！没有民众认同，伍廷芳不敢鲁莽行事。

半年后，此风吹到宁波，龚祥瑞父亲的辫子就保不住了。

一叶知秋。这就是大清帝国改革的缩影。形势比人强！有些改革，在民众压力下，尽管领导层不那么情愿，也只好"风气所趋，任人自由"。这一点是观察晚清情势的重要视角。

爆发革命的历史必然

辛亥革命发生有其历史必然性，它是在清帝国新政改革高潮中爆发的，如果从清王朝的角度来讲，至少五个因素汇合，促成了这一历史事件。

其一，满族是少数民族，清王朝没有及时彻底解决民族不平等带来的矛盾。但这不是主要原因。满族入关后迅速儒化，赢得多数汉族知识阶层认同；直至大清帝国覆没，许多汉族士绅仍摆脱不了忠君思想的束缚。

其二，最主要的原因是政治制度改革当断不断。从1906年宣示预备立宪开始，走文明国家共同的三权分立的君主立宪之路，已是无可抗拒的趋势。1910年1月至1911年初，各省咨议局联合会连同各省商会、教育会及其他绅民代表一连四次发动速开国会的请愿运动。1910年9、10月间，各省督抚纷纷电请先设内阁以立主脑，开国会以定人心；各地学生接连罢课；资政院也通过决议上奏，请速开国会。这些情况表明，经过近十年改革实践，民众、士绅和各级官吏的认识渐趋一致，政治制度改革迈大步的时机已经到了。可是，清政府虽然把原定九年的预备立宪年限缩短为五年，仍然扭捏作态，不肯在1911年立即召开国会，坚持拖到1913年。1911年5月说是组织责任内阁，却弄出一个不伦不类的皇族内阁。改革时机，稍纵即逝。当断不断，并且一再激怒各种社会力量，通过体制内改革整合社会的机会白白流失了。

其三，无力制止贪污。清帝国同中国历代王朝一样，也有纠举和监督官吏乃至最高统治者的机构；历代皇帝都说要反贪污，但成效不彰。原因是：有些行贿受贿活动已成为官场习惯，人人如此，法理和是非界限已经模糊。担负反贪重任的监察系统同样没有逃脱腐化的命运。没有独立的司法和监察系统，它们都不过是行政系统的附属物。最后的裁决权掌握在专制政权的最高统治层特别是皇帝、皇太后或其他专制者手中，当他们本身不干净时，要真正反贪无异缘木求鱼。社会生活没有民主化，民众维护自己权益的现代公民意识没有形成，也没有形成强有力的独立的新闻舆论监督。

其四，重蹈国有经济的死胡同。清帝国覆没的直接导火线是 1911 年 5 月 9 日开始强制推行铁路干线国有政策。这一措施犯了双重错误：

一是直接侵犯广大民众的权益，触发众怒。收回铁路利权，不是一般商业行为，而是经济利益和捍卫主权的政治行为相结合的群众运动。有的路权（如川汉、粤汉）是历尽艰辛，才从外国人手中争回来的。1903 年 12 月清政府颁布《铁路简明章程》，改变铁路只准官办或外国人办的状况。"在 1903—1907 年的五年间，全国有十五个省份先后创设了十八个铁路公司。"其中十三个商办，四个官商合办或官督商办，坚持官办的只有一个。有的股金是按亩收取的，群众性很强。公司和筑路权都曾依法办理有关手续。清政府收归国有，既违法，又与民众对立。加上政府手中没钱，打算借外债来办，更引发强烈的民族情绪。火山因此喷发。

二是重蹈洋务运动覆辙。将筑路权收归国有的惟一藉口是这些公司管理混乱，筑路进展缓慢，成效很差。这符合事实。它体现了中国企业家成长缓慢，法治不健全的现实。政府要有所作为，只能从加强法治入手，引导股东们通过法定程序，自行整顿，推动企业家更快成长，走向健康发展之路。市场，也只有市场，才能教会人们怎样经营自己的企业。越俎代庖已属违法；收归国有，忘记洋务运动在官办经济的死胡同中打转，碰得头破血流的教训，完全是往后倒退的行为。

其五，没有妥善对待民众的请愿，错误地出动武力镇压。1911 年 9 月 7 日四川总督赵尔丰以开会为名诱骗保路同志会和四川谘议局的领导人到总督府，立即"手缚绳，刃指胸"把他们一一逮捕。成都市民闻讯后，"各街民众来乞释者，由午而暮、而午夜，虽枪毙三十二人，不稍退却。"（督院内死二十六人，各街死六人。见中国史学会主编《辛亥革命》第四册，第335—336 页。）

这些市民是头顶光绪皇帝的牌位，手无寸铁，向四川总督赵尔丰请求释放代表的。这样的和平请愿竟不能见容于凶残成性的赵尔丰，居然下令开枪，让鲜血染红了督署和成都街头。

当天，赵尔丰致电内阁，竟然把事情说成是匪徒数千放火和进攻督署，他"饬令兵队开枪抵拒，伤毙前锋十数人"。清政府于第二天回电：

"如得有狂悖不法确据，实系形同叛逆，无论是否职官，即将首要大犯，即行正法，并妥速解散胁从，毋任蔓延为患。"（《宣统政纪》卷之五十九，文海影印本第 1048 页。）

七千万四川人忍无可忍，拿起刀枪反抗了；以会党——袍哥为骨干组成"同志军"，到处摆开战场。一个月后，武昌起义，大清帝国坍塌了。

清末有过十多次武装起义，大都是少数人的军事冒险或投机行为。最后一次是武昌起义，由于上述五大错误，清政府自己把自己打倒了。

经济上的变与不变

辛亥革命爆发对当时的经济社会发展影响不大，甲午战争后，市场经济制度正在生长。袁世凯请出张謇、周学熙等内行主管经济。为鼓励制造业和加工业各民营公司，由政府出资建立保息制度。投资第一年开始，即可获得四至六厘股息。第六年起才按保息金的二十四分之一，分年摊还。开办厂矿的手续简化；采矿税从原来25%降至10‰～15‰，从而促进了矿山开采。到处设卡，征收厘金是晚清留下的弊政，袁世凯政府没有彻底废除，但对颇为大宗的土布免征厘金，亦不失为做了一件好事。

此外，依靠各地商会，充分听取工商业家意见，制定了有关经济法令八十多件，完善了市场机制，推进了清末新政的未竟事业。例如，纠正清政府混淆垄断与专利的错误，取消创办企业动辄给予专营权若干年的规定，专利只给予真正的发明创新，从而促进了自由竞争。

不过，这些都是局部性的改善，即使没有革命，清政府也是可以做到的；当时经济持续发展的局面不会改变。

当时剧变的是财政接近崩溃；主要原因是军费大增。原有军费没有减少，而各地大量涌现"革命军"，其中除少量新军外，大都是帮会武装和绿林好汉组成的"民军"。这类武装，仅广东一省就有十四万。原有军队没有减少，"民军"的维持和遣散都需要大笔资金。

当时"南北两方军饷每月七百万两",而库存不足九万!"存亡呼吸,间不容发。"1912 年全国有军队 109 万人,月饷达 694 万两,这年 96 万陆军仅军饷一项开支达 11275 万余元。"1913 年军费为 17270 余万元,1914 年才下降为 14240 万元。如此严重的财政危机,经过周学熙、张謇等人两年努力,借外债、内债,整理和健全财政税收制度,整顿金融秩序,收回各地乱发的纸币(如广东),统一铸造银币(袁大头),至民国三四年间(1914、1915)才实现了财政收支平衡,"约计每年可余二千万"。

制度巨变的得与失

辛亥革命带来的最大变化是政治体制一举实现了共和制。没有辛亥革命,有可能实现这个政治制度的飞跃吗?通常认为,这是不可能的。有的人甚至认为,清末新政的政治体系改革——预备立宪本来就是假的。

政治措施,主要看实际效果,不必过分注意动机。为追求私利而造福社会的历史事件比比皆是。以清末的预备立宪来说,清廷当然是为了保住自己的江山,但客观上却做了几件影响历史的大事。

1905 年废除科举,让中国青少年的知识结构大飞跃,新学堂,新教材,西方现代知识因此大量引进,改变了中国传统文化结构。

以夷变夏,废除酷刑,引进大陆法系,取代传统的中华法系,并迈开了行政权、司法权分立和司法独立的第一步。

在政治制度建设上,也有一些实绩:

其一,由官方出面,推行宪政教育,是近代中国空前的重要举措。

其二，正在稳步推行三权分立的地方自治政制。1908年8月27日清政府发布"上谕"，决定1916年实行宪政，立即开始筹备，并列举每一年要完成的工作和负责办理的机关。这个计划从1908年开始，用九年完成政治体制的大变革，进度不慢，而且一些主要项目也兑现了。例如，1909年各省选出省议会的预备机构——谘议局，1910年成立国会预备机构——资政院，都如期开会了。这些中国开天辟地以来首次出现的民选议会性质的机构，一上场就声势不凡，监督施政，提出建议，领导请开国会运动，震动神州。

其三，三权分立的地方自治制度也在稳步推进。在官方默许或提倡、批准下，以东三省保卫公所（1904年）、上海城厢内外总工程局（1905年）、天津自治局（1906年）为代表，前所未有的地方自治制度正在中国大地上生长。它们"以保卫地方人民生命财产及扩充本地方一切利益为宗旨"，管理一般的民事特别是经济纠纷，地方治安，消防，电灯，自来水，道路交通及其他市政设施……即包括除刑事案件和某些税收以外的地方政府的全部职能。它的内部结构则议事会和董事会（执行机构）分开，甚至按三权分立的原则设置。

其他地方也纷纷仿效。例如，1908年2月10日，两江总督端方上奏："自列强均势，凡政治学家之言，皆曰非立宪无以自存，非地方自治无以植立宪之根本……城乡互异，仍应仿照天津办法，于省会设局，以官力提倡，先谨预备之方，徐为实施之地。"推广袁世凯在天津的办法，先城市，后乡村，逐步推广。1909年1月18日清政府发布《城镇乡地方自治章程》把地方自治事宜归纳为八项，权力有所收缩，没有承认地方自治就是当地政权。但是，规定"因本地方习惯，向归绅董办理，素无弊端之各事"亦属自治范围。而实际生活中，好些地方，原有的自治职能没有被剥夺。如果继续下去，全国各地的现代政治制度必然会改正初生期的种种不足，逐步生长和成熟。

角力的焦点在全国性的政治体制。当时，顶层的政治制度设计已经有了。简单地说：皇族要求的有两点：一是皇族和皇帝的百世尊荣；二是皇帝保有最后决定权。在这个前提下，他们愿意实行三权分立的制度。另一分歧是应在1911年还是1913年实行宪政。朝野改革派和保守派在博弈。

1911年5月8日，组织皇族内阁的谕旨下达，意味着在关键时刻，皇族不愿释放权力。而不顾浩大的四次请开国会运动，不能当机立断在1911年开国会，更是政治迟钝，终于触发了辛亥革命，断送了自家性命。

加速了思想观念的变革

反思辛亥革命成败应该把它放在近代中国历史发展全局下，弄清它给此后的中国增添了什么。最为重要的一点就是加速了思想观念的变革。

帝制不存，三纲焉附？三纲是中国中世纪意识形态的核心，尽管要彻底摧毁它，非常艰难，但辛亥革命后它的合法性成了问题。这是新文化运动能够一呼百应的重要原因，可以说，辛亥革命是新文化运动的真正起点，是中国文化从中世纪的宗法专制意识形态向现代文化转型的新阶段；经过一代又一代的先驱持续努力，清末最后十年的新政中，尽管仍有不足，法律面前人人平等和保障包括隐私权在内的个人自由已经写入法典。辛亥革命爆发推动这个变革直指过去无法触及的君臣关系；不管是真情还是假意，"军人不得干政"、"法治"、"公理"

等新名词，被文武官员背得滚瓜烂熟；如此等等都体现着思想观念在变迁。可惜，这些变革很不彻底，没有在制度层面巩固下来。

中国传统文化所说的纪纲，包含法制和伦常两个方面。袁世凯认为民国建立后，问题出在下民不懂纪纲。这表明在政治层面，他向往的仍然是传统的统治关系；根本不懂现代国家必须实行法治，其要义首先在限制政府权力，使之依法运作，保障公民的权利（自由）不受侵犯。而在道德层面，政府不应也无权干预。

专制与法治是势不两立的，而没有法治，现代市场经济不可能长期、健康发展。自由、民主的现代社会制度能否建立，有两个重要条件：一是民间社会比较发达，并有比较强大的大众传媒，能监督和牵制政府，使政府官员不敢为所欲为；二是通过各种途径"开官智"，让他们的认识达到必要的高度。先看看官员的状况。清末民初那些身居高位号称开明的官员，大都没有受过系统的现代教育，是通过挫败，逐步积累经验而提高的。这类人的特点是对现代社会的认识很不全面，其知识基础仍然是中国传统文化。而官智未开，摆脱不了传统文化的羁绊，是袁世凯之流专制统治、做皇帝的思想基础。更深一层看，无非是整个社会的文化更新滞后，现代社会政治、经济、文化及其运行机制的常识，仍是部分精英的认识；从而政客们以民族性对抗现代性的说教，还能获得不少人认同。

辛亥革命留给后人最重要的历史教训有很多，其中最不应忘记的是两条：第一条是不要对开明专制抱不切实际的幻想。辛亥革命后，海内外不少人把维护中国统一和稳定的希望寄托在袁世凯身上。梁启超也处心积虑想把袁世凯往开明专制的路上引。从制度层面界定，民主与专制无法混同；第二条，开明专制的实质是专制。不能以有没有会议制度作为是否开明的标志；其实，任何强者都有弱点，独断独行，没有制度约束，特别是失去反对力量的监督和制约，任何个人或团体总有一天要出错，这就是开明专制的危险所在。辛亥革命的失败恰恰是传统包袱太重，而健全的文化更新体制尚未建立。

张五常

国际知名经济学家，新制度经济学和现代产权经济学的创始人之一。

博客：zhangwuchang.blog.sohu.com

邓丽君现象的延伸

严格来说，每个人在某方面都是个垄断者。绝大多数的垄断者是可怜人物：他们的垄断之技换不到饭吃。我在《供应的行为》的旧版中写道：

> 天生特别的供应，外人无从绝对地仿效，是垄断。然而，以歌声而言，算得上是特别的何止邓丽君？其他招徕有道、大名鼎鼎的歌星不在话下，张五常的歌声又怎样算了？上帝可以作证，我的歌声也很特别；可惜的是，当我一曲高歌，听者愿意给我钱要求我不唱！我也是个垄断者，我的歌声面对的市场需求曲线也是向右下倾斜的，但整条曲线是在左下的负值范围内。
>
> 垄断不一定可以赚钱。绝大部分的垄断一文不值，所以没有经济学者为我的歌声费心。天生下来，每个人各各不同，在某方面都有可以大垄其断的产品。无奈市场无价，天才自古空余恨。电影明星的相貌特别；你和我的相貌也

特别，只是没有观众出价。明星的演技特别；你和我的演技也特别，可惜也没有观众出价。你和我于是成为无价之宝，使经济学者漠视了。

邓丽君是社会的一部分

这就带到我认为是重要的歌星邓丽君的例子。1984 年初我有机会在香港看到她表演一场，认为横看直看都是一百分，是炎黄子孙中数世纪一见的演唱天才了。长得好看，唱得悦耳，举手投足潇洒利落，反应快，多种语言流水行云，听众用什么语言提问她就用什么语言回应。北京当年不容许她到内地演唱是人类的损失。

说邓丽君是个现象，可不单是说她的登台演技尽入化境，还要加上去的是这个歌星对金钱收入不重视。同级的歌星动不动要唱数十场，她只唱一场。那么庞大的道具、备演成本，多唱一场的个人收入可获港元数百万，但她不唱。我也察觉到她绝少在电视或传媒替产品卖广告，或作什么机构的代言人。对她来说，休闲的价值是演出的成本，而不演出是因为她认为这成本高于演出的收入，是定义性，我们应否尊重她的选择呢？

邓丽君无疑是个演唱的垄断者——从她的独特演技看绝对是。反对垄断的人应否建议把她杀了？昔日的中国赞同把她杀了恐怕不乏人。今天不会再有这种人，但可能还有不少人认为政府要强迫邓丽君多演出，多唱——如果这个天才不早逝。

问题是从社会的角度看，邓丽君是社会的一个成员，休闲给她的所值是社会的收入，不尊重她的选择社会会受到损失。反对垄断我们要反对邓丽君，然而，从社会的角度衡量，我们不容易想出有哪种约束邓丽君的政策或方法可以使社会整体得益——除非我们不认为她是社会的一部分，或认为她自己的损失与社会无干。

竞争垄断的真理

上述的邓丽君现象重要，因为包含着一个社会利益的真理。这真理说，不管邓丽君是怎么样的一个垄断者，只要她的垄断权利来自她个人的天赋，加上个人的勤奋，这权利是由她个人自己选择争取的结果，价值观上我们难以反对。她没有要求过任何人替她约束其他的竞争者。她的存在对社会只有利，没有害，杀了她是社会的重要损失。她选择不多演出在定义上是她的切身休闲利益高于多演出社会听众愿意出之价。她自己是社会的一部分，强迫她多演出社会会受损，而如果因为她是垄断者而多抽她一个垄断税，对社会有同样的不良效果。至于传统说的、邓丽君演出给社会带来的边际用值高于她的边际成本，导致萨缪尔森说的死三角，如果真的存在，是她自己的选择，要维护社会整体的利益外人是不应该左右的。

让我们回顾中国自上世纪八十年代初期起的经济发展，其速度使举世哗然。少人注意的是在这史无前例的发展中，一个重要的转变是从禁止邓丽君演唱到今天把她捧到天上去。是的，很少人注意到，中国的骄人经济增长是包括着一个鼓励个人争取垄断的故事。八十年代后期我推断，在内地，收入增长最快的那组人会是有天赋的艺术家。果然，跟着的二十年，不少艺术家的作品市值上升了不止百倍。这是邓丽君现象的延伸：成功争取市场喜爱的有独特风格的艺术作品，是争取到市场有价的垄断权益带来的垄断租值。

经济学传统反对垄断的分析是浅见。这分析忽略了没有政府或利益团体协助的个人争取垄断带来的私利，是社会进步的一个主要根源。

学术思想收费困难

像我这种搞学术思想为生计的人又何尝不是如此呢？我们的不幸，是思想是一种共用品，一个有垄断性的绝妙思想不容易像邓丽君那样，演出时出售门票杜绝不付票价的人，或出售唱碟及影碟，也没有像画家那样有私用品性质的画作在市场出售。学术版权的维护所获甚微，而可以卖点钱的课本通常不是思想创作。这些年流行的以学报文章数量为准则来决定大学教师的升职，更是悲剧，因为一般是鼓励产出废物，不是这里说的有垄断性质的重要思想。

发明专利与商业秘密是维护有垄断性质的思想的法门，可以带来巨利。不是浅学问，深得很，我会在下一章以整章处理。在大学里，自然科学的某些思想可以申请发明专利。做生意的名牌宝号或注册商标是为维护产品质量的垄断而设，没有期限，可以很值钱，对社会也只有利，没有害，因为除了注册的名称先注先得，任何人都可以有自己的商标。

让我再说一次。没有政府或利益团体维护的垄断，或在自由竞争下获得的垄断权利，或像邓丽君那样，才华由上苍赐予，加上勤修苦练而获得的垄断，对社会只有利，没有害。这是不管垄断产品的售价是多高，又或者像邓丽君那样，重视休闲而懒得多唱。

不要相信经济学者的胡说八道。

恐慌的极端

　　3月11日日本出现九级地震，十多分钟后海啸涌至，再跟着是四个核电反应堆纷纷出事。不幸中的大幸，是这次地震与海啸在光天白日之下出现。要是当时月黑风高，死人当在十万以上。大幸中的不幸，是在光天白日下先进的数码科技录像得清楚，整个地球不停地播放整个星期，增加了人类的恐慌！

　　3月13日是星期天，没有股市与汇市，一位朋友给我电话，说日本的天灾前所未见（电视所见确是前所未见），日元的国际币值应该暴跌。我说理应如是，但多年以来日本当局爱强币，这次他们可能干预支撑。过了一天的早上，我给该友电话，说他的日元下跌的看法应该对，理由有二：一、外间的人不会在这时刻购买日元；二、地球的经验，是大天灾会导致有关的币值下跌。

　　该友的回应，是汇市刚开，日元上升了！跟着几天日元都在升，最高见：76.25日元兑1美元，那是历史的最高纪录。灾前一天（3月10日），日元的收市价是82.92兑1美元，可见日元上升是急的。日本央行反应快，几天内大手放宽银行体制的货币量，增加逾50万亿日元，也压不住日元的升势。3月18日（星期五）七国连手干预，一天之内日元下跌3.7%。

　　地震与海啸是天灾，核电的反应堆出事算是人祸——不搞核电不会有后者。那么大的天灾人祸，日元竟然在几天内急升，是违反了我们知道的经济逻辑与历史经验的规律，何况日本央行那么大手地立刻增加货币量。这是个难以解释的现象，我想了几天。不容易解释，但可以尝试，只两天时间找不到足够数据也要尝试一下。

无从解释的是为什么日本要求七国联手，干预打压日元。一个国家遇上那么大的天灾人祸，政府理应庆幸其币值在国际上升值，因为可以协助老百姓多购需要从外间进口的物品。在这样的不幸时刻怎会忧心到日元升值不利出口那边去呢？政府要管的是老百姓是否穿得暖、吃得饱，什么出口云云不是眼前要管的事。如果说日元今天上升得急他朝大跌会是麻烦，他们总应想到日元上升是近利，要先让老百姓得一点这近利的甜头。

我解释不了日本政府要求七国干预日元升值，只能尝试解释干预之前的几天日元为何升值吧。不容易——很困难——读到的解释我不接受。读到的解释，外间说日本人要搬钱回国救急，日本的舆论说要搬钱回国准备重建，更奇怪是一些日本舆论认为外汇市场比较安全。重建是明天的事，说要搬钱回国救急应该对，但怎会导致日元的国际币值急升呢？在日本的银行储存美元或其他外币是可以的，而历史的经验说，任何国家遇到大灾难外币比较安全。另一方面，大灾难的出现通常带来黄金之价上升。这次，黄金之价是下跌了。日股下跌不难明白，难明的是理应下跌的日元急速上升。

我想到的日元急升的解释，是日本老百姓急需的，是日元的钞票，现钞是也。日本的老百姓可以在银行存外币，信用卡可用外币结账。然而，除了在美军长驻的冲绳岛，日本市场上容许用的钞票只是日元。不难想象，在极端恐慌的情况下，日本一些老百姓不相信银行，怀疑信用卡会持续有效。他们于是转到日元钞票那边去。不需要很多老百姓这样想，只是明显对日元钞票的需求增加了，一时间日本的银行体制没有那么多的钞票提供，可以导致大家见到的日元急升的现象。

在货币理论中，市场流通的钞票占有一个特别的位置。经济学行内称钞票为 high power money，究竟 power 何在有争议。这次日本出现的大恐慌可能给货币专家们上了一课：钞票的需求对汇率的影响，不是一般的汇市运作可以容易地左右的。我可以推出有关的理论逻辑对。但理论逻辑对不等于事实也对，我没有足够的事实资料在手，只能猜测如上述。换言之，我不能肯定的解释，是日元的国际币值急升来自恐慌的极端。

日本的经济会容易地复苏吗？尘埃还没有落定，今天判断可能太早。怎样说我也没有美国名家 Jeffery Sachs 那么乐观——在电视见到他说日本经济复苏容易。尘埃未定而不乐观，有几个理由：其一是日本的经济不振了二十多年，遇上大灾难不会那么容易翻身——这跟中国三年前的四川之灾有大分别；其二是不管核电反应堆的辐射今后如何，今年日本的樱花时节外来的游客会下降至近于零。断了一季对日本的一个重要行业会有很大的杀伤力；其三是如果读到的报道没有错，核电的辐射已经严重地污染了日本的农产品。若如是，政府当局不能不大手开放农产品进口。这是好选择，但对日本的经济结构会有很大的冲击；其四是目前看，日资与人才大量外流很可能出现。

在这次极端恐慌的不幸中，日本老百姓的表现令人折服。那么守纪律不仅炎黄子孙办不到，西方的先进之邦也办不到吧。日本的灾难使我再考虑核电这个话题。我历来不反对中国发展核电：读到的数据说安全可靠，电力成本有利。但今天再考虑我不敢举手赞同了。主要不是核电是否安全这个我没有资格判断的老生常谈的话题，而是认为如果日本这次的恐慌情况在神州出现，北京的朋友应付不了！我欣赏中国的文化，认为中国人的创意了不起，但守纪律可不是我们的专长。

几天前，内地的老百姓把食盐抢购一空也显示着中国人对辐射的敏感冠于地球。一位朋友的朋友购进了一百五十斤！我遍问也不知为何要抢购食盐。一说是海水有辐射，而盐来自海（北京解释说主要不是来自海）；另一说吃三斤可以抗辐射。后者一定对，因为吃死了辐射对死人是没有害处的。

张耀杰

　　历史学者，艺术研究学者，长期在中国艺术研究院从事"戏剧历史暨戏剧宗教学"的研究和教学工作。著有《戏剧大师曹禺》《谁谋杀了宋教仁》等著作。

博客：yaojiezhang.blog.sohu.com

隆裕太后的"光荣革命"

　　一百年前的公元 1912 年 2 月 12 日，也就是中国传统历法的辛亥年腊月二十五日，刚刚六岁的宣统皇帝溥仪奉垂帘听政的隆裕太后的懿旨下诏逊位。《清帝逊位诏书》以及其他两道配套诏书连夜颁布，一举打破了中国社会南北双方分裂敌对的政制僵局。真正意义上的南北统一、五族共和或者说是完整全面、共和立宪的中华民国，是应该从这一天开始算起的。宪政学家高全喜在《立宪时刻》一书中，把《清帝逊位诏书》的颁布称之为"中国版的光荣革命"。作为大清王朝事实上的最高统治者和责任人，隆裕太后自然是"中国版的光荣革命"的终极决定者。

隆裕太后的宫廷生活

　　与隆裕皇后史无前例的历史性贡献形成鲜明对比的，是《清史稿》中对于她简单得不能再简单的历史记载：德宗孝定景皇后，叶赫那拉氏，都统桂祥女，孝钦显皇后侄女也。光绪十四年十月，孝钦显皇后为德宗聘焉。十五年正月，立为皇后。二十七年，从幸西安。二十八年，还京师。三十四年，宣统皇帝即位。称"兼祧母后"，尊为皇太后。上徽号曰隆裕。宣统三年十二月戊午，以太后命逊位。越二年正月甲戌，崩，年四十六。上谥曰孝定隆裕宽惠慎哲协天保圣景皇后，合葬崇陵。

清朝同治八年也就是公元1868年的正月初十，小名喜子的叶赫那拉·静芬诞生在北京东城朝阳门内芳嘉园。她的父亲桂祥是同治皇帝的生母、正在以皇太后身份垂帘听政的慈禧太后的弟弟。在众多姐妹中，她是从小就被慈禧太后选中的一个。据说慈禧太后很早就给桂祥留话儿：喜子不要嫁给别人。

1875年，同治皇帝去世，只有四岁的爱新觉罗·载湉被慈禧太后选为同治皇帝的政制继承人，从而成为光绪皇帝。光绪皇帝的父亲醇亲王奕譞，是同治皇帝爱新觉罗·载淳的叔父，母亲是慈禧太后的同胞妹妹。到了1889年也就是光绪十五年的正月二十七日，十九岁的光绪皇帝与二十一岁的姑表姐姐叶赫那拉·静芬举行大婚典礼，静芬从此入住东六宫之一的钟粹宫，开始掌管后宫大权。与静芬一起嫁给光绪皇帝的，还有原任侍郎他他拉·长叙的两个女儿，其中十六岁的瑾嫔后来晋升为瑾妃，只有十四岁的珍嫔后来晋升为珍妃。1900年，八国联军攻入北京，慈禧太后带着光绪皇帝及其皇后、皇妃逃往西安，临行前把依仗光绪皇帝的宠爱而卖官干政的珍妃沉入井中。

美国传教士I.T.赫德兰1888年来华传教，他的妻子在二十多年的时间里，一直是慈禧太后的母亲、隆裕皇后的姐妹以及许多朝廷贵妇们的医生。他在《一个美国人眼中的晚清宫廷》一书中转述妻子的话说，隆裕皇后长得一点都不好看。她面容和善，常常一副很悲伤的样子。她稍微有点驼背，瘦骨嶙峋。脸很长，肤色灰黄，牙齿大多是蛀牙。太后、皇上接见外国使节夫人时，皇后总是在场，但她坐的位置却与太后、皇上有一点距离。有时候她从外面走进太后、皇上所在的大殿，便站在后面一个不显眼的地方，侍女站在她左右。在别人不注意的时候，她就会退出大殿或者到其他房中。她脸上常常带着和蔼安详的表情，总是怕打扰别人，也从不插手任何事情。

作为女人，隆裕皇后显然是很不幸的，她从来没有得到过光绪皇帝的宠爱。1908 年 11 月 14 日，光绪皇帝在南海瀛台涵元殿去世，第二代醇亲王载沣只有三岁的儿子爱新觉罗·溥仪，依照慈禧太后遗命以"继承同治，兼祧光绪"的双重身份，被立为宣统皇帝。"兼祧母后"的隆裕皇后被尊为皇太后。醇亲王载沣被封为监国摄政王。

隆裕太后的政制表现

1909 年 9 月 2 日，署理直隶总督兼北洋大臣那桐，在日记中记录了垂帘听政的隆裕太后，对于中日两国围绕间岛问题的外交谈判的高度肯定："早进内，已正散值。召见时面陈与日使会议延吉厅交涉事宜甚棘手，现经决定，请旨定夺。奉谕：即照此定，后日签字，如此结局已为难得，断不为浮议所摇，今日锡督、陈抚电奏可以不理，签字后发一电旨宣示一切可也。圣明洞鉴万里，实为钦悚。"

这是作为政治家、外交家的那桐，关于隆裕太后政制表现的真实记录。这里的"锡督、陈抚"，指的是当时的东三省总都督锡良和吉林巡抚陈昭常。9 月 4 日，外务部尚书梁敦彦与日本驻华公使伊集院彦吉，正式签订《图们江中韩界务条款》，日本方面完全承认间岛为清国领土，以图们江为中韩国界，在江源地方以界碑为基点，以石乙水为分界线，并承诺撤销所谓的统监府派出所。中国方面则在开商埠、领事裁判权、兴修铁路等具体事项上，对日本方面做出让步。这在中国近代外交史上是极其罕见的成功个案，同时也是清政府外交当局袁世凯、那桐等人，与处于敌对状态的宋教仁、吴禄贞等同盟会会员，为了国家利益而进行的一次特殊合作。宋教仁用长达六万字的《间岛问题》一书，充分证明了图们江北岸吉林省延边地区和龙县光霁峪前原名假江又名间岛的滩地，属于中国领土。先任吉林边务帮办后任督办的同盟会秘密会员吴禄贞，也写作有长达十万字的《延吉边务报告》，为捍卫国家主权做出了自己的一份贡献。

自称公主的裕德龄是清朝正白旗贵族裕庚的女儿，她的母亲是法国人。她与妹妹容龄从小在汉口的教会学校接受教育，后来又随出任外交官的父亲在日本、法国生活过六年。1902 年冬天，裕庚任满回国，被赏以太仆寺卿衔留京养病。十七岁的德龄与妹妹容龄因为通晓外文及西方礼仪，被慈禧太后召入宫中担任侍从女官。她在辛亥革命与南北议和期间接受记者采访时提供的信息，较为形象地佐证了那桐给予隆裕太后的"洞鉴万里"的高度评价：现在的皇太后是一位很仁慈的女性，"她是一个消息非常灵通的人，她读过一些被译成中文的外国历史书，她很愿意学习并培养皇帝"。与此同时，裕德龄也谈到了隆裕太后所面临的被动共和的弱势困境："她是一位温和的、文静的、谦逊的人，有点冷漠。她非常清楚地知道她不能和她的婶母（姑姑）——也就是已故的慈禧太后相比"，"她根本不想去控制政府，这点我非常确信。她想要的仅仅是平安而已。"

被动共和的光荣革命

1911 年 11 月 13 日，袁世凯依据大清王朝颁布实施的《宪法重大信条十九条》，在北京就任君主立宪的内阁总理大臣。12月 6 日，载沣奉隆裕太后懿旨辞去监国摄政王的职位，以醇亲王名义退归藩邸。垂帘听政的隆裕太后，因此成为即将终结的大清王朝事实上的最高统治者和最高责任人。

12 月 7 日，时任总理公署幕僚秘书的许宝蘅，在日记中记录了隆裕太后与内阁总理大臣袁世凯，在养心殿内长达一个小时的对谈。隆裕太后表示："余一切不能深知，以后专任于尔。"并且任命袁世凯为议和全权大臣，委托唐少仪为议和代表，负责与南方各省进行和平谈判。

12 月 28 日，全国各地要求清帝逊位的呼声越来越高，在袁世凯等内阁大臣的强烈要求下，隆裕太后召集庆亲王奕劻等王公贵族和国务大臣共商皇帝国是。隆裕太后最后对袁世凯等人表态说："顷见庆王等，他们都说没有主意，要问你们，我全交与你们办，你们办得好，我自然感激，即使办不好，我亦不怨你们。皇上现在年纪小，将来大了也必不怨你们，都是我的主意。"说到这里，她放声大哭，袁世凯等王公大臣也陪同大哭。哭过之后，隆裕太后又表示说："我并不是说我家里的事，只要天下平安就好。"清帝逊位的基本国策，至此已经初步确定。

1912 年 2 月 2 日，许宝蘅在日记中记载，他于当天到公署，亲眼看到国务大臣到养心殿内与隆裕太后商酌优礼皇室，"闻太后甚为满意，亲贵亦认可"。2 月 3 日，许宝蘅在日记中写道："六时起，到公署，总理入对……"同一天，袁世凯将经过隆裕太后认可的《关于大清皇帝优礼之条件》九款、《关于皇族待遇之条件》四款、《关于蒙满回藏各族待遇之条件》七款，分别列作甲、乙、丙三项电告南方议和全权代表伍廷芳。

2月4日下午，伍廷芳、唐绍仪、汪精卫从上海来到南京。当天晚上，孙中山召集各部总次长在总统府讨论。2月5日上午，临时参议院开议孙中山交议之优待清室各条件，孙中山委派胡汉民、伍廷芳、汪精卫莅会说明。参议院对该项条款逐条讨论，将《关于大清皇帝优礼之条件》改作《关于清帝逊位后优待之条件》，并对原案中尊号、岁费、住地、陵寝、崇陵工程、宫中执事人员、清帝财产、禁卫军等项进行修改，删去第八款"大清皇帝有大典礼，国民得以称庆"。

2月12日，与许宝蘅同为总理公署秘书的汪荣宝在日记中写道："本日国务大臣入内请旨发表，同人均来此静候，惴惴恐有中变，比及午，闻各大臣到阁，一切照办矣。"接下来，他抒写了与《清帝逊位诏书》高度一致的个人感慨："大清入主中国自顺治元年甲申至今宣统三年辛亥，凡历十帝二百六十八年，遂以统治权还付国民，合满汉蒙回藏五大民族为一大中华民国，开千古未有之局，固由全国志士辛苦奔走之功，而我隆裕皇太后尊重人道，以天下让之，盛心亦当令我国民感念于无极矣，……匕鬯不惊，井邑无改，自古鼎革之局岂有如今日之文明者哉？"

许宝蘅也在当天日记中写道："三时到厅，知辞位之谕旨已下。二百六十八年之国祚遂尔旁移，一变中国有史以来未有之局。"

2月16日，《伦敦泰晤士报》评论说："天子已退位，清朝统治不复存在，世界上最古老的君主国已经正式成为一个共和国。历史上很少见到如此惊人的革命，或许可以说，从来没有过一次规模相等的、在各个阶段中流血这样少的革命，革命的最后阶段是否已经达到目的，这是未来的秘密。……我们衷心希望，这会给中国带来一个它所切望的进步的稳定的政府。"

"女中尧舜"的身后哀荣

逊位诏书颁布十天后,上海《申报》于 2 月 22 日以《清后颁诏逊位时之伤心语》为标题报道说,2 月 12 日,《清帝逊位诏书》由袁世凯在养心殿内呈献给隆裕太后,隆裕太后阅未终篇已泪如雨下,随交世续、徐世昌盖用御宝。此时反对共和的恭亲王溥伟自请召见,隆裕太后表示说:"彼亲贵将国事办得如此腐败,犹欲阻挠共和诏旨,将置我母子于何地!"此时无论是何贵族,均不准进内,于是盖用御宝陈于黄案。"清后仍大哭。清帝时立清后怀中,见状亦哭,袁世凯君及各国务大臣亦同声一哭。"

9 月 11 日,黄兴、陈其美一行人在袁世凯、孙中山的一再邀请催促之下来到北京。当天晚上,满清皇族奉隆裕太后的旨意,在金鱼胡同的那桐住宅举行欢迎会,黄兴在答谢词中表示,辛亥革命不过三个月就实现共和,"全赖隆裕皇后、皇帝及诸亲贵以国家为前提,不以皇位为私产,远追尧舜揖让之盛心,遂使全国早日统一,以与法、美共和相比并。"孙中山也当场表示说:"孝定景皇后让出政权,以免生民糜烂,实为女中尧舜,民国当然有优待条件之酬报,永远履行,与民国相终始。"

10 月 10 日,袁世凯就任中华民国第一届正式大总统。他在写给逊位皇室的公函中,称赞隆裕太后为"天下为公"。

1913 年 2 月 22 日,隆裕太后在西六宫之一的太极殿病逝,享年四十六岁,袁世凯下令全国下半旗致哀三日,文武官员穿孝二十七日。参议院除下半旗外,于 2 月 26 日休会一天。2 月 28 日为祭奠之期。副总统黎元洪在唁电中称赞隆裕太后"德至功高,女中尧舜"。在参议院议长吴景濂的倡议下,民国政府于 3 月 19 日在太和殿召开国民哀悼大会。灵堂上方悬挂着"女中尧舜"的白色横幅，灵堂正中摆放隆裕像，所有外露的梁柱均用白布包裹。殿堂内摆满挽联、花圈。穿着清式丧服和现代军服的仪仗队在灵堂前左右站立。已经逊位的宣统皇帝，也上谥号为孝定隆裕宽惠慎哲协天保圣景皇后，隆裕太后的尸体随后与光绪帝合葬于河北易县的崇陵。

隆裕太后去世后，《清帝逊位诏书》中明确规定的"将统治权公诸全国，定为共和立宪国体，……总期人民安堵，海宇义安，仍合满、汉、蒙、回、藏五族完全领土"的"大中华民国"，始终没有完整全面地建设完成。随之而来的反而是同为汉族人的南方国民党与袁世凯北洋军阀之间反复不断的国内战争。被动主持中华民国共和大业的隆裕太后，更是被各种各样的历史叙述和小说传奇，妖魔化为一名宫廷妒妇和亡国罪人。借用高全喜的话说，"从革命建国到和平建国，《清帝逊位诏书》并没有像英国光荣革命那样，通过昭示权利法案、凸显权利与自由原则而获得人民的拥护，而是通过昭示平和价值，以逊位禅让的方式，把一个现代共和国的宪法性蕴含呈现出来。……革命的激进主义占据主导——竟效法苏俄，创建党国体制，而保守主义的军政旗手——袁世凯最终也是包藏祸心，搞起洪宪帝制，看来悠悠天命注定了两种力量之领袖人物终究缺乏一种像华盛顿、林肯那样伟大的心灵，致使这场穿越古今之变的政治大变局在开了一个好头之后，旋即沦入深渊泥潭，所谓'中国版的光荣革命'之最终失败，看来也是极其无奈的事情。"

章立凡

近代史学者，章乃器之子。主要研究领域为北洋军阀史、中国社团党派史、中国现代化问题及知识分子问题等。

博客：zhanglifan.blog.sohu.com

持枪的商人

去年出现了一本雷人的书，提出一个很意淫的观点——将"持剑经商"作为"崛起大国的制胜之道"，宣称"从人类文明的历史来看，我们是最有资格领导这个世界的，西方人要排第二。"

作者大概没学好文明史，中国持剑者历来是内战内行，外战外行，没有为臣民海外贸易护航的传统，即便好不容易出海护航了，最终还是向海盗缴纳赎金了事。中国历史上商民人等一向是持剑者砧板上的肉，毫无自卫权利。持剑是冷兵器时代的事了，当今允许国民合法持枪自卫的法治国家，没听说有暴力破门拆人家宅的报道，依法维权无须自焚，也不至于由此形成群体事件。

近代中国出现过"持枪的商人"对抗政府的事例：1924年8—10月发生于广州的"商团事变"，是一个失败的标本。海峡两岸的官修历史，都将此事说成"反革命事件"，并归咎于英帝国主义、北洋军阀及陈炯明等的指使，但至今缺乏切实证据。

历朝多视岭南为蛮荒之地，人民为化外之民。特殊的地理位置，形成了相对独立的区域经济和文化。广州的海外贸易始于汉唐，至宋代已成为中国最大的商业城市和通商口岸。鸦片战争以来，广州是最早形成近代市民社会的都市之一，商人团体不仅具备雄厚的财力，且对政治有较大影响力。广东成为维新与革命两大社会思潮的策源地，绝非偶然。

在历史上的动荡年代，民间社会有组织民团维持地方的传统。清末的广东商民们不愿卷入政争，但公认"官之卫民，不如民之自卫"；辛亥革命时期，广州商人岑伯著、陈廉伯等组建了广州商团，以保卫自身权益。民初政局多变，革命党人、北洋军阀、滇桂军阀轮番据粤，军队经常滋扰，匪患异常猖獗。商团身着制服荷枪出巡，制止兵匪劫掠，商民确认有自卫之效，纷纷加入。

商团的发起依托商人行业组织及街区网络，是一支以城市街区为单位，守望相助的民间治安团体，兼具救灾、赈济等公益职能。商团分所的建立，由各街推派代表集议公决，并参与管理，经费及枪械服装由商民捐助。商团成员皆为商店、工厂的老少东家及中高级店员，有别于良莠不齐、兵痞盗匪混杂的传统民团。

军阀混战时期，广东经常处于半独立状态，地方财政若无商界支持则难以为继。市民社会的壮大和地方政府的相对弱势，令地方自治的理念得到普遍认同。这种背景，也是主张"联省自治"的陈炯明与坚持"武力统一"的孙中山分裂的重要原因。

1919 年 3 月，商界闻人陈廉伯（1884—1945）出任商团团长。他是广东南海人，出身商人世家，祖父陈启源为著名南洋归侨，中国第一家机器缫丝厂的创办人，父亲陈蒲轩为丝业富商。陈廉伯幼年在香港接受英文教育，曾任汇丰银行广州沙面分行买办，后继承父亲创办的昌栈丝庄。他资财雄厚，热心慈善公益，在商、政、军界交游广泛，1921年又当选广州总商会会长。

陈廉伯主张"寓兵于商"，上任后宣布商团的四大宗旨：一、实力保卫地方；二、认定本团为独立性质，无论如何不为政潮所左右；三、联络团军，亲爱感意；四、力谋扩张及进步。他在任内迅速发展商团实力，组织商团模范队，操练实弹射击、巷战等，1922年陈炯明驱走孙中山时，商团维持治安得力，甚得商民拥护。至1924年，商团总人数已扩大到2.7万人。

1923年孙中山依靠滇桂军重返广州建立政权之前，商团大体只求自保，避免卷入政治斗争漩涡。1924年国民党召开"一大"，"以俄为师"推行"三大政策"后，引发了商界对共产革命的恐惧。广东政府为维持庞大军费，征收各种苛捐杂税、发行缺乏准备金的劣币；外省客军军纪败坏，包烟包赌、擅征捐税，导致商政摩擦日增。广州商人为抗拒税收不断罢市，商团则一再扩充实力，防兵、防盗、防官府，引起了国民党政权的疑惧。

"商团事变"的爆发，系广东政府扣留原已批准商团进口的枪械所致。此举意在打压日益壮大的商团势力，并挪用枪械充实北伐军力，交涉中官方又借机索要50万元军费。双方几经折冲未达成妥协，最终导致公开对抗。广东商人两次发动罢市，宣言要求"铲除共产运动、罢免凡百苛捐、恢复我联防之本能、发还我全数之枪械"。孙中山一直迟迟未下决心镇压，后来苏俄援助的军火到岸，才下令出兵平息了事变。他事后也承认："广州商团购枪自卫，向来都是很自爱的，对于政府都是很安分的。广州政府无论是民党或者非民党，同商团相处都是安然无事。"

这场事变是在国家分裂、政局动荡的背景下，成长中的近代市民社会与政府对抗的一个范例。如果是在社会大而政府小的法治国家，即便政权更迭，社会仍可维持运转；而那时中国恰恰是一个大政府小社会的国家，东方专制主义的传统和商品经济的不发达，长期阻滞了市民社会的成长，民间不具备与政府讨价还价的实力，无法达成社会契约并走向法治，总是周而复始地陷入动乱。孙中山创立民国，公布了《临时约法》那样伟大的社会契约，但未能带领中国真正走向共和；连他自己建立的地方政权，也还是按传统模式行使权力。

从法治社会的角度观察：持枪商人组成的商团是一个历史怪胎，而国民党的广东政府也不是一个良政府。

寂寞梁门人去后

2010年11月2日上午，前往世纪坛医院送别梁从诚先生。越靠近目的地越难走，交通台的广播说，复兴路一带已实施临时交通管制。此前章诒和曾告诉我，梁家只想办一个小范围的告别；消息在虚拟世界以几何级数传开以后，居然引发了现实中的某种紧张。

一个家族的背影

医院终于到了，进门后直奔告别室小院。送别者有秩序地排队静候，满院密密麻麻排列着各种字体的挽联挽幛，在寒风中飘荡，绝大部分是"自然之友"等环保 NGO 及志愿者敬献的，他们要通过这种集体表达方式，向这位中国民间环保事业的开创者致以最后的敬意。

我与内子手持菊花走近告别室，梁先生的公子梁鉴很快发现了我们，随后又见到了梁夫人方晶女士和小女梁帆，章诒和、蒋彦永、牟广丰等友人也陆续到达。据广丰说，正在帮梁家寻觅一片林地树葬，以了却逝者守护大自然的心愿。我提起香山梁启超先生墓园，里面不是还葬有梁氏家族的后人吗？他说墓园已经交公，现在无法安葬族人了。

10 点整，告别的时刻来临，先是梁氏族人入内告别，很快轮到我们。

鲜花丛中，梁先生的遗容比生前清癯，头颅微微后仰，嘴好像没有完全闭上，就定格在灵魂离去的时刻了。三鞠躬后，依次将菊花献上；环绕一周行将走出时，我停步回望逝者，觉得他仿佛挣扎着，要为保护地球母亲发出最后吼声……

其实这只是我的想象，梁先生在去世前好几年，就无法正常思考了。我们和梁先生等几家朋友，每年照例有几次聚会，直到有一回发现他反应迟钝，往后的聚会就无形中停止了。后来得知，他得了阿尔兹海默氏症。

从告别室出来，听蒋大夫追述了梁先生辞世的经过，相对唏嘘而别。途中取出仪式上分发的纪念折端详，上有生平简述、生活照、亲友的送别寄语，以及梁太夫人林徽因女士在他出生后写的一首小诗，母亲深情地对儿子吟唱："你是爱，是暖，是希望，你是人间的四月天。"绿地封面上是梁先生的遗照，一副孩童般的笑靥，用调皮的眸子凝视着我，也回望着人世间。

梁从诫的逝世，唤起了人们对一个近代名门的历史记忆：

梁启超，梁思成、林徽因，梁思永、梁思庄……这些在中国知识界大名鼎鼎的人物，到他这辈已是第三代了。梁从诚留下的"三代人都是失败者"这句话，此刻正被热议且令人永远痛心，他自己也曾总结说，悲剧的成因是由于"选择空间越来越小"。

消逝的空间

梁启超先生是近代伟大的思想家，同时也是政治家和学术宗师。他出生于中国最后一个封建王朝的末期，受过完备的儒家传统教育，在中西文明对撞的历史环境中成长。清王朝前期曾有严酷的文字狱历史，但自从传统的农业文明在强势的工业文明冲击下落败，国人逐渐睁开眼睛看世界。尤其是甲午战败之后，办报、结社、讲学成为社会风气，戊戌政变后虽一度处于低潮，但在国难深重的背景下，改革专制制度、实行宪政逐渐成为朝野共识。

清政府宣布预备立宪以后，颁布了《结社集会律》和《报律》，后来在舆论的强烈批评下，修改了其中某些限制人民自由的条款。《报律》令国人办报有较为宽松的社会政治环境，注册登记手续极为简单，言论相当自由，举凡时政、制度、法律、政策、腐败、社会黑幕等等，包括圣旨在内，皆可公开批评。《结社集会律》打破有清以来严禁结社集会的罗网，只要不是以武力推翻清政府的革命党和会党，一切公开的政党和团体均有合法存在的权利。

梁启超在上海创办的政闻社，尽管因清廷对康、梁的通缉令而无法登记，但仍可凭借报刊的平台发表大量言论，并与革命派展开论战。民国成立以后，他不像康有为那样敌视民国，坚持保皇复辟，而是组织进步党继续参政，在议会政治中与国民党分庭抗礼。袁世凯称帝时，他发表《异哉所谓国体问题者》，策动蔡锷发动反袁起义，保卫了共和政体。

或许正是由于经常处于反对派的地位，梁启超才能保持逆向思维，并在思想学术领域大放异彩。他深刻认识到"今日世界之竞争，不在国家而在国民"，以"作育新民"为己任，大量介绍西方政治学说；以极富感染力之文笔，发表《少年中国说》、《新民说》、《新大陆游记》等政论、散文，率先批判消极落后的"国民性"，提出政治、宗教、民族、生计的四大自由，提倡"新文明再造"。晚年脱离政治后所撰《中国历史研究法》、《中国近三百年学术史》等学术名著，将中国历史置于人类文明史的视野中研判，从方法到观点，开新史学之一代先河，对后世影响甚巨。

应该看到，当年的立宪派与革命派之争，其终极目标都是宪政，惟方法手段有别。梁启超与革命党人虽政见分歧，私谊仍在，保持了君子风度。孙中山逝世时，他还亲往吊唁。党派利益的极端化，是引入苏俄政治模式之后的事，变成了两党之间你死我活的残酷斗争。党派政治的一元化意识形态，令从清末到新文化运动所开辟的多元文化空间逐渐缩小。

生于1901年的梁思成，属于新文化运动背景下造就的一代学人。多元文化空间中百家争鸣的学术气候，涌现出胡适、梁漱溟、钱穆、冯友兰等一批学术大师，梁思成也是其中之一。身为建筑学家，他不像父亲那样在政治和学术两个空间中自由行走。而是在专业领域内，将自己的才华发挥到极致，至少前半生是如此。整个国民党统治时期，即便有"一个主义，一个政党，一个领袖"那样的独裁，有《图书杂志查禁解禁暂行办法》、《战时新闻检查办法》等钳制言论自由的法规，但学者们在自己的专业领域内，仍享有较大的学术自由空间，即便是李达这样的马克思主义学者，也还是有著书执教的环境。

梁思成、林徽因夫妇都不是热衷政治的人。北平围城期间，他们被未来领袖保护故都古迹的诚意深深打动；然后与无数善良的爱国知识分子一样，对新时代满怀憧憬，热心地设计了新国家的国徽。江山定鼎之后，意识形态彻底定于一尊，不容任何异见，即便是专业人士的学术见解，也会作极度政治化的解读。梁氏夫妇在内战中保护了北京城，进入和平年代，却为了同样的原因遭遇厄运，眼睁睁地看着古城墙被一步步毁掉，同时被摧毁的，还有自己的学术生命。如果能学某文化大佬摧眉折腰，或许能坐享安贵尊荣到老，但梁启超的后人不是这种人，既然别无选择，就只有坚守学术良心。

无异见则无大师

纪念折的寄语中说："梁先生，您在六十岁时放弃学术研究，选择了民间环保之路，无论从个人角度还是从国家角度来说，都可谓从零开始……"

这句话的背后，其实是一个人的生命被白白浪费了几十年。人生最大的不幸，就是在错误的时间降生在错误的空间。1932年生于北京的他，曾就读于北京大学历史系，如果没有各种政治运动及其后的选择，他应该是我的同行。在有限的生命被浪费之后，他没有继续历史研究，却选择了历史使命，在新一轮改革潮中成为民间环保的先驱。

我1979年在大百科全书出版社打工时，梁从诫正主持《百科知识》杂志。在同事口碑中，他是一个对工作要求相当苛刻的人。如今回想，他应该是继承了母亲林徽因的完美主义个性，对他人、对自己、对环境都是如此。他曾不顾情面地指责破坏生态人文环境的大小官员，曾骑着老旧自行车去政协开会，曾回收使用别人丢弃的家具和文具……，有次他留给我一张名片，还特地说明是用再生纸印的。

有朋友调侃说，梁从诫是位没有著作的大师。我凭吊他留下的博客，人去楼未空，里面的文章寥寥可数，其观点中不乏异见，但也确是真知灼见。梁先生是梁门理念的践行者，从争取结社自由而言，他创立了改革开放以来第一个民间环保组织；从争取言论自由而言，他不断推广自己的理念，将中国民间的环保声音变成了政协提案（尽管效用有限），传达到各种国际性会议和组织。他以花甲之年从零开始的生命行走，浇铸了一本大书。

梁先生当了四届全国政协委员，自称是"爱国的反对派"，也曾对我谈及政协官员对他的"善意警告"。在"政治养老院"中，他只是思想解放年代的孑遗标本，"歌德派"稳居主流，理性的"爱国反对派"越来越少。耐人寻味的是，随着民族主义声浪的勃起，社会上"爱国愤青"越来越多……

梁门祖孙三代中，都出了"反对派"：梁启超想通过改良拯救中国，梁思成要通过保护北京城拯救中国文化，都失败了；轮到梁从诫，想通过保护中国生态拯救地球。他的抱负其实比前两辈人都大，奔走守护十八年，辞世之际，大陆生态环境已到了空前危急的程度；一地烂污中，横陈着无数 GDP 数字和官员们"不容置疑"的政绩……

望着梁门三代人寂寞的背影，感叹大师辈出的时代已成历史。科学发展的原动力，是对人类有限知识的怀疑与拷问；所谓大师，就是一批有着独立之精神、自由之思想的人，他们对人类文明进程中的各种问题发出质疑，不断提出新解读、新主张、新方案。一个失去了文化多元性且不容异见的社会，不会有思考与进取，不会有文明的创造力，也不会产生大师。

民国血脉——百年清华的另一道统

今年 4 月，清华大学高调庆祝百年华诞，盛况空前。"第一校友"胡锦涛先生在讲话中回顾了校史："建校伊始，清华秉持科学救国理想，倡导'中西融会、古今贯通、文理渗透'，一批学界泰斗在清华园里潜心治学、精育良才，形成了名师荟萃、鸿儒辉映的盛况，很快发展成为我国最好的大学之一，填补了我国现代科技的诸多空白。"

史无前例的盛大校庆，在民间和互联网上引发了热议，议论的焦点是中国的高等教育。

校训与学术精神

关于清华校训是八个字还是十六个字的问题，也是网络争论中的话题之一，这是需要澄清的：2006 年 5 月，清华校史专家黄延复先生在一次演讲中，以二十四个字总结清华传统："自强不息，厚德载物；独立精神，自由思想；东西文化，荟萃一堂"；不料以讹传讹，有人误将"独立精神，自由思想"窜入校训，于是有了清华十六字校训被腰斩的传闻。

历史上清华的校训是"自强不息，厚德载物"八个字，典出《周易》乾、坤二卦："天行健，君子以自强不息"；"地势坤，君子以厚德载物"。1914年冬，梁启超先生来校，即以《君子》为题发表演讲，提倡"吸收新文明，改良我社会，促进我政治"；他认为清华应该是培养君子的地方，勉励大家"崇德修学，勉为真君子，异日出膺大任，足以挽既倒之狂澜，作中流之砥柱"。此后，清华即以"自强不息，厚德载物"为校训，并制作校徽。

梁启超与王国维、陈寅恪、赵元任并称清华国学院"四大导师"（后三位均未列入清华百年"光荣榜"），开创了清华学术史上最辉煌的时代。王国维自沉昆明湖后两年，国学院停办，同人为王国维先生树立纪念碑，陈寅恪撰铭曰：

> 士之读书治学，盖将以脱心志于俗谛之桎梏，真理因得以发扬。思想而不自由，毋宁死耳。……惟此独立之精神，自由之思想，历千万祀，与天壤而同久，共三光而永光。

陈先生认为只有摆脱"俗谛"才能发扬真理，并以所撰碑文自豪。立碑二十四年后（1953年），他在《对科学院的答复》这封著名的信中重申："我的思想，我的主张完全见于我所写的王国维纪念碑中"，并诠释说："'俗谛'在当时即指三民主义而言"，"我绝不反对现在政权，在宣统三年时就在瑞士读过资本论原文。但我认为不能先存马列主义的见解，再研究学术。我要请的人，要带的徒弟都要有自由思想、独立精神。不是这样，即不是我的学生"。同时提出到中科院就职的两项条件：一、"允许中古史研究所不宗奉马列主义，并不学习政治"；二、"请毛公或刘公给一允许证明书，以作挡箭牌"。王国维纪念碑在"文化大革命"中被推倒，1981年重立。

曾主持清华国学院院务的吴宓，是倡导"昌明国粹，融化新知"的学衡派主将，后来又在外文系推行其导师白璧德新人文主义思想，参照美国名校课程所制定的四年学程，规定了"博雅"与"专精"两项原则，强调"了解西洋文明之精神；汇通东西之精神思想"。最终在梅贻琦长校期间，形成了"中西融会、古今贯通、文理渗透"的清华特色。

清华校训和先贤们的大学精神，与蔡元培先生主持北大时"思想自由，兼容并包"的办学理念，异曲同工，相映成辉。可惜如今均已失传失真。

校长与办学宗旨

从 1911 年清华学堂成立到 1948 年解放军进北平，清华共有过十位校长：周自齐、唐国安、周诒春、张煜全、金邦正、曹云祥、温应星、罗家伦、吴南轩、梅贻琦。其中因不受师生欢迎而去职的是张煜全、金邦正、罗家伦、吴南轩，而吴南轩的任期只有一个多月。被奉系军阀派任校长的温应星，曾就学于美国西点军校，是校长中惟一的军人，任期只有两个月。

清华的首任校长（当时称"监督"）周自齐是早期留美学生，曾服务于晚清外交界，民元以来历任山东都督兼民政长、中国银行总裁、财政总长、交通总长、陆军总长，署理过国务总理，曾摄行大总统职。他在 1909 年 7 月出任游美学务处总办，主持筹建游美肄业馆（清华学堂的前身），择定清华园为校址，1911年 2 月兼任清华学堂监督，聘请教员，招收学生四百六十人，清华学堂于 1911 年 4 月 29 日正式开学。这位清华的开山鼻祖，"文革"中被掘墓刨棺，其侄孙最近披露：周老夫人被红卫兵打死后切下头颅（这恰好与我知晓的一段往事重合，现正在印证中）。

第三任校长周贻春倡导"着重德智体三育"的方针，推行"端品励学"和体育"强迫运动"，"素以养成完全人格为宗旨"。他率先提出了将清华由留美预备学校改办为完全大学的计划，并得到批准。他筹划并主持修建了清华园内著名的早期四大建筑——图书馆、科学馆、体育馆和大礼堂。

在第六任校长曹云祥任内，北洋政府外交部批准将清华学校改组成大学部、留美预备部、研究院三部分。1925年5月大学部正式成立，设十七个系，清华历史进入了第一个发展期。曹校长主持开办清华国学研究院，延致王国维、梁启超、陈寅恪、赵元任四大导师，汇通中西文化，倡导教育和学术独立。清华历经"大官时代"（周自齐）和"大楼时代"（周贻春）的草创，迎来了"大师时代"。

随着国民党北伐的胜利，清华的学术自由进入了与"党化教育"的磨合期。1928年8月，南京国民政府正式接管清华学校，改称国立清华大学，脱离外交部，直辖于教育部，罗家伦出任第八任校长。据台湾清华校史记载：他长校期间，增聘名师，裁并学系，招收女生，添造宿舍，裁汰冗员，结束旧制留美预备部，停办国学研究院，创设与大学各系相关联的研究所，对清华大学的发展有所建树。但他作风专断，不尊重师生意见，引起师生的"驱罗"运动，不到两年即被迫辞职。

1931年10月，梅贻琦出任国立清华大学校长。他是清华第十位也是任期最长的校长，主张"师资为大学第一要素"，大学"应有两种目的，一是研究学术，二是造就人才"；其名言"所谓大学者，非谓有大楼之谓也，有大师之谓也"，至今被人传诵。在他长校的十七年里，清华大学延聘国内外著名学者来校执教，全校设有文、理、工、法、农等五个学院二十六个系，发展为国内外颇有影响的学府。

抗战期间，梅贻琦兼任西南联合大学常委，在艰苦卓绝的环境中主持校务，为中国高等教育史留下了浓墨重彩的一页。他在抗战胜利后继续担任清华大学校长，直到 1948 年 12 月离开大陆。1955 年，梅贻琦用清华基金会利息，筹备清华大学在新竹复校（诺贝尔奖获得者李远哲曾在此就读），此后主持校务直至 1962 年逝世。他把一生奉献给了清华，始终恪守清华的教育理念，与政治保持距离，保存并延续了清华的血脉。

"光荣榜"与大师之殇

清华百年校庆出现的"光荣榜"中，有二十五位被引为骄傲的"清华人"。其中有八位人文社会科学学术大师：梁启超、冯友兰、陈岱孙、费孝通、钱锺书、吴晗、曹禺、季羡林；八位自然科学学科和工程技术领域奠基人和开拓者：叶企孙、茅以升、竺可桢、华罗庚、钱三强、钱学森、邓稼先、钱伟长，两位诺贝尔物理学奖得主杨振宁、李政道；两位民主志士：闻一多、朱自清；1952 年"院系调整"后留校执教的四位名师：刘仙洲、梁思成、马约翰、张光斗；一位校长：蒋南翔（清华"一二·九"学运领袖）。他们中有些人兼具清华学生和教师的身份，有些人则仅占其中一项。

这二十五人中，曾就读于清华（含西南联大）的有十五人：叶企孙、梁思成、闻一多、陈岱孙、费孝通、钱锺书、钱伟长、邓稼先、杨振宁、李政道、季羡林、钱三强、曹禺、吴晗、华罗庚（华罗庚只上过初中，是被梅贻琦校长破格培养、提拔的特例）；其中除曹禺、吴晗、华罗庚三人不是留学生外，多数考取了美、英、法庚款官费留学（仅季羡林是留德交换生）。茅以升、竺可桢、钱学森、张光斗四人原非清华学生，但考取了清华名下的官费留学。学成回国后，仅张光斗到清华执教，其余三人后来与清华没有什么瓜葛。如果一定要收入清华账本，同样状况的还有一位更大的名人——1910年考取清华学校庚款留美官费生的胡适。

榜上执教于清华的十四人中，除梁启超、闻一多、朱自清三人先期逝世外，其余各位在1949年后的历次政治运动中，均受过不同程度的冲击。冯友兰、陈岱孙、费孝通、钱锺书四人在1952年"院系调整"后永远脱离清华，吴晗另有高就，留校继续执教的有叶企孙、钱伟长、梁思成、刘仙洲、马约翰、张光斗六人。去留诸君的结局也颇耐寻味：吴晗积极从政，1957年光荣入党，后因新编历史剧《海瑞罢官》而成为"文革"第一牺牲品，遭迫害而死；梁思成为保护北京古建筑，五十年代横遭批判，"文革"中郁郁而终；叶企孙"文革"中被打成"反革命"入狱，出狱后被迫害致死；钱伟长1957年被打成"右派"，"文革"结束后仍不见容于清华，转任上海工业大学校长。

这二十五人有一共同特点，都不是1949年以后清华培养的人才。而清华人自己津津乐道的，则是1949年后从清华大学毕业的中共中央政治局常委、委员十四人，人大副委员长、政协副主席十六人，最高法院院长、最高检察院检察长两人，部级正职二十人，等等等等。

就我记忆所及，由于各种原因未列入"光荣榜"的清华名师有：人文学者王国维、陈寅恪、赵元任、李济、梁思永、吴宓、张申府、蒋廷黻、陶希圣、叶公超、萧公权、张荫麟、雷海宗、俞平伯、夏鼐、杨树达、唐兰、王力、潘光旦、金岳霖、汤用彤、贺麟、张岱年、钱端升、张奚若；自然科学学者周培源、吴有训、熊庆来、萨本栋、张子高、黄子卿、赵忠尧、王竹溪、赵九章、黄万里、顾毓琇、陈省身、任之恭、吴大猷、沈君山……等等。其中除早逝、离职及 1949 年出走者外，文、理科学者大多在 1952 年"院系调整"中调离清华。

未列入"光荣榜"的清华校友就更多了：胡适、梁实秋、孙立人、吴国桢、俞国华、殷海光、浦薛凤、杨联升、何炳棣、侯德榜、张钰哲、杨廷宝、王淦昌、叶笃正、郭永怀、唐敖庆、李远哲、罗隆基、王造时、王铁崖、吴组缃、林庚、李长之、谢国桢、陈鹤琴、洪深、端木蕻良……，无法一一尽述。

"光荣榜"上惟一健在者，是九十九岁的张光斗教授。在三门峡工程和三峡工程上马论争中，他站在"政治正确"的一方，其言行立场至今争议不断。对这两个工程坚持反对意见的是他的同事，被称为中国"科学的良心"的黄万里教授。这次清华校庆，部分校友拟自发举行小型座谈会追思黄先生，我已应邀准备出席，却临时被告知因某种原因取消了。

"西化"与"苏化"

中国儒家传统囿于"形而上者谓之道，形而下者谓之器"的成见，视科学技术为"奇技淫巧"，而传统典籍的经史子集科目，也缺乏科学的分类。应试教育专为科举而设，以儒家经典、八股诗赋为主，历来不重视自然科学。清末以来，中西文化对撞背景下出现的新式大学教育模式，开始有了科学的分科，重视与世界主流文明的接轨融合，传授先进的科学技术。

清华大学的前身是留美预备学堂，隶属外交部，历任校长多为留美学生，办学经费来自美国退还的庚子赔款。清华早期历史上多次发生驱赶校长的事件，即便是曹云祥、罗家伦这样锐意改革的校长，也未摆脱被赶走的命运。每当校长出缺，由教授组成的校务委员会就会代行管理之责。"教授治校"是清华的传统，清华大学教授会由全体教授、副教授组成，其权限为：审议改进教学及研究事业以及学风的方案；学生成绩的审核与学位的授予；从教授中推荐各院院长及教务长。教授会由校长召集和主持，但教授会成员也可以自行建议集会。这是一种美国式的校园民主管理模式。

清华历来被认为是"西化"程度很高的学府之一，但观察清华国学院的价值取向，其在传统与现代之间的个性定位，超越了新文化运动的发祥地北大，这与院务主持人吴宓的教育理念有很大关系。梅贻琦任校长后，推行"通才教育"，主张"通识为本，专识为末"；"使教育于适当的技术化外，应当取得充分的社会化和人文化"。清华学术精神和教育传统，历来是多元的而非一元的，是普适的而非排他的，是通才教育而非工具教育。

二十世纪上半叶崛起的中国高等院校，沐浴欧风美雨，呼吸学术自由。世纪下半叶"一边倒"之后，"西化"教育体系迅速被"苏化"的工具教育模式取代。1952年的全国高校"院系调整"是一场空前的教育灾难，许多高校被分拆，大力发展独立建制的工科院校，综合性院校明显减少；高校丧失教学自主权，人文社科类专业如社会学、政治学等被停止和取消，私立教育退出历史舞台。有教会背景或西方资助的大学首当其冲：燕京、辅仁、齐鲁、圣约翰、震旦、沪江、金陵、东吴、之江、岭南等高校消失；清华大学遭到肢解，原有的文、理、法、农学院被裁并到其他院校。一座有着作育通才历史传统的综合性大学，从此成为单一学科的"工程师摇篮"；直到"文革"结束后才逐步恢复文理学科建制，但学术传承斩断之后，重构的躯壳已难召回灵魂。

"苏化"首先是意识形态的一元化，以"政治正确"压抑学术自由，以共性消灭个性，培养"驯服工具"。"又红又专"的口号取代了"自强不息，厚德载物"的校训（近年虽校训复出，忽又提倡"精忠报党"）；"教授治校"的自治传统遭批判废黜，代之以"党委治校"，校长成了有行政级别的高官。工具教育的宗旨，是将人制造成大机器上的标准件，有独立思考的人才，往往被视为不合格品而遭淘汰。人性扭曲和功利性技术思维之下，不再涌现学术大师，没有培养出一位诺贝尔奖获得者；即便是被引以为荣的"两弹一星"元勋校友，也都是国外院校培养的研究生。

　　2005 年，病榻上的钱学森向温家宝总理建言："现在中国没有完全发展起来，一个重要原因是没有一所大学能够按照培养科学技术发明创造人才的模式去办学，没有自己独特的创新的东西"。一个甲子以来中国高等教育，前三十年被"院系调整"改造为"标准件"生产线，再被"反右"剥夺学术自由，"文革"中沦为派性战场；后三十年虽逐渐走出"苏化"办学框架，但"官学"意识形态犹存，并在"教育产业化"中向"学店"演变。清华的命运是六十年间中国高等教育的缩影，现任校长称将在2020 年"总体上建成世界一流大学"。若无诸般大小折腾，"第一流大学"早已不是梦想。

　　梁启超当年以"宽厚犹大地之博，无所不载"诠释"厚德载物"，说透了就是学术思想的多元化。校园躯壳之内，一旦失去"独立之精神，自由之思想"，也就惟有感叹"大师之后再无大师"了……

　　豪华校庆，冠盖云集。前曾见大师，后惟识大官，忆水木之清华，独怆然涕下。百年后清华，伏惟尚飨！

赵 牧

搜狐博客频道总监。

博客：zhaomu.blog.sohu.com

孩子，不是所有的父亲都能扛住黑暗的闸门

题记：青年才俊吴怀尧去年有志复活五四名刊《新青年》。去年初，经他多方奔走，后与某出版社达成创办《新"新青年"》协议，并开始四处组稿。此文即缘此而生。但那杂志如我预料地胎死腹中……

我常对儿子说："宝宝，爸爸爱你"。他不在我身边时，我也常给他发短信，告诉他："爸爸爱你。"

我不介意小儿通常那"没心没肺"满不在乎的反应，也不介意他将来是否有什么"大出息"。只要他身心健康、快乐，能够自立就好。小儿七八岁时，他曾对自己做过这样的期许——"我只想做个中不溜的人"，这个志向的表达曾让我开怀大笑。

无论怎样，无论何时，在这个地球上，绝大多数的人生都是平淡的。所以，还是先让我们能够面对最可能的人生——让我们"直面平淡的人生"，再去说什么"敢于直面悲惨人生"，憧憬什么辉煌的人生吧。

在中国，有着种种扼杀儿童天性的办法，除了直接的奴役虐待，就是所谓"精英教育"的圈套。诸如什么小学奥数班、英语班。它所以能如此蛊惑家长之心，几乎都是制度设计者通过对家长有意无意的恫吓实现的，当孩子们的父母自己都无法直面平淡的人生时，就注定了要在这样的蛊惑面前迷失方向——"如果你不想让你的孩子输在人生的起跑线上，你就应不惜时间和血本"。

我常对儿子说："宝宝，爸爸才不在乎你考试能拿第几呢。你永远不要有压力，应该把学习视为一种乐趣，一种智力的游戏……"

除了为孩子提供基本的生活保障，除了让孩子能接受基本的教育，我以为当今做父母的第一件事，就是在心理上为子女扛住应试教育那扇"黑暗的闸门"（语出鲁迅《我们现在怎样做父亲》）——让他看到人生的光彩与学习成绩并无必然联系。

为什么那么多家长如此顺从地被绑架了呢？为什么今天有那么多家长仅仅面对应试教育这道"黑暗的门"就垮掉了呢？

望子成龙固然是许多文化都有的现象，在儒家文化背景下，子女对家庭的另一个"意义"更是深入人心，那就是"不孝有三，无后为大"。

糟糕的现实是，严酷的计划生育执行了近三十年后，它又与教育作为"可持续勒索"的暴利产业合流，从而形成了双重的压力，这为中国独生子女家庭制造了一个更普遍深刻的焦虑和恐惧。孩子的安危和是否有出息有前途，已然成为当今中国人的最大焦虑。

4月20日，北川县委宣传部的冯翔主动结束了自己的生命，那天距他的爱子倒在曲山小学废墟下一周年的祭日只有二十二天。我确信，如果不是丧子悲剧，生活无论有多难，他都会挺下去。

我举这个例子是想说，平时人们尽可赋予人生无数光鲜的意义。但人生的真相并不会被这些浮夸的辞藻掩盖。

关于自杀，存在主义大哲加缪曾有过这样的论述："真正严肃的哲学问题只有一个：自杀。判断生活是否值得经历，这本身就是在回答哲学的根本问题……因为这种回答先于最后的行动。"

很不幸也很可幸的是，众多精神崩溃的悲剧仍在强调着来自于自然的那个事实——大自然赋予生命的那个最原初意义——种群繁衍的本能——对亲生骨肉的爱。

不幸的是，生命和生命的意义常常显得如此脆弱。

或许聊可庆幸的是在，在这种普遍的脆弱中我们毕竟还能看到爱。

《动物世界》的镜头里常常上演着这样的故事，成年的动物因为无法保护幼小的生命走向壮大、走向独立，因为无法为它们的孩子扛住那"黑暗的闸门"哀鸣。

我猜想，孩子只要他经常看这样的电视节目，他们或多或少也会朦胧地察觉生命的这个真相：不是所有的父爱都能为他的孩子扛住"黑暗的闸门"，不论他（它）们自身有多么强大，也不论他（它）们对自己的子女的爱有多深。

孩子们可能不知道的是，动物不会反思，不会思考生命意义的问题，它不能把本能升华成为理论，不可能为任何一种意义困扰，更不用说为某种意义去自杀。

但通过几十万年的演化，人毕竟已经演化成"意义网络"的动物，更麻烦的是，由于生命意义的"多样化"，这使得每个活着的人总要面对各种意义的优劣、大小、轻重的比较、判断和选择。

这种差异的形成，使得人之来自于自然的那个重要的本能——"爱"变得极其复杂。

这就是人人都承认对子女之爱是一种本能，却对究竟什么是对儿女的真爱争论不休的原因。

如果没有这个差异，鲁迅的命题——《我们现在怎样做父亲》也就无从说起。

1919 年 11 月鲁迅在《新青年》发表这篇启蒙意味十足的文章，那还是他痛恨的父权仍然盛行的时代；斗转星移，九十年后的今天，我们对"父权"一词是不是已经相当陌生？

九十年前，年轻人普遍地早早成了家，忙着接二连三地生儿育女；九十年后的情景不但独生子女家庭比比皆是，甚至出现"丁克群"，剩男剩女也大流行了。

九十年前，传统的"鸦有反哺之义，羊有跪乳之恩"的人伦旧说还占着压倒优势；九十年代后的中国，却开始盛产"啃老族"了。

九十年前，父母对子女的择业择偶都有着举足轻重的影响；九十年后的中国，因为独生子女政策，父母对子女的爱看似有增无减，但他们对子女的影响却微乎其微了。

《今天我们怎样做父亲？》——九十年之后，在同样的命题下，独生子女的政策也许是最应予以特别考量的因素。

鲁迅当年说："中国的孩子，只要生，不管他好不好，只要多，不管他才不才。生他的人，不负教他的责任。虽然'人口众多'这一句话，很可以闭了眼睛自负，然而这许多人口，便只在尘土中辗转，小的时候，不把他当人，长大以后，也就成不了人"；九十年后呢？在持续了近三十年的严厉的计划生育之后，"优生优育"的理想口号在多大程度上成为了现实呢？

恰恰是因为爱，中国父母一方面尽其所能在物质上把独生子女当做皇上呵护供养；一方面又为了不让他们的子女不能"输在起跑线上"，不得不屈从垄断的教育制度的各种威逼利诱，结果无数父母成了中国最明显的"可持续勒索的产业"——教育产业的共谋，在这种互动作用中，他们不但畸形抬升教育成本，还把孩子统统变成了苦役囚犯……

独生子女，今天已经成为无数父母生命之中的不可承受之重。

我见过不少贫穷的家庭，见多了便不再震惊；我看过许多父母因为交不起学费无颜面对子女而自杀的新闻，看多了也不再震惊；但还是有一件事每次想起都会肉跳心惊：

那是 2004 年的 4 月 5 日，一个只有六岁的女童陶小洁在家中自杀。他的父亲靠挖野菜、母亲靠捡破烂为生，他们实在无力为这个六岁的孩子扛起那扇黑暗的闸门，她为此一直和家里闹别扭……

我简直无法想象，她才六岁！是什么邪恶的力量在这个幼儿的内心世界种下了这么强烈的意识：没钱读书——生命毫无意义！又是什么邪恶的力量让这个家庭如此贫困，以至于连小学都读不起！

一个六岁的女童尚且如此，没考上大学的，大学不能毕业的，毕业找不到工作的……冲动之下，用自己的手摧毁他们父母可能仅有的那根人生精神支柱，又有什么奇怪的呢？父母因为孩子考不上大学，或供不起孩子上学上吊自杀，又有什么奇怪的呢？

我并无批评孩子们的意思，更没想预留什么伏笔告诉自己的孩子，有朝一日他的父亲若也无法为他扛起那黑暗的闸门时寻找托词。实际上恰是因为这些年见过的，经历过的许多事情都能让我想到——《我们今天怎样做父亲》的命题，可能比鲁迅那个时代更峻急。要知道在被我们嘲笑和严厉批判过的科举时代，作为典型的代表，数来数去也不过只有一个因为中举发了疯的范进。

古人说，人生的道理在先秦的时代已经讲完。

套用一句，人生的基本难题，每个时代都会变换头脸横亘在我们的面前。

一个父亲的力量的确是微不足道的，如果大多数父亲真能用头脑思考——比如不屈从阴险的谎言，把孩子逼上不成功则成仁的绝路，从而也把自己逼上绝路，那么情况或许就会有所改观。

再套用"要想解放全人类，无产阶级首先要解放自己"这句名言吧，那就是，要想"救救孩子"，请做父母的先解放自己。

他妈的，我真想爬上去！

我和曹玉春并排蹲在海拔五千一百米的绒布冰河边，撅着屁股，面朝珠峰。

那天的天气真他妈的好！风很小、天蓝得发黑，珠峰峰顶的旗云很小，而且像是固化了一般，几乎看不到变化。这可是一等一的冲顶好天气。

在一番"屁滚尿流"的酣畅后，曹玉春冲着珠峰冒了一句："他妈的，我真想爬上去！"

是的，"妈的，你说得对，我也真想爬上去。"

说完，我们提起裤子，回帐篷了，这事再没提起过。

那是1988年的4月底，离中日尼三国登山家双跨珠峰的突击日没有几天了。

1988年的中国，除了内部汹涌的"价格闯关"，说起来一切都那么阳光祥和，我的心态就像我在那篇《伟大的跨越》里写下的那样：没有越不过的高山。

不过，人生变幻无常，人生的梦更是如此。

就我个人的体验而言，我以为人生之梦通常有这么几个特点：

愿意被主动提起的，大抵后来或多或少得到实现，更多的还没萌芽就死掉了，往往就羞于或不屑提起，比如我曾经想做个画家，也曾想做个音乐家。对于现在连圈都画不圆、五音也不全的我，再提这儿时之梦就有搞笑的嫌疑了。

它的另一个特点是，萌生之初也许极其强烈，却偏不能付诸行动——就像偶遇绝色女子，虽然当即就能产生把她搞到手的强烈冲动，最终却被"自惭形秽"的"理智"自我挫败一样，过过嘴瘾也就过去了。

此外，它有时还像网络的下载工具，具备"断点续传"功能，一个不经意的梦被外力中断多年，自己似乎全然忘却时，不经意中又被触动了开关……这种断断续续的梦怎么形容才好呢。打个比方吧，我觉得这有点像一个熬了几十年的老光棍原本自以为六根清静了，突然因为有可能娶上一门媳妇，结果上下四根老肢便乱颤起来。

我的珠峰之梦算是哪一种呢？

这事说来就有点复杂。

其实，我去珠峰完全是偶然。1987年底，为了双跨珠峰活动，中国登山协会圈定了八家媒体，并分别发去传真，请这八家媒体各派一名记者前往珠身参与报道。

别小看这样的邀请，当年这可绝对算是相当高级的政治待遇，但传真发到《人民日报》转至教科文部，部主任面对这个"政治任务"却头痛起来，派谁去风险莫测的珠峰好呢？最后，他决定派刚分来的大学生小李去，新来的人没有家室拖累又不敢不听话啊。那时不要说珠峰，在内地人的眼里，就是去拉萨都算是高风险地区了，以至于几年后《人民日报》有人坐着越野车走了趟青藏线，居然还能如英模一般巡回演讲了好几回呢。

有一天我在报社大院遇到小李，看他哭丧着脸，便问怎么了。小李便述说了他被强派去"鬼域"的事，他说真不知将会面对什么可怕的事。我听了，马上对他说，这样吧，我愿意去，我去找主任说。小李听了掩饰不住惊喜连连说：好，好。现在咱就去找主任吧。

呵呵，人生就是这样——并不是你因为有梦而行，而是行动中不知不觉有了梦。

回想起来，"他妈的，我也想爬上去"的确也可以算是《我的一个梦》了。但它最初就像突然遭遇了仙女，惊艳得全身被电击得不能动弹了。

5月10日，就要告别珠峰那天，我在帐外痴望了神女峰很久，滋味未名地在心里对自己说，"永别了。"

海明威说：命运是个奇妙的东西，无论花多少钱，我都要去买一点。是啊，命运的确奇妙，不过对中国人来说，命运通常不是买来的，而是从天上掉下来的。我第一次去珠峰就是如此。

八十年代以前，去珠峰比六七十年代方便不少，但与今天相比还是太困难了。前中国登山协会主席曾曙生1988年在大本

318

营对我说，据他推算，有史以来，到达过珠峰北侧大本营的人，可能只有五百人左右。至于登上顶峰的人就更容易统计了，那年李致新作为惟一的汉族登山运动员登顶成功后，在国际登山家登顶珠峰的名单排序上标注的序号是222。

那时去珠峰除了交通仍然困难，还有个重大瓶颈，中国人太穷了，如果没有"国家行为"，高海拔登山就是不可能的事。当时仅仅一套高山保暖的装备费用（价格相当于三千多元）与我们的收入（月薪九十七元）相比就昂贵得无法支付了。这个费用还不包括登山的技术装备，更不要说协作的费用，这些费用累加起来，不要说登珠峰，就是六千米的雪山之梦，哪怕这愿望再强烈，也会被立马掐死。何况一年后我便遭遇了血色黄昏，为了生计，我的一帮兄弟甚至打算给我凑钱，买个"面的"拉客了。

可是谁知道呢？登山对有些人来说，有点像吸毒——很刺激——"一次吸毒，终身戒毒"。虽然那一幕血色黄昏让我曾彻底断了登珠峰的念想，但因为登山结识了李致新、土勇峰、仁那、次仁多吉、边巴扎西这些朋友，要想"戒毒"就几乎不可能了。经常的聚会，关注他们的行动和安危，就成了我生命中断不可少的部分，而他们也总希望我能再次和他们同行。因为这，1996年为了痛痛快快地与他们共同参与冈底斯山脉的穷姆岗日、冷布岗日的攀登，我索性辞去了《南方周末》的工作。

金钱不是万能的，没有钱却是万万不能的。

随着时间的推移，另一个重大变化也在左右着我的珠峰之梦。1992年小平南巡导致的中国经济格局的剧烈变化，十年后终于也波及到了喜玛拉雅，民间的商业登山活动开始爆发。于是，便有了我在2003年以纪念人类登顶珠峰五十周年的名义，二上珠峰。接着又有了2007年为测试奥运火炬上珠峰活动的通讯设备测试三上珠峰、四上珠峰，以及哈巴、玉珠、启孜、唐拉昂曲等雪山的攀登。

当交通、费用，甚至机会都不再是障碍的时候，另一个问题却来了：我真有过登顶珠峰的梦想吗？我咋觉得现在不那么迫切了呢？如果说以前我在山上扮演的角色都是"记者"，但商业登山的机会大把，完全可以转换角色嘛。

几年前，我曾开玩笑地对西藏登山学校校长尼玛拉（现为西藏登山队队长）说，等我六十岁退休后，你派几个得力的学生帮我圆圆珠峰的梦吧。尼玛校长爽快地答应了。不过这个对话遭到了很多弟兄们的嘲笑，说我是叶公好龙。

是啊，为什么呢？有时我也自问当年在绒布冰河边上拉野屎时的那种强烈冲动咋就变得像清茶一杯了呢。也许，现在高度的商业化和强有力的登山保障，已经使得珠峰登顶不再那么刺激，不那么有成就感了；也许八千米以上的攀登，还是太他妈的累人了，也许确实是心态平和或过老了。谁知道呢？

不过，我有把握说的是，站在地球的最高处，的确是我有过的梦想。至于这梦想最终是否会付诸行动，我不知道，也许天知道。呵呵，我相信，很多人都有过类似的梦，但不一定是登山。

一个中国人向华盛顿致敬的后果

2006年7月底，到达华盛顿，与相关人员沟通了行程安排后，我对陪同的翻译韦小姐说，抽空要到华盛顿纪念碑内部看看，那里有块碑，文字是一百五十多年前清朝的一个巡抚大员徐继畬所撰。

八十年代末，我在书上看到过这碑刻局部照片，这块汉字石碑镶嵌在纪念碑第十级墙壁上。碑呈高 1.6 米，宽 1.2 米，碑石周边刻有僧侣、游龙、武士和精美的花纹。这次想亲手拍下来。我大致讲了碑刻内容，韦小姐原不知有这段故事，兴致也高起来。可惜，由于她不知道游客太多，纪念碑管理处为保护文物和安全起见，早有限量发票规定（每天早上八点钟向游客限量发放参观票），所以未能如愿，而时间也不允许再来一次。我就这样与那块碑刻失之交臂。

不过，这碑文的故事还是值得讲，而且故事还相当曲折。

1811 年，为纪念开国总统华盛顿，美国政府开始筹建华盛顿纪念碑。建碑过程中，美国政府向世界广征纪念物。当时的中国了解华盛顿的人极少，美国政府什么也没征集到。

无巧不成书，后来有个美国传教士丁韪良从他的中文老师张斯桂那里知道，中国官员徐继畬非常了解华盛顿，而且因为赞美华盛顿丢了官，于是一则"历史佳话"产生了。

现在请事件主人公出场。

徐继畬（1795—1873）是山西五台人，十九岁中举，1826 年中进士，被钦点为翰林院庶吉士，以后历任翰林院编修、陕西道监察御史和广西浔州知府。1840 年鸦片战争爆发时，徐继畬已经改到福建做官，1846 年他在任福建巡抚时，他开始有心收集资料，研究西方为什么能那么强大，把大清打得一败涂地。研究的结果是，他在 1848 年出版了亚洲第一部系统介绍世界地理的著作《瀛环志略》。

《瀛寰志略》共十卷，其中对美国的介绍分量很重。徐详细介绍了美国的立国史、政治制度，特别是华盛顿的功绩。他写道："华盛顿建立了国家后，就交出了权力而过平静的生活。众人不肯让他走，坚决要树立他为帝王。华盛顿就对众人说：'建立一个国家并把这种权力传递给自己的后代，这是自私。你们的责任就是选择有才德的人掌握国家领导职位'。"

徐继畬还在书中盛赞道：像华盛顿这样率众夺取"天下"却完全放弃君王一统、实施民主政治者，乃旷古所未见。

想想吧，一个专制国家的官吏竟公然出书赞美民主法治，这会有什么后果？这明明就是指着和尚骂秃驴嘛。

1851年，徐继畬终于出事，他被朝中"管宣传"的言官参了一本，于是朝廷免去了他的巡抚一职，接着把他调进京城，安排了个近乎弼马温的差使——留京任太仆寺少卿，管马政的副手；第二年"弼马瘟"也不让干了，削职撵回老家，成了一介平民。

说来也巧，宁波维新人士张斯桂（1816—1888）后来知道了此事，他熟读过《瀛寰志略》，尤其叹服对华盛顿的评论，每每颂之，感慨良深。于是就把这事告诉了他的美国学生丁韪良。

下面说说这个丁韪良。

丁韪良本是美国的传教士。1850年6月，他被派到中国传教，前十年主要生活在宁波，而拜的中文老师就是张斯桂。

丁韪良对徐继畬大感兴趣，他也知道美国政府在海外征集与华盛顿纪念碑有关的物品，于是在交流时就想到了一个主意，并很快付诸实施。他们找来一块上等石碑，将《瀛寰志略》有关华盛顿的评论文字刻在上面。具体文字如下：

华盛顿，异人也。起事勇于胜广，割据雄于曹刘，既已提三尺剑，开疆万里，乃不僭位号，不传子孙，而创为推举之法，几于天下为公。其治国崇让善俗，不尚武功，亦迥与诸国异。

余见其画像，气貌雄毅绝伦，呜呼，可不谓人杰矣哉！米利坚（即美利坚）合众国之为国，幅员万里，不设王侯之号，不循世袭之规，公器付之公论，创古今未有之局，一何奇也！泰西古今人物，能不以华盛顿为称首哉！

1853 年，丁韪良他们把这块汉字石碑送到美国，赠给了美国华盛顿纪念馆。有意思的是，徐继畬的遭遇被美国的《纽约时报》报道后，也引起了美国人的很大兴趣。

华盛顿率领大陆军把英军打得鼻青脸肿，华盛顿去世后，英国皇家海军还下半旗哀悼；大清国的官员因歌颂华盛顿却被中国皇帝削职为民。美国人听来实在不可思议。

故事后来又向前推进了一步。

1867 年 10 月 21 日，即将离任的美国驻华公使蒲安臣为表示对徐继畬的敬意，他代表美国政府将一幅华盛顿像赠送给了徐继畬。这幅画像是按照美国著名画家斯图尔特作华盛顿肖像复制的，而做出这个决定的竟是当时的美国总统约翰逊。后来，赠送仪式就在北京举行，历史记载说，气氛还相当隆重。

这简直等于大清王朝在自家门口挨了一记大耳光，大清王朝腐败到气数已尽，也可见一斑。为什么这么说呢？因为这事实上就等于美国官方跑到皇城根下为徐继畬"平反昭雪"。而大清帝国连这点面子也罩不住了，只能打掉牙往肚里吞。

更耐人寻味的是，一百多年后，这故事仍然没有结束。

1998 年 6 月 29 日，美国总统克林顿在北京大学发表演讲谈到中美关系的历史时，克林顿又提到了这块碑。他说，这块碑是"1853 年中国政府将它作为礼物赠送给我国，我十分感谢这份来自中国的礼物"。这是"一百五十年前美中两国关系沟通交往的见证"。中国的媒体也就如是报道，全无考察历史之实之人。

不论出于什么考虑，克林顿的这个讲法都是故意或无意地夸大了，说是两国交往的一个见证还通，但那礼物根本不是清政府送的，而实实在在是"民间勾兑"的结果。

而中国媒体的昏庸腐朽无能，也可从这类鹦鹉式报道中看得一清二楚。

周其仁

北京大学中国经济研究中心教授、现任北京大学国家发展研究院院长。

博客：zhouqiren.blog.sohu.com

"伊拉克蜜枣"与治理通胀

通货膨胀的本质是流通中的货币过多。但是，表现出来并引起公众高度关注的，则是物价的上涨。这就带来了一个问题：究竟怎样处理物价问题，才能比较有效地抑制通胀？流行之见，管物价就是治通胀，反过来治通胀就是管物价，来来回回是一回事。

似乎是无懈可击的结论。不是吗？货币的主要用途是购买商品与服务，居民、企业和其他机构拥有的货币资产别无他用，主要就是用来花的。可是在通胀环境里，钱多商品少，人们一起花钱势必抬升物价，降低货币的购买力。这不但显示出通胀，还会加强通胀预期，进一步鼓动人们购买商品或其他实物资产，从而进一步推高物价。

一个办法是加息。讲过的，那就好比给货币老虎多喂块肉，让它乖乖趴在笼子里别出来乱晃悠。在逻辑上，只要加息足够，再凶的货币老虎也会趴下的。1988年大陆通胀高企之时，有重量级智囊到香港向有关台湾财经人士问计，对方的经验之谈就是大幅度加息。说"利息不管用"，那是因为加息不到位。加息

325

到位，利息岂能不管用？

　　问题是加息要产生其他代价。譬如当下的情形，中国加息将进一步拉高与欧美日本息口之间的差距，结果"钱往高处流"，进入中国的货币老虎不小反大，令人头痛。还有加息会冷却经济增长的速度，很多人是不是承受得了，也是一个问题。因此在现实世界，加息不到位的事情是常常会发生的。

　　另外一个办法，是管制物价。直接管价，谁涨价就找谁的麻烦，横竖"哄抬物价、扰乱市场秩序"是自古以来的现成罪名。虽然经济学家从斯密以来，支持直接价管的少，批评的多，但到了风口浪尖的关头，无论东方西方，执政者多半不加理会就是了。一个原因，是公众也常常支持价管，或干脆要求价管。这是价格管制挥之不去的原因。只不过在经验上，直接的价管既打击供给，也加大行政成本，任何长期实行价管的地方，经济不可能有起色。

　　比较新鲜的招数是"管理需求"。说白了，就是以行政、立法或其他措施，限制消费者购买商品与服务的数量，通过管束需求的量，把物价水平压下来。这其实是一种间接的价格管制，但着力点不是管卖方的要价和成交价，而是限制买方的购物数量。反正在市场里，价格升降影响购买量，反过来，购买量也影响价格升降。通过限制购买量，总可以把某种商品的市场成交价格压下来，这在经验上是成立的。

　　本文要说的是，以限量压制某些商品的价格，虽然可以达到限价的目的，但并不等于因此就压住了通胀。搞得不好，一波未平、一波又起，把物价上涨从一个商品"撵"向另外一个商品。忙来忙去，把整个物价水平都运动上去了。

　　为什么出现事与愿违的反效果？追根溯源，通胀还是因为流通中的货币过多。人们受通胀预期的驱使，持币在手，欲以购买商品和资产来保值、免受通胀的损失。这里包含的行为逻辑像铁一样硬，不是轻而易举就能废除的。政府出台限购甲物的禁令，当然可以"平稳"甲物之价。但人们的货币资产还在，市场的货币购买力还在，不准购甲物，人家就转向购乙物。你再禁购或限购乙物，人家又转购丙物。推来拿去，货币购买力在市场里"漫游"，物价上涨此起彼落，一道道的禁购令有可能成为物价总水平的积极推手。

换个角度想问题。给定流通中的货币偏多、加息又不能一步到位的现实，较高的市场成交价不但只不过"反映"通胀，其本身也会"释放"部分通胀的压力。先这么想吧：人们花钱买了米、买了面，或者买了车、买了房，这部分花出去的钱就转为商品实物，或转为实物资产。到手的米、面、车、房当然可以再卖，再次转为货币资产和货币购买力，但一般不是那么容易。因为商品或需要马上消费，或资产再变形有交易费用的麻烦。更重要的是，既然因为不看好货币的保值功能才加入花钱者的行列，这部分人一般就不再偏好持币，宁愿持有商品和实物资产。这样一来，原来他们手持的流动性，是不是就"消停"了？

有读者会说，那可不一定。买家付钱持物，那卖家不是正好倒过来：售出物品、收回货币吗？那些卖米、卖面、卖车、卖房的，他们收到了钱再花出去，存量货币资产继续流动，市场里的货币购买力并没有减少，买方以货币购买力压迫物价上升的压力岂不是依然存在吗？

好问题，终于点到了货币的迷人之处。货币（currency）者，流通之中的钱是也。所以货币的显著特点是不断地在市场里转。买家付账、卖家收钱，完成一次流通。轮到卖家花钱的时候，他又充当买家，付出货币得到商品，钱又完成一次流通。如此生生不息，钱在市场里不停地打转，协助专业化分工的社会生产体系实现商品、服务和资产的不断换手。

明白了这一层，再深想一个问题吧：当货币不断在天下无数买家卖家之间转来转去之际，是不是存在某种可能性，那就是处于某个流通环节的卖方，收入的货币很多，再花出来的钱却很少？这一多一少货币购买力之间的差额，是不是可能暂时地、甚至永久性地退出货币流通，以达到让货币老虎"变瘦"，从而根本降低市场的通胀压力？

让我以经验来说明，这样的"好事"还真的是有的。那是上世纪六十年代的故事，我在上海读小学、升中学。记忆之中，每天上学的路上都要受到美味食物的诱惑。那是"三年困难时期"，粮食和副食的供应极度紧张，政府松动政策，允许"自由市场"开放。于是通向学校的街道两侧，摆满了各式食品摊位。什么吃的都有，就是价钱不菲，比凭本计划供应的，要贵上很多倍。可惜家母教育孩子的准则，是从来不给零花钱，惟有她认为合理的需要才酌量拨款。这样，我对路边诱人食物的需求当然"刚性为零"。好在家里还有网开一面的地方，就是把伊拉克蜜枣装在大口瓶里，锁在柜子之中，过一段时间，拿出来发我几个过过瘾。那时的伊拉克蜜枣，进口的，每市斤要卖五块人民币——那可是 1960 年代的五块钱！

后来读《陈云文选》，才懂得这是处理六十年代通胀的有效措施之一。陈云同志说，"一九六二年货币流通量达到一百三十亿元，而社会流通量只要七十亿元，另外六十亿元怎么办？就是搞了几种高价商品，一下子收回六十亿元，市场物价就稳定了"。(《陈云文选》第 3 卷，人民出版社 1995 年版，第 377 页)。这里的"几种高价商品"，也包括本文作者当年吃一个就永远记住一个国家名字的伊拉克蜜枣。

计划经济也有通货膨胀吗？有的。成因也一样，"钞票发得太多，导致通货膨胀"。当时钞票多发的原因，是"一九五八年以来四年（国家财政）账面上收大于支的数字'显然是有虚假的'，实际上，'四年来国家有很大的亏空'。'初步估算，可能有二百几十亿元，或者更多一些。'其中，一九六一年国家亏空五十七亿元七千万元。一九六二年，……实际上有一个相当大的赤字，计五十亿元"（《陈云传》，中央文献出版社2005年版，第1300页）。

结果是，"这几年挖了商业库存，涨了物价，动用了很大一部分黄金、白银和外汇的储备，在对外贸易商还欠了债，并且多发了六七十亿元票子来弥补财政赤字，这些，都是通货膨胀的表现"。"原因很简单：一方面支出钞票多；另一方面，农业、轻工业减产，国家掌握的商品少，这两方面不能平衡"。治本之策，当然是增加农产品和轻工产品的供应，同时控制货币供应，并想办法把已经在流通中的货币存量收回来。

这里非常重要的一课，是千万不要以为把所有物价都冻结起来，就等于控制了通货膨胀。要明确，稳定物价绝不等于稳定通胀，正如管住了温度计并不等于管住了气温一样。把当年每斤五块人民币的伊拉克蜜枣放进物价指数——测度物价的温度仪——当然会提升物价的读数，但经验说，那正是治通胀的有效措施之一。要害是，这部分带高了物价指数的商品物价，是不是像上文点到的那样，卖方收回的货币量多，再花出去的货币量少？如果做得到，通胀时期部分物价的上涨，也可能避免物价冲击社会更敏感的领域，直到最后把已发出去的过多货币引向根除通胀的正确方向。

今天中国经济的情况与半个世纪之前不可同日而语。陈云当年用过的"伊拉克蜜枣"的办法，今天还管不管用？在目前的情况下，还有没有"伊拉克蜜枣"？如果有，或更多，那要怎样选才算对？还有在当下的结构里，究竟怎样才能实现所谓的"货币回笼"？这些问题，有兴趣的读者一起来想想吧。下周春节，报纸放假，节后我们再切磋。

政府主导投资的经济性质

几乎所有关于中国经济的重要文告，都少不了"政府主导"这个词。走进现实经济，与此对应的现象更是比比皆是。早年改革一度高举的"政企分开"大旗，也许是敌不过普遍现实的缘故，色调日趋暗淡。相反，高歌"政府主导"的理论和政策基调大行其道。不少理论家论证，"政府竞争"不但是中国奇迹不可或缺的组成部分，还是中国模式的真正秘密所在。偏好夸张风格的，还说这是有史以来"人类最好的经济制度"。

也许他们是对的吧。我的一点保留态度，无非是顾及经济比赛的时间相当长远，因果联系复杂多样，特别是由非常抽象的原则组成的"体制"，究竟对长期经济绩效的贡献几何，多看看有益无害，不必急急忙忙马上说个明白。本文一如既往，限于讨论"政府主导"特色对货币运动和货币政策的影响。

上周本栏提出一个问题，为什么央行以存款准备金率作为货币调控的一件主打工具？答案是，这不但与汇率压住利率的开放形势有关，而且是政府主导投资与信贷行为的一个合乎逻辑的结果。关键的一点，是上文指出，"政府主导的货币创造直接依托于行政权力、行政命令和行政审批——都是数量型手段，所以中国的货币调控手段也必须以数量型为主才比较对路。"这句话点到为止，读者有不明白的地方，我再阐释几句。

统计说，直接的政府投资在全部社会投资中的比例早已大幅度降低。这是事实。不过进入财政预算的投资项目，只是全部政府投资中的小部分而已。在财政预算之外，有一片广阔天地。譬如各类国企投资，要不要算入"政府投资"范畴，各国的国情不同，算法也不同。中国一般不算，但从实际情况看，国企投资常常是"更自由的"政府投资，除了免受人大审议，行为逻辑与政府投资如出一辙。

以新任铁道部部长盛光祖最近谈及的高铁票价为例。盛部长说，高铁（京沪直达）的"票价，是企业根据铁路建设成本、运营成本来测算的，最终的票价，将按照价格法的程序，经过测算后报批"。听起来，盛部长这里用的是"成本定价法"，即"企业"——其实就是政企不分的铁道部自己——根据各项成本加以测算后得出，再经报批才能最后决定。成本低、票价就低；票价高，只因为成本高，铁道部并不赚乘客的钱，舆论和公众理应释怀。

问题是，"成本"又是怎样决定的？譬如高铁，"建设成本"到底由什么决定？说来话长，建议希望了解高铁故事来龙去脉的读者，不妨读一读财新网《新世纪》记者王和岩的长篇报道。主标题很吸引人："节约10分钟多付几十亿"。读下来，事实依据来自京津城际高铁。据报道，2004年国家发改委审批这条城际轨道交通时，"设计区段旅客列车的速度：满足开行时速200公里及以下列车的要求"，为此批准项目概算123.4亿人民币。但2008年建成通车后，发现概算总额超出了92.1亿，平均每公里投资达1.85亿元。"建设成本"大幅度上升的主要原因，是该铁路的通行速度从"时速 200 公里及以下",一下子提升到时速 350 公里。最妙不可言的是,"什么时候改成 350 公里"的,连铁路系统的专家也说"大家都不知道"!

于是,京津城际就从原来批准的"200 公里及以下",一下子跨越到"时速 350 公里"。记者算了一笔账,"京津城际全长 115 公里,时速从 200 公里调整到 350 公里,实际运行时间差多少呢?不到 10 分钟"。我帮他复算,其实是通行京津全程快了 15 分钟,由此增加投资概算 92 亿。无论谁算得对,"节约 10 分钟多付几十亿"的命题还是成立的。

时速大跃进,以成本定出来的京津城际的票价,当然"一下子就上去了"。目前二等车厢票价 58 元,我坐过两次,感觉舒适而快捷,从北京到天津仅 27 分钟而已,比从北大到北京南站的时间还要快。不过"曲高和寡",票价终究约束需求量。报道说,京津城际在 2008 年 8 月正式开通后,第一年客流量达 1800 万人次,低于预期的 3000 多万人次,"而这个客流量也是在铁道部停开了京津既有线上所有动车组后才实现的"。各界广为诟病之余,还嫌票价贵的就只好另选他途,好在铁道部还不能把其他交通方式一律都给关了。

按国际铁路联盟的标准,经历多次提速达到时速 200 公里的中国铁路,本来就已经是"高速铁路"了。不过,这并不符合铁道部的要求。要探究的是,如果铁道部欲建世上最快的高铁并不令人意外,那么此种要大手花钱的雄心壮志,究竟如何通得过国家审批的呢?

玄机据说只有几个字。原来,十几年前围绕京沪铁路,铁道系统内外就爆发过持久的激烈论争,究竟靠"磁悬浮"还是靠"轮轨",究竟高铁要高到多高的速度等级,到底是"急建"还是"缓建",各派意见吵到 2006 年才见分晓——"时速

380公里的高速轮轨"。这也许预示，要把京沪高铁的模式推到全国，即便不是断无可能，也将难上加难。不料，时任铁道部长刘志军只在《中长期铁路网规划》里写入"时速200公里以上的客运专线"，就轻而易举绕开所有关于高铁的争议，并于2004年通过国务院审批，成为国家铁路发展规划。

这里的奥秘在于，"客运专线"不等于高铁，而"200公里及以上"，到批下来还不是铁道部说了算？

再过五年，中国应对国际金融危机，4万亿计划外加天量信贷，中国高铁再次受益。在毫无不同声音的背景里，到2020年全国规划铁路营运里程从10万公里增加到12万公里，客运专线从1.2万公里增加到1.6万公里。2010年3月铁道部宣布，在2013年前全国建成客运专线和城际铁路1.3万公里，中国将很快成为全球高铁营运里程最长的国家。

各位看客，上述每一个数目字，从时速200公里及以下到350公里，从10万公里到12万公里的全国跑铁路网，从京沪高铁到遍布全国四横四纵、总里程达1.6万公里的全球最大高铁网络，都实实在在发生相应的"建设成本与营运成本"。根据成本定价的原则，由此也决定了未来中国铁路客运的票价水准。

叫人看不懂的地方，是一个人均所得目前排在全球100位的经济体，投下巨资修建全球最快铁路网，经济根据究竟何在？是有不少专家预测中国在不远的将来经济总量成为全球老大，这也是有可能的。但是谁也没有预言，在可见的将来，中国的人均所得将成为全球老大。人均所得远非第一，铁路客运速度非要排名第一，这两件事情加得到一起吗？从普通人的角度想，出门赶路，快一点当然好，可是倘若早到几个钟头的代价，远高于省下的那个时间所能挣到的钱，你会无缘无故喜欢全球最高速度吗？应该无人希望，春节大批民工骑摩托车回家的悲壮画面，成为未来全球最快高铁网下普通人交通模式的一个预演吧。

本文不厌其详讨论高铁投资的故事，为的是借一个实例来帮助自己和读者，进一步理解政府主导投资的经济性质。无论如何，这类投资依据的不是市场的相对价格，不是猜测的未来需求，也不是预期的支付意愿和支付能力。更为要害的是，这类投资的决策与其最后的结果之间，没有可靠的责任关联。刘志军留下的教训是，当舆论和公众可以问责的时候，他本人早就负不了任何责任了。但是，如此机制下做出的投资决定，继续决定了未来客户付费的"成本"，也连带影响未来的价格、需求量、替代消费的选择空间。

这就是中国宏观经济的部分微观基础。至少我们要想一想，这样形成的"需求"包括投融资和信贷需求，要怎样"调控"才可能见效呢？

【后记】

搜狐博客精选文集《五十六米长的中国》，收录了张五常、茅于轼、笑蜀等三十四位博主在搜狐博客上发表的热点博文。

之所以在网络阅读成为时尚和趋势的今天，我们仍然选择用传统的纸质书承载这些作者的思想、情感、趣味、文采，一方面是一卷在手的那种不可替代的厚重感，至今仍为许多读者所着迷；另一方面，我们希望藉此让更多的人读到这些有分量的文字。

我们编选标准的是惟美文、妙文是从，不只看作者本身的影响力。所收文字，其思想旨趣，都具有超越时间和具体事件的意义和价值。

一事一议者，也不乏佳构，但时过境迁，其所议所论，恐难为读者了解前因后果，故未选入；除此以外，还有很多作者的好文因为篇幅所限未能入选，歉意无尽，望读者与博主谅解。

我们关注每一个博客的更新，喜见人才辈出，博文异彩纷呈。感谢博主和读者的共同参与，使搜狐博客成为思想交流与情感互动的平台。

姚学斌（搜狐博客高级编辑）

2012 年 7 月 28 日